京華煙雲

中

京華

MOMENT IN PEKING

林語堂——著
王聖棻、魏婉琪——譯

京華煙雲（中）京華

（編按：本書章節名為編輯所取，非原書所有）

第十九章　學問

短暫的寒假之後，木蘭和妹妹又回去上學了，直到過年才回來，和西方相比，新年比寒假晚大約一個月，一般在二月。她們沒有跟同學說她們在短暫的假期中家裡有過什麼事，但很明顯，對每個女孩來說，既重要又有趣的事情都發生在外頭，而不是在學校裡。

過年放長假時她們又回來了，還帶了一位名叫素丹的同學，是她們剛交到的新朋友，家在上海。她是個膚色極爲蒼白的女孩，感情豐沛，容易激動，雖然由於母親錢太太的關係，在基督教環境下長大，但她的中文造詣很好。木蘭聽說她是家裡唯一叛逆的孩子，和兄弟姊妹們完全不同，她決定不顧母親反對，考入官辦學校。她寫得一手好字，讀過許多舊小說，人也聰明伶俐，和木蘭一樣能唱京戲，坐著的時候還會像男人一樣抖腿。女孩子們在學校裡沒有二胡，但當她們在寢室裡唱京戲的時候，素丹就用指頭在膝蓋上打拍子，哼著唱段之間的過門兒。在她的影響之下，木蘭也讀了不少舊小說，也因爲看了太多印刷粗劣的書，把眼睛給看壞了。後來木蘭就變得有點近視，但她總是不肯戴眼鏡。近視的程度很輕，不會讓人起疑，除非她自己說出來，但當她望向遠方的時候，這近視卻讓她的眼睛有了一種奇特的、夢幻般的表情。素丹也給了她一些基督教和基督教習俗的想法，有正面的也有負面的，基督教的影響表現在素丹的「婚姻自由」，也就是男女自由選擇婚姻的信仰上。中國的一切她都贊成，唯獨對女性和婚姻的觀念除外。這似乎很矛盾，其實不然，因爲很明顯，不管在古代還是現代中國，素丹都是那種會鬧出戀愛事件的人。西方的思想，只要是她喜歡或相信的，她一律贊成。

要過年了，木蘭發現素丹家因爲在南方，所以不得不留在學校裡，於是便邀請素丹到她北京的家裡過年。

姊妹倆高興地發現迪人已經安頓下來，父親也不再生氣了。迪人每天都和舅舅到店裡去，顯然對自己有了工作，又能自由地去見銀屏感到非常滿意，所以也沒再提起假造信件那回事。舅舅沒有阻止他每天下午出去「看朋友」，就算他回家晚了，晚上出門，或者受邀去吃飯，或者如他告訴母親那樣去戲園子看戲，那也都是成年人的自由。就連舅舅也沒想到他還跟那個丫鬟藕斷絲連。他會跟他舅舅要錢，一次要幾十塊，但舅舅認爲這也沒什麼好奇怪的。

因爲迪人並不傻。銀屏開始跟他要錢，所用的理由非常合理，她說如果她不存點錢自保，一旦被他父親發現或者出了什麼差錯，她就要喝西北風了。但迪人知道過年正是結帳的時候，他不想嚇著舅舅，也不想讓父親知道他的開銷。他覺得最好等到新年結束，才不會惹上麻煩。所以，至少在新年假期當中，這個家是平安和諧的。

迪人的幸福人生已經圓滿了。要是沒有銀屏，他肯定會在前門外別的地方找其他女人；要是銀屏還留在家裡，他就不能這樣放縱自己，享受完全的自由。如今，他不但在另一個地方有了個自由的銀屏，還發現在他不在的這段時間裡，她不但變成了一個打扮入時的成熟女人，還精通各種取悅男人的技巧。

華太太和銀屏很快就看出他在這裡有多快活，多輕鬆，便更加盡力讓他滿意。他的二十五塊錢立刻花在打點房內的裝飾上了。迪人說牆上的畫難看，隔天便取下來，換上一幅裝在紅木畫框裡的洋女人裸體畫。房裡有新鏡子、新面盆和新椅子，他來這兒的時候，所有人都把他當這裡的當家老爺對待。這裡不會有人責備他，也沒有人頂撞他，而且銀屏對他特別喜歡吃什麼東西一清二楚，這點令他非常驚訝。房東太太說要把主臥室讓給銀屏，自己搬到東廂房去。迪人答應把這個小房子布置得精緻一點，但也告訴她們這計畫要推遲到過完年之後。與此同時，他把來這兒的時間安排得很巧妙，每星期不在家的時間不超過一個晚上，這樣要跟家裡找藉口就容易多了。

＊＊＊

上次寒假沒能見到立夫，姊妹倆心裡都暗自遺憾。但那其實純屬意外。立夫和他的小妹妹經常到姚家來。女兒們不在家之後，姚先生覺得家裡分外寂寞，立夫來的時候，他便常常和他談天，鼓勵他再來。老先生和年輕人之間產生了一種友誼，習慣了和傅先生說話的立夫，發現自己很容易就能跟上姚先生對於當前政治和文學方面的討論。說來奇怪，老先生的想法竟然比年輕人還前衛。最近，他才在自己的書房裡裝了一個淋浴用的浴缸，在午夜的吐納練習和其他強身鍛鍊中增加了清晨淋浴。有時他還會去北京飯店吃外國菜。他相信用字母拼寫漢字是可行的，這在當時連想到這一點的人都是極少數。他對文學批評很嚴厲。立夫這時剛進入喜歡六朝雕飾華麗、對仗工整的裝飾文風時期，姚先生卻輕蔑地告訴他，那也就只是裝飾而已，是死的、無用的，不過是一堆亂七八糟的聲音和短語。「去讀讀方苞、劉大櫆和桐城派的東西吧，」老先生說道。「再讀點諸子百家的著作。」姚先生最喜歡的哲學家是才華橫溢的道家人物莊子，立夫的思想是在讀了莊子之後才第一次發展起來的，這應該歸功於姚先生的影響力。這使立夫後來在思想上變得有點反傳統，特別是在尊古方面。一開始，對他年輕的頭腦來說，莊子和道家思想實在太難懂，太深奧了；他只覺得莊子的文字風格很精彩，比喻奇異，他的幽默和幾乎可以顛覆世界、徹底的懷疑主義很吸引人，如此而已。

但姚先生的影響也很有建設性。老先生一談到西方和它們背後知識的博大精深，眼睛就發亮。姚先生一個英文單字也不懂，卻觀察到許多西方的東西。他對科學有無限的熱情。他不但提到「聲、光、化（化學）、電」的科學，甚至還警告立夫要質疑歷史。「要研究事物本身，而不是人們對這些事物的看法。」他說。

道家思想和科學是姚先生兩大熱情所在，它們在他心目中是完全和諧的。也許這是預料中的事，因為道家對自然很有興趣，反觀儒家，興趣只放在人際關係、文學和歷史上。偉大的道家人物莊子感受到自然的魅力，感受到季節無盡的更替，也感受到生長和衰亡的規律、生物的多樣性，以及無限大和無限小的奧秘。道家的宇宙是個許多力量彼此不斷變化、波動、衝突作用下的宇宙，遵循著神的沉默法則運行，無情、無名亦無聲，這神無以名之，道家不得不名之為「道」，然而仍堅稱它無名，亦無可名。姚先生認為，西方科學正逐步揭開自然的奧秘，立夫身為一個年輕人，不應該錯過探索新發現的機會。「對我們來說，聲音就只是聲音，光線也只是光，」他告訴立夫。「但現在那些洋鬼子已經把它們變成了一門科學，做出了留聲機、照相機和電話。我還聽說有會動的影片，不過我還沒看過。去學新世界的新東西，把歷史忘了吧。」這比他的朋友老學者傅先生願意到的地方要遠得多了。立夫很欽佩姚老內心的年輕精神，這些事情從他口中說出來，比一個從英美回來的年輕學生告訴他更令他印象深刻。

但立夫的興趣在文學。在這方面，姚先生借給他林琴南①翻譯的西方小說，對他有不小的影響。立夫迷上了林琴南翻譯的柯南．道爾著作，這是他第一次對西方產生了眞正的熱情。林琴南是位福州出身的老學者，不懂英語，但他靠一位留英歸來的學生爲他口譯進行翻譯工作。他最了不起的成就是，他做到了以前從來沒有作家做到的事，就是用古文譯出長篇小說，以一種一致而易讀的風格充分展現小說所需要的各種內容，這也正是他受歡迎的原因。

在林譯的《撒克遜劫後英雄略》②這本書中，立夫發現了木蘭畫的鉛筆記號，和一些關於蕾貝卡和羅文娜的旁註，非常有意思。似乎木蘭對蕾貝卡有著自然而然的共情，當艾凡赫對蕾貝卡的愛意視而不見時，她就會在旁邊寫下：「糊塗！」或者「糊塗！糊塗！」在蕾貝卡報告城堡周圍戰事那一段，受傷的艾凡赫心思只在戰鬥上，完全沒有意識到蕾貝卡對他的關心，木蘭寫著：「即使是世界上最聰明的人，有時也是最糊塗的人。」這些標記寫下的時間顯然並不久——立夫很想知道究竟是什麼時候寫的。

那日已是臘月二十八，姚先生邀了立夫及他母親和妹妹來吃飯。這天也是曾家老奶奶的壽辰，他們每年都會擺設家宴，向老奶奶祝賀，木蘭也都會去。然而今年情況不同，因爲木蘭已經訂親，即將嫁進曾家，反要避嫌不去。因此，那天一大早，她便讓錦羅帶著一籃棗和福建橙子作爲壽禮送去給老太太，並且囑咐她，要是他們問起，就說她今天沒辦法來吃飯。

就在錦羅準備的時候，木蘭聽見迪人在房間裡喊賴媽。賴媽是個中年女僕，他回來之後就被派來照看他和他的東西。迪人習慣了銀屏細心流暢的服侍，在家裡分外想念她，覺得這女人手腳粗笨，十分不滿意。讓一個受過良好訓練的丫鬟服侍是一種樂趣，那個女人的服侍相較起來實在乏味至極。他一點也不願意像以前跟銀屏說話那樣和那粗婆子說話。他對她有很多不滿，也許是因爲她眞的不知道他的東西在哪裡，也不像銀屏那樣能預先知道他想要什麼，也可能只是因爲他不喜歡她。但因爲姊妹倆帶著朋友素丹一起回來，服侍的人手不夠，而且除夕又快到了，每個下人都很忙。賴媽在廚房幫忙做年糕，她認爲這位小少爺應該可以自己照顧自己。結果那天早上，便沒有人服侍迪人了。

木蘭聽見哥哥在喊人，便讓錦羅過去。錦羅到了他房間，見他只穿著襯衫、短褲和拖鞋站在那兒。她站在門口，告訴他賴媽正忙著，問他需要什麼。「我不知道她把我的領扣放在哪兒了，」少爺說。「你能幫我找找嗎？」錦羅一向盡可能避開迪人，這時也不知道該怎麼辦，因爲她不想進他房間，又不能轉身就走。「我也不知道領扣在哪兒，」她回答。「看看那櫃子的抽屜裡有沒有。」錦羅進了房間，在櫃子那兒找了一回，也沒找到。她出去了一會兒，很快又回來報告說賴媽沒碰過領扣，也不知道放在哪裡。迪人一邊穿襪子，一邊對錦羅說：「那你找找吧。東西一定在房間裡。」她開始到處找，接著又聽見迪人抱怨他襪子上有洞，咒罵那個「愚蠢的下人」收了襪子也沒補。錦羅這時正趴在地板上看領扣是不是掉地上了，迪人注意到她穿著一件五彩滾邊的亮藍色小襖，烏黑的頭髮編成一根粗辮子，身材

① 林琴南即林紓（1852－1924），原名群玉，字琴南，號畏廬，別署冷紅生，晚號蠡叟、踐卓翁、六橋補柳翁、長安賣畫翁、餐英居士、春覺齋主人、射九，室名春覺齋、煙雲樓等。清末民初的古文家、翻譯家。

② 《撒克遜劫後英雄略》今譯《艾凡赫》（Ivanhoe）、《撒克遜英雄傳》，是蘇格蘭作家華特・司各特爵士（Walter Scott, 1st Baronet，1771－1832）在一八二〇年發表的長篇歷史小說。

比銀屏還要苗條，這時他看著她那帶著情色聯想的蜷伏姿勢，快感油然而生。她站起來的時候，他看見她的臉因爲用力而泛起暈紅，他說：「算了。今天我穿長袍吧。」「還不是因爲你想穿洋裝，才在鈕扣上頭弄出這麼多麻煩，」錦羅說。「要是銀屏還在，就不會有什麼麻煩了，」他說。「爲什麼他們要讓一個蠢婆子來照顧我呢？假如服侍我的是你，說不定會比銀屏更好呢。」「別胡說八道了。我不是銀屏。」錦羅直截了當地回答。

「你們爲什麼要聯手對付我呢？連我兩個妹妹不在家的時候，你也不來服侍我，你和乳香都不來。」「爲什麼要我來？」錦羅回答，不願意繼續談這個話題。「你到底還要不要我找扣子？你妹妹要派我出門，我忙著呢。」「我就穿中式衣服吧。把櫃子裡的東西給我拿來。」錦羅拿出一件中式長袍、一件絲綢內衣和褲子給他，他再次感覺到房裡有個漂亮知人心的丫鬟有多令人高興。錦羅不發一語，把衣服放在床上便要走，迪人突然伸手抓住她的手，說：「好妹妹，只要你願意服侍我，我就把你要過來。」錦羅抽回手，說：「放尊重點。誰是你的妹妹？」他見她生氣了，又嘻皮笑臉地說：「我只不過是開個玩笑，有什麼關係？」錦羅怒氣沖沖，輕蔑地說：「我們是奴婢，沒權利跟您開玩笑，您身爲少爺，也該有點少爺的樣子。不要以爲一個姑娘被賣到你家當下人，就成了你們爺兒們共有的東西，任你們糟蹋。我沒有銀屏的野心，也沒有銀屏能幹。她最終是什麼下場？」她說完，便走出了房間。

迪人被一個丫鬟冷冰冰地拒絕了，他很生氣，但也不能做什麼。他穿上長袍，匆匆忙忙準備出門到店裡去，因爲他們正在結年底的帳準備過年，他父親也會來。

錦羅回到木蘭那兒，木蘭問她為什麼耽擱了這麼久，錦羅回答：「他的鈕扣找不到了，讓我去找，還說了一大堆蠢話。他到底說過什麼不蠢的話沒有？」「他說了什麼？」木蘭問。「他要我當第二個銀屏，我叫他趁早斷了那個蠢念頭。」「幹得好！」木蘭說。錦羅帶著壽禮去了，回來說曾夫人堅持要木蘭去赴宴。「那成什麼樣子了呢？我沒那個臉去，」木蘭說。到了下午快五點鐘，雪花來催木蘭，說老奶奶還惦記著她。木蘭更煩惱了，雖然她有半年沒見到蓀亞了，但和蓀亞一起吃飯還是很難為情的，何況她也幾個月沒見到立夫了。她和母親商量了一下，決定她應該去看看老奶奶，但不應該留下吃飯。於是她穿上一件銀狐小襖和一件亮藍色緞子上衣，和雪花一起去了。她在老奶奶房裡看到了蓀亞，彼此微微一笑，禮貌性地問了幾句，但蓀亞和木蘭一樣害羞。這時曼娘闖進房裡，笑著說：「這回你一定得喊我嫂子了！以後你給蓀亞熬臘八粥的時候，我們可都有口福了。」蓀亞很尷尬，找了個藉口便離開了房間。大家也都知道這場面對木蘭來說很難為情，所以也沒有堅持要她留下來吃飯。

木蘭知道自己之所以想回家吃飯，是因為她想見立夫，也因為她實在不好和蓀亞同坐一桌。她回到家，聽見立夫的聲音，她知道蓀亞的聲音更厚實悅耳，但立夫的聲音卻給她一種難以抑制的快樂。兩個人都喊她「蘭妹」，蓀亞說得一口純正京腔，但立夫的發音聽得出微微的四川口音，那是他父親和會館裡四川家庭說話的腔調，她覺得自己也喜歡那樣的四川口音。

下午晚些時候，她父親遣人帶話說他實在忙不過來，要和馮舅爺一起在店裡吃晚飯。迪人一聽說父親不回家吃，也叫車伕來說他也會遲到，趁機去找銀屏。這場晚宴因此變得更像是年輕人的聚會，立夫和素丹都是座上賓。

迪人很晚才進門，這時她們已經吃過晚飯，正打算打麻將。莫愁麻將打得很好，但木蘭不行，因爲太沉不住氣。想打牌的人不少，於是她們決定開兩桌。後來大家才發現立夫不會打。木蘭說自己也不太喜歡打牌，願意當陪客陪著立夫。最後姚夫人、馮太太、孔太太和錦羅一桌，珊瑚、莫愁、迪人和素丹在另一桌。打麻將時爲了湊牌搭子，太太們要求丫鬟上桌是常事。一開始錦羅被安排在年輕人那一桌，她說她想坐另一桌，要珊瑚跟她換位置，也沒說理由。迪人靜靜地看著她。

其他人打著麻將，木蘭在同一個廳裡坐著和立夫聊天，假裝和弟弟阿非玩兒。因爲手上閒著，於是她把阿非叫過來，讓她重新給他編辮子。乳香拿來梳子，珊瑚轉過身，說：「都這麼晚了，還編什麼辮子呢？」「少管閒事。」木蘭用玩笑的口氣說。她把阿非的頭髮從中分成兩半，兩邊各編了一條辮子，和紅玉一樣。立夫也看出她在搞什麼，但木蘭對他使了個眼色，叫他不要作聲。乳香也看出來了，但她沒說話。紅玉站在旁邊看著，也想叫媽媽來看，但木蘭也叫她安靜。莫愁第一個發現他們在做什麼，說：「大家看哪！二姐姐把阿非弄成女孩子了。」木蘭有點不高興了，趕緊打好結，把阿非和紅玉送到母親跟前，肩並肩手牽手站在一起，說：「瞧！像不像伺候西王母娘娘的一對仙女？」大家都轉身來看，笑了起來。「我們家木蘭成天盡想著這些事兒，」她母親對立夫的母親說。「我什麼也沒想，」木蘭回答。「你們一群人打牌，我的手閒著，就想給他重新編個辮子，哪曉得最後弄成了兩根？」「倒也是個好主意，」立夫的母親說。「他倆手拉著手，看起來眞像雙胞胎！」這時阿非挽著紅玉的手臂，說：「我們來扮洋人夫妻吧，他們都是手拉手走路的。」但紅玉是個敏感的女孩，立刻縮回手臂，跑向母親，然後轉身抱怨：「阿非佔人家便宜。」

馮太太連忙說：「他只是在玩，不是在佔你便宜。還有，你不能再喊他阿非了，叫他二哥吧。如今你們都長大了，要學規矩。．邊玩去吧，別打擾我們。」「等他們長大，中國的夫妻就會跟洋人一樣手拉手走路了，」素丹說。「他們將來鐵定能有婚姻自由。」阿非被紅玉拒絕之後，就去找立夫的小妹妹，她一直靜靜地站在母親身邊看她們打牌。他拉著她，說：「我們來扮洋人吧。把手伸出來。」環兒天生害羞，但囿於作客的禮貌，她並沒有甩開阿非，而且她也想和阿非一起玩，這是她第一次有這個機會。於是她便由著他牽手，帶著她穿過房間。阿非得意地揮著一根雞毛撢子，說那是「外國手杖」，到處走來走去。母親們看著他們的樣子，都笑了起來，這時她們突然聽到一聲嗚咽，只見紅玉在母親身邊啜泣。「人家先邀你玩，是你不肯的，」紅玉的母親說，「現在你哭什麼？」只有七歲的紅玉完全聽不進勸慰。阿非的母親看見這種情況，便喊阿非過來，說：「你也得和小表妹玩才行。」阿非還沒明白怎麼回事，環兒已經跑掉，回到母親身邊去了。他走到紅玉面前，懇求她跟他一起「扮洋人」，但她生氣地說：「你玩你的，我哭我的，干你什麼事？」她一下子跑開，跺了跺腳，又伏在母親膝上哭了起來。「你不知道我這孩子，」她母親為她道歉。「她人長得小，但脾氣可大了。」阿非不知所措地站在那裡。珊瑚說：「阿非，你最好跟表妹道個歉。」阿非走到紅玉跟前，百般求饒，但她還是說：「別來煩我。」最後他說：「妹妹，那我這輩子都只跟你一個人玩，不跟別人玩，這樣可以嗎？」紅玉這才滿意了，破涕為笑，她站起來，用食指在臉頰上劃了幾下，對阿非說：「你羞死人！一個男孩子，頭髮梳得像個女孩兒。」他把辮尾的繩結扯下來，撥開辮子，紅玉開始大笑。

眾人繼續打牌，木蘭問立夫最近讀了什麼書，他提到了《撒克遜劫後英雄略》的譯本。「是令尊借我的，」他說，接著又補上一句：「那些鉛筆批注是你寫的？」木蘭沉思了一會兒才想起來，覺得很不好意思。但她努力轉移話題，把討論集中在林琴南的譯作上。由於林琴南是她最喜歡的作家，立夫也很迷他的作品，於是兩人討論得非常熱烈。「爲什麼你好像比較同情蕾貝卡？」立夫問。「我就更偏愛羅文娜一點。」「這很自然。讀者通常都會同情那些應該在婚姻裡幸福美滿卻失敗告終的人。《紅樓夢》裡的黛玉得到讀者同情也是因爲同樣的原因。」聽到「婚姻」兩字，珊瑚豎起了耳朵，說：「你們倆聊得這麼起勁，在說什麼啊？說大聲點，讓我們也聽聽。」

「我知道，」莫愁說。「二姐姐在說《紅樓夢》，她是同情黛玉的。」「喔，」迪人說。「我知道。二妹妹喜歡黛玉，三妹妹喜歡寶釵。」「那你喜歡誰？」素丹問。「我喜歡寶玉，」迪人回答。「眞眞羞死人——喜歡那樣一個娘娘腔！」莫愁說。接著她轉向素丹，說：「你最喜歡誰？」「我喜歡湘雲表妹，」素丹說：「她有男孩子氣，又浪漫多情。」「說得好！」迪人喊道。「你最喜歡誰？」木蘭用低沉溫柔的聲音問立夫。立夫沉吟半晌，說：「我也不知道。黛玉太愛哭，寶釵太能幹。也許我最喜歡的是探春吧，因爲她兼具黛玉的才華和寶釵的性格。但是我不喜歡她對待她母親的方式。」木蘭靜靜地聽他說完，才慢慢地說：「唉，這世上，又有誰是完美的呢？」接著她喊珊瑚，說：「大姊，我知道你最喜歡誰了，李紈，我說的對嗎？」「在那本小說裡，每個人喜歡的都是他自己，」珊瑚回答。「我們再這樣聊下去，根本打不了麻將了。」他們打完一圈，素丹贏了。迪人說他忙了一天，有點頭痛。莫愁便提議不打牌了，一起聊聊天。年輕人那桌就這麼散了，珊瑚還想打，就到太太們那桌去，沒多久錦羅就把位置讓給了她。

迪人開始抱怨屋裡太熱，一邊要丫鬟拿熱手巾來，一邊脫他的鑲毛皮袍子。他裡頭穿著一套棕色絲綢上衣和長褲。他母親見他這樣穿，便說：「你當然覺得太熱了，回來的時候沒有換衣服嘛。不過你這樣會著涼的。乳香，去給少爺拿件夾袍來。」

迪人四仰八叉地癱在椅子上，兩條腿張得開開的。乳香把他的夾袍拿來，他起身穿上，領口和下襬的扣子卻都沒有扣。他從來不扣衣領的扣子，所以當他穿著三四件上衣或袍子的時候，一件套一件，就可以在脖子那兒看見一串沒有扣上的領子。這也許正是不能忍受約束的表現。莫愁一向覺得不整齊對她來說非常難忍，便對他說：「哥哥，你穿長袍的時候，至少得穿得像個有教養的人。你這扣子上頭不扣，下頭也不扣。看看立夫哥，領口扣起來看上去不是更整齊些嗎？」「你說穿得不像個有教養的人是什麼意思？」迪人回答。「爹就不扣領扣。扣上了，轉頭不方便。」「那底下的扣子呢？又有什麼深文奧義？」「底下開著，我好走路。再說，銀屏還在這兒的時候，我袍子的扣子不是一直都扣得很整齊嗎？」聽見銀屏的名字，他母親猛地抬起頭來。

「我眞佩服你有臉這麼說，」莫愁說。「連長袍扣子都得要丫鬟扣！我想，要是你帶著銀屏去英國幫你扣外套，你大概就不會回來了。」「說不定喔，」迪人說。莫愁被他傲慢的樣子惹惱了，又接著說：「就算你穿洋裝，你馬甲的最後一顆扣子也總是開著的，這也是爲了讓你好走路？」迪人開始明知故犯地笑起來。「妹妹啊，」他得意地說，「你不懂的事就別說。就算穿洋裝也是一門學問。馬甲的最後一顆扣子本來就應該開著，他們把這稱做劍橋風格。要是你把馬甲的最後一顆扣子都扣上，人家會笑你的。」他戰勝了一局，莫愁暫時敗下陣來，但她很快又發動攻擊，說：「喔，我知道了，你還沒去過劍橋，卻把劍橋的『學問』都掌握到了！我眞不知道劍橋的學問只在於不扣馬甲的最後一顆扣子。」迪人覺得被妹妹的話刺痛了。木蘭想爲他把場面弄得緩和一點，於是說：「我實在不太相信英國每個紳士都會解開馬甲的最後一顆扣子，這應該跟一個人肚子大小也有關係吧。」她說這些話是在開玩笑，但迪人卻認眞地回答說：「說不定喔，妹妹，你說得對。也許是應該在吃過晚飯後才解開，而不是在飯前。我最好想辦法弄個清楚。」莫愁冷冰冰地說：「既然你也沒去過英國，那你這些『學問』是打哪兒學來的？」「喔，我是聽東交民巷給我做衣服的裁縫說的。」迪人說。

立夫正端起杯子喝茶，聽見這話，忍不住笑出聲來，噴得滿地茶水。木蘭和莫愁也笑了。迪人很生氣，但他知道怎麼替自己辯護，他用開玩笑的口氣說：「你們都忘了我離家前那個晚上，爹對我說的話了嗎？他說，『世事洞明皆學問，人情練達即文章。』你們得把眼界放寬一點，不要把書上的學問當成學問的唯一形式。」「說得好，說得好！」莫愁說。「這話比你對孟子的理解要好多了！」立夫對莫愁鋒利的辯才印象深刻，他想起三國時代的學者陳琳，他對政敵的攻擊雄辯滔滔，據說他抨擊的那位政治領袖讀了他寫的檄文之後，頭痛便霍然而癒③。於是立夫說：「迪人的頭痛這下子應該治好了。」「你的意思是？」木蘭問。「你妹妹有點兒像陳琳。」立夫這樣稱讚她，莫愁受寵若驚，說：「不，他的頭應該痛得更厲害了。」但這些話她們的哥哥恍若未聞。

莫愁看見立夫的長袍被噴出來的茶水弄濕了，便拿了一條乾手巾給他，他接過手巾，向她道了謝。她本來想幫他擦的，但是又不敢。

這時，他們的父親和舅舅回來了。父親見大家笑得開心，立夫忙著在擦衣服，便問他們在幹什麼。

「我們在談學問呢，結果立夫哥笑得嗆著了，」木蘭說。「學問這麼有趣嗎？」父親非常高興。後來素丹又模仿了基督教牧師佈道的樣子，引得眾人大笑。聚會沒多久便散了。

③陳琳（189—217），字孔璋，廣陵射陽人。東漢時期文學家。建安七子之一。初任袁紹幕僚，袁紹的軍中文書多出其手。最著名的是《為袁紹檄豫州文》，文中歷數曹操的罪狀，詆斥及其父祖，極富煽動力。曹操讀過此文之後，說：「癒我頭風。」

第二十章　等待

過年期間，曾姚兩家長幼都彼此拜訪過了。這種場面現在讓木蘭很尷尬，她和家人並沒有在曾家多待，但曾夫人、曼娘和桂姐來他們家時和木蘭及姚家人聊得就久了。曾家兄弟不得不來和姚先生夫妻請安，木蘭躲了起來，不肯出來見他們，因此被姊妹們取笑了一番。

年假結束，木蘭帶著沉重的心情回到學校。母親抱怨說，兩姊妹不在家的時候，家裡冷冷清清的，阿非除了紅玉之外也沒別人可以一起玩。但她們的父親對上學這件事的看法一如既往，堅持讓她們繼續唸書，特別是因爲傅太太待她們極好，一直親自照顧她們。於是木蘭和妹妹便繼續在這所學校唸書，直到光緒三十四年夏天，莫愁病了，不得不待在家裡，木蘭也在家裡陪她。這時曾家又來談蓀亞成親的事，於是木蘭中斷了學業，開始爲婚禮作準備。

上學的時候，姊妹倆經常在年節和假期時回家。但正是在學校這段時間，木蘭明白了分離的意義。立夫從來沒有公開對兩姊妹中的任何一個表示過好感，她們也沒有享受過現代女孩擁有的自由。她們從來沒和立夫通過信，當然，木蘭也沒給蓀亞寫過信，也沒收到過他的信。古老的制度這時尚未瓦解，對於要和蓀亞結婚這件事，木蘭從來沒有過懷疑，平靜地接受了命運的安排。但是當春天來臨的時候，她突然產生了一種強烈而悲傷的渴望，她想見立夫，想和他說話，想再聽聽他的聲音。不管在清晨的花叢中，深夜的月光下，在小窗前讀書，或在學校花園裡散步的時候，立夫的臉總在她腦海裡揮之不去。素丹和莫愁經常看到她獨自坐在花下的一塊石頭上，手裡捧著一本書，呆呆的望著前方。她的所思所想都不能告訴妹妹，而由於妹妹的緣故，她也不能告訴素丹。

素丹不太理會家裡的約束，有的時候會哼一些描寫情愛裡相思哀嘆的俗氣小曲。這些歌的感情通常眞實而深刻，但用詞俚俗而大膽，有時甚至接近感官描述邊緣。莫愁不贊成她在她們房間裡唱這樣的情愛小曲，連木蘭也因爲情色聯想而反對。但木蘭開始愛上了宋詞，它每句字數不規則，完全源於音樂，是一種爲固定曲調寫的文字，並且受到曲調決定的音律嚴格限制。她還太年輕，不喜歡蘇東坡，對他的喜愛遠不如辛稼軒和姜白石，卻把宋代女詞人李清照那卷薄薄的詞集反覆精讀。那首以著名的七對疊字（尋尋、覓覓、冷冷、清清、淒淒、慘慘、戚戚）開頭，押入聲韻，以「了得」結尾的〈聲聲慢〉，就像雨打梧桐似的，一字字打在她的心上。

尋尋覓覓，冷冷清清，悽悽慘慘戚戚。乍暖還寒時候，最難將息。三盃兩盞淡酒，怎敵他、晚來風急。雁過也，正傷心、卻是舊時相識。　滿地黃花堆積。憔悴損、如今有誰堪摘。守著窗兒，獨自怎生得黑。梧桐更兼細雨，到黃昏、點點滴滴。這次第，怎一個愁字了得。

夏天姊妹倆回家的時候，家裡表面上還是風平浪靜。迪人有時夜裡很晚才回來，母親就會一直坐著等他。他總是說有人邀他出去吃飯或看戲，他看起來也確實交遊廣闊，加深了這樣的印象。他凌晨兩點鐘回到家時，會發現母親一個人坐在房間裡，點亮燈等著他，因爲她已經不放心把這件事交給丫鬟了。這讓他很不高興。她會拿著一盞燈走出自己的房間，在其他人都睡著了的沉靜時刻穿過漆黑的走廊和院子，去看看她兒子是不是安全到家了。她希望這樣的眞誠和奉獻能夠打動他，讓他走上正路。他對此既感動又惱火，懇求她不要再坐著等他了。「求求你，不要再等了，」他拜託她。「要是晚上在黑漆漆的院子裡摔倒了怎麼辦？」可是她不聽。銀屛知道了他母親等他的事，心裡卻暗自高興，更是盡可能讓他留久一點，她覺得這是一種報復手段，可以用它來懲罰以前的女主人。

要是他回家時還不算非常晚，就會發現妹妹也陪著在等。在這一夜夜的等待中，莫愁成了最常陪著母親的人。如果需要，她可以一直醒著，而木蘭的眼睛容易累，所以會先去睡。第二天早上，母親會睡得很晚，但莫愁會照常起床。

母親認爲迪人是去賭博了，儘管她對此守口如瓶。父親的態度就很難解釋。他顯然並不在乎，也許他想起了自己年少輕狂的歲月，或者他根本就是個宿命論者。

他以爲他兒子是在做年輕人常做的蠢事，但既然他已經放棄學業，開始經商了，這樣的娛樂也是生意人生活的一部份。但他不知道的是，迪人從生意往來中已經拿走了幾千塊大洋，這件事他母親是知情的。清明之後沒多久，迪人便去找舅舅要兩千塊錢，說要還賭債。舅舅注意到他拿錢越來越頻繁，不敢擔這個責任。迪人要求他別讓父親知道，他舅舅說，只要他姊姊，也就是迪人的母親知道就可以。迪人拿到了錢，母親和舅舅約好守著這個秘密，不讓父親知道。舅舅撇清自己的責任之後，便不再理會這件事，他想討迪人的歡心，因爲他是這個家的繼承人，迪人經常不在店裡，他也不管。但此例一開，迪人錢就越拿越多，一次幾百塊幾百塊地拿。

他拿走的幾千塊大洋全被銀屛花在珠寶和衣服上，所以她現在跟有錢人家的少奶奶一樣打扮得花枝招展。如今她住在主臥室裡，房東太太則搬到了東廂房。迪人對房東太太也很慷慨，因為她已經和銀屏結拜姊妹了。房東太太的丈夫見他們日子好過了，便不想再去乾鮮水果店做生意；但他太太勸他繼續工作，說這份工作更可靠，而且對他有好處。只是房東太太不再接男客了，把自己的魅力都施展在年輕的迪人身上。迪人覺得她很有天賦，多才多藝，不但唱歌好聽，說起故事來也很有意思。

銀屏之前就跟華太太說，要是迪人發現家裡有男客進出，他會反感的，要她別接了。房東太太開玩笑似地回答，自己在這件事上頭幫了她，會有什麼補償，銀屏又會怎麼報答她？「我可以要他每個月給你一點錢，或者由我這邊給你，這都不難。」銀屏說。「我不會光拿錢，不做事的，」華太太說。「我做那些事兒，一部份是為了錢，一部份是圖個舒服。一整天坐在房裡，晚上只見得到我家老頭，這算不上生活。我告訴你我們該怎麼做。」她在銀屏耳邊輕聲說了幾句。

「我知道怎麼樣可以讓他更快活，男人哪，我清楚得很。不然他若對你膩了，找上了別的女人，那可怎麼辦哪？你我是結拜姊妹，這總比和一個不認識的女人共用他要好。」對銀屏來說，她唯一的目標就是牢牢抓住迪人，讓他離他母親遠遠的。華太太的提議似乎成了她手裡多出來的一項武器；整個來說，她覺得讓房東太太放棄她的客人，算是合理的代價。而且銀屏也自恃年輕。所以某一天，當迪人以一種半認真半玩笑的態度對銀屏耳語時，他驚喜地發現她不但早有準備，也願意這麼做。他大讚她慷慨大度，也相信她為了取悅他，無論做什麼事都肯。

就這樣，那兩個女人一直守著他，始終讓他感到賓至如歸，他要是一個多星期不去，她們就說他變心找別的女人去了，他總是賭咒發誓，說他絕無二心。

＊＊＊

有一天，迪人的狗突然在家門前出現了，全家人都大吃一驚。迪人當時去店裡了，那狗走到大門口的時候，羅大認出了牠，他興奮地進來向太太報告。

兩天前的晚上，迪人離開銀屏住處的時候，他上了一部黃包車，那狗就悄悄地跟在後頭。半路上迪人看見了牠，便下車把牠送回去。但他再次上車時，又看見那狗在後面跟著，狗繩拖在街上。這時已經太晚，迪人沒辦法再把狗送回去。無奈之下，他只好放棄搭黃包車，走進一家茶館，然後從後門繞出來。第二天下午，他去銀屏那兒問狗有沒有自己找到路回來，但狗顯然是迷路了。如今牠出現在主人家，看起來餓壞了。

這隻狗在離家將近一年之後再度出現，引起了全家人的諸多猜測。和銀屏相關的問題又浮了出來。她在哪裡？她在北京嗎？她發生了什麼事？那狗走進她原來的房間，到處嗅了嗅，顯然發現房裡的氣味和氣氛都不對，於是牠伏了下來，一動不動地趴在地板上，只用眼角餘光看著人們，彷彿在回憶過去的美好時光，對眼前的變化感到驚奇。當全家人聚過來看牠時，牠站起來，用鼻子聞了聞太太、姊妹們和阿非，然後又回去趴下，看起來很失望。她們要賴媽給牠一點廚房裡剩下的食物，牠在吃之前仔細聞了一回，好像很懷疑似的。「說不定是銀屏出事了，所以這條狗一直在到處遊蕩。」珊瑚說。

姚夫人默默地看著那條狗，彷彿牠是個不祥之兆。「那個小娼婦一定還在附近什麼地方。」最後她說。「這倒是難說，」為了減輕母親的恐懼，木蘭這麼說，儘管她自己心裡的懷疑程度也在上升。「牠一定是沒了女主人。說不定是銀屛離開了北京，沒辦法帶著牠，就把牠遺棄了。」迪人回來的時候，全家人都等著看他對這個消息的反應。可是羅大在大門口就已經告訴他了，他走進屋裡，看見那條狗，就裝出一副吃驚的樣子。那狗跳起來，搖著尾巴，蹦蹦跳跳地表達牠的喜悅。「這證明銀屛還在北京的某個地方，」迪人說。「你們爲什麼不去找她呢？她說不定都要餓死了！」

「如果眞是這樣，」他母親嚴厲地說，「那也是她自找的。狗到了春天，天生就會到處追著別的狗跑。母狗就是母狗。你該慶幸牠是個啞巴，不懂人話，不然我還想問牠幾個問題呢。」但這也就表示這狗的地位從此一落千丈。起初，照顧牠的人是粗笨的賴媽，很快就沒人關心牠了，牠只得在廚房裡偷偷摸摸地吃牠能找到的東西。迪人白天要出門，既沒有時間也不想照顧牠。有時候牠會在街上閒逛半天，然後在沒被發現前回來。牠原本是隻獵犬，所以牠會襲擊雞舍，追雞鴨，把菜園搞得一塌糊塗，然後就會被老媽子踢或者用棍子打。夏天一到，牠很快就懷孕了，生了四隻雜種小狗，樣子像媽媽，而不像牠們不知是誰的中國爸爸。迪人帶走了其中一隻小狗，說要送朋友，然後就把牠帶到銀屛那裡。「你把這『孽種』帶來這裡做什麼？」銀屛問。「你不知道嗎？」迪人回答，「外國女士都喜歡和小狗玩，而且還願意出高價買呢。你就替我養著吧。」她見迪人想要這條狗，便把它留下，同時也因爲擺脫了狗媽媽而頗爲高興。

一天晚上，迪人半夜才回家，喝得酩酊大醉。這種事以前從未有過。他猛敲大門，羅東還沒來得及起身開門，他就大吼大叫起來。羅東想扶他，但被他推到一邊，迪人踉蹌地沿著東廂走廊走，一邊自言自語，羅東幫他拿著燈。那狗和孩子們就睡在走廊上。「當心，狗在那兒，」羅東說。「哈！哈！」迪人說。「我爹老喊我孽種，這才眞是貨眞價實的孽種呢。」他伸手去逗弄其中一隻小狗，但一時失去了平衡，摔倒在地板上。小狗們汪汪叫，狗媽媽也狂吠起來。但迪人舒服地躺在地上，不肯起來，他抓住一隻小狗，握在手裡，狗媽媽又叫起來，他哈哈大笑。迪人開始打那隻小狗，邊打邊喊：「孽種！孽種！」母狗咬住迪人的袖子，要他鬆開小狗。迪人把小狗狠狠地摔到牆上，轉身想甩開發狂的母狗；迪人使勁打牠，想掙脫牠時，牠往他手上咬了一口，然後奔向受傷的小狗。一切發生得太快，羅東根本幫不上忙，迪人被咬得痛極了，轉身大罵僕人，問他知不知道自己吃的是那一家的飯。其他小狗到處蹦到處叫，更是亂上加亂，這時，迪人的父母從不同的方向衝進了走廊。

「兒子！兒子啊！發生了什麼事？」母親喊道，接著她在黑暗中不知道被什麼東西絆了一下，摔倒在走廊角落附近的地上。羅大急忙穿上外衣出來，來到黑暗的庭院裡，羅東爲了照料少爺，情急之下把油燈放在地上，那油燈忽明忽暗，幾乎什麼也照不亮。就在那時，燈被打翻了。黑暗中，父親聽到一聲呻吟，知道母親受傷了。老先生以驚人的速度發現還躺在地板上的母親，她嘴裡哭喊著：「我眞命苦啊！」「羅大，點燈！」老爺喊道，同時在黑暗中護住妻子，以防被那隻憤怒的狗咬傷。羅大拿了燈籠趕回來，木蘭和莫愁也跟著來了，她們穿著薄薄的睡衣，頭髮也沒梳。她們看見迪人坐在地上，一副傻乎乎的樣子，然後看見父親扶著母親慢慢站起來。

她們奔到母親身邊。「當心那條狗！」父親喊。姚先生把母親交給女兒們之後，走向那隻仍在憤怒咆哮的狗，牠正準備再次攻擊任何碰牠小狗的人。丫鬟和老媽子一個個跑出來，最後全家都醒了。羅大拿來一根棍子，那狗嚇著了，便跑開了，小狗跟在牠後面，那隻受傷的小狗落在最後，一瘸一拐，邊跑邊叫。「兒子，兒子啊！」母親說。「我就知道會有這一天。牠咬了你哪兒？」迪人這時站起來了，他知道父親在場，雖然已經清醒了不少，但覺得還是裝醉爲好。「我沒事兒，沒事兒。」他口齒不清地說完，便靠在羅東身上，搖搖晃晃地走了。父親一面扶著母親進屋，一面對女兒們說：「你們最好也快進來，晚上這時候還待在外頭，會著涼的。」

一行人在昏暗的燈光下進了屋，方才的喧鬧瞬間成了緊張的沉默。父親表情嚴峻，一語不發。迪人躺在床上，還在裝醉。他的手在流血，母親胳膊受傷了，臉色慘白。她被護送到自己房間，躺在床上。父親摸摸她的手腕，發現手腕的骨頭脫臼了。這正是練武之人的專長，他用有力的雙手把腕骨復位。那疼痛很難忍，每碰一下她都尖叫；治療結束後，她筋疲力盡地躺在床上，無力地呻吟著。

丫鬟和女兒們忙著爲母親準備繃帶和臉盆，另外還備了強心用的熱藥酒。馮舅爺夫妻知道太太受了傷，趕緊起身過來。全家除了小孩子之外，都起床坐著陪姚夫人，直到她打起盹來。燈光調暗了，大家坐在母親房裡，低聲說著話。等到她睡著，天空已經泛起魚肚白，在這夏季的黎明時分，眾人才各自回房睡了。

第二天，迪人中午才起床，也沒到店裡去。他頭疼欲裂地醒來時，珊瑚正在他房裡。「昨晚發生什麼事了？」他問。「看看你自己的手吧。還有，娘的手腕子脫臼了。」「嚴重嗎？」「我不知道。醫生來的時候她還在睡，我們不想叫醒她。我想醫生現在還在她房裡。」迪人沉默了。他感到一股發自內心的悔恨，但還是害怕面對父親。「爹怎麼樣？」他終於開口問。「他有沒有說我什麼？」「沒有，不過你自己知道該受什麼責罰。要是娘落下個什麼終身殘疾，你良心過得去嗎？」「那我該怎麼辦？」迪人問她。「對你來說，最好的辦法就是進去求爹娘原諒。」珊瑚幫他穿好衣服，他還在猶豫要不要進去面對父親，珊瑚告訴他，他必須承擔自己胡來的後果，接著幾乎是用拖的把他拖到母親房間裡。

姚先生正在琢磨如何處置自己的兒子——一個出了問題的年輕人該怎麼辦，這問題無解。他知道，打他是沒有用的。他好多年沒有打自己的兒子了，如今他已經太老，不能再用蠻力管束他；他也太獨立，聽不進他的規勸；同時他又太年輕，不知道自己是個傻瓜。所以當他看到兒子不安地被珊瑚推進來時，他壓抑著自己的怒火。

迪人站在父親面前，說：「爹，我昨晚喝醉了。我錯了。」「你還當我是你爹？」老人怒火中燒，迪人站在那裡，一動不動，也不敢出聲。「在你娘面前跪下道歉。你這個不孝子，差點害死你娘！」迪人跪在母親床邊，求她原諒。她淚流滿面，說：「要是你還認我是你娘，就該好好改過。起來吧，兒子。」迪人準備起身，但父親不准。「你這魔障！敗家的孽種！祖先的臉都給你丟盡了！人之所以異於禽獸，就在於知恥要臉面。既然你在親朋好友當中連臉都不要了，我也不知道該拿你怎麼辦。姚家如今算是完了。等女兒都出嫁，我就把所有的家業都賣了，捐給學校和寺廟，然後我就到山裡出家。等到你出去拉黃包車的時候，就會對你現在擁有的一切心存感激了。」

「你也別說氣話，」醫生試圖安撫他。「你有這麼大的家業，就別提出家了。年輕人嘛，偶爾也是會犯錯的。」他的聲音罩在長鬍子裡，聽起來溫和而舒緩。「我是認眞的，」姚先生說。「我寧可把這筆家產全捐了，捐給誰都好，也不願意看到它被這個孽種揮霍掉。讓他在那裡跪足一個時辰，誰都不許理他。」迪人就這樣在母親房間裡跪了一個時辰，膝蓋都跪麻了，頭也痛得發抖，妹妹和丫鬟們都來看他，但沒人敢插手。

至少在這個家裡，迪人算是名譽掃地了。木蘭以哥哥爲例，給阿非說酗酒和賭博的壞處說了很久。當天晚飯時，乳香正要給他盛飯，父親說：「讓他自己盛，他不是人。」迪人只得自己起身添飯，心裡又羞又惱，對這樣的公開羞辱感到憤怒。他恨透了父親，因爲他讓他在丫鬟面前丟臉。

他母親在床上躺了三四天才能起床，又過了好幾個星期才能再端飯碗。即使這樣，她手腕上還是留下了一塊突起，此後全家人見到這突起，便想起迪人幹的好事。這件事發生之後，迪人克制了一陣子沒再太晚回家，而當他晚歸的時候，母親也不再坐著等他了。

＊＊＊

隔年夏天，莫愁病了。兩姊妹不再上學，這其實有幾個原因，首先自然是因爲莫愁的病；其次是因爲傅先生應總督之邀在北京開辦女子學院，他南下募款招生去了；第三是因爲曾家已經在籌辦蓀亞和木蘭的婚禮。襟亞春天結了婚，當時兩姊妹還在學校，夏初時曼娘來看木蘭，告訴她曾夫人對襟亞的新娘子很不滿意，她爹是牛財神，她便處處擺出一副有錢人家小姐的氣派，在她看來，什麼都不夠好。

「在素雲眼裡，好像根本沒我這個人一樣，」曼娘說。「我好歹也算是長媳，但在她眼裡我比塵土還不如。蜜月剛過，她就開始抱怨襟亞，儘管襟亞已經把她當娘娘一樣侍奉了。她沒有哪件事不提到在牛家是怎麼怎麼做的。娘一直盡可能忍著，但是有一天，素雲又拿咱們家的魚和她家的魚比，娘就對她說：『記著，現在你姓曾了。』這話才說完，她離開飯桌就走了，在娘家一待就是三天，還得娘去叫她回來。我在她面前根本不敢開口。她見到我媽的時候，連瞧都不瞧一眼。這種親事只會給兩家人帶來麻煩。她還從她家帶了兩個丫鬟來，除了她們之外，其他人不准進她房間，也不准碰她的東西。就算我出身貧寒，也是見過有錢人家小姐的，像是你們兩姊妹。就因爲她父親是主事，家裡有錢，她就一點禮儀都不懂，這怎麼可能呢？全家人坐在一起聊天的時候，就她一個人什麼話也不說，好像很無聊的樣子。她臉上的粉至少有三寸厚；而且她開口說話的時候，嘴角像是黏在一起似的，只有嘴巴中間在動。」曼娘試著模仿素雲的嘴唇，她噘出一個賣弄風情的小尖嘴，下唇突出，像在做一個瞧不起人的表情。但曼娘的臉實在太美，木蘭笑著說：「要是她做這個表情的時候跟你一樣漂亮，一定很迷人。我只是不懂，一個人既然非說話不可，爲什麼不能說得自然點呢。」

「我是個蠢人，」曼娘說。「但是，妹妹，你在各方面都和她並肩，而且還比她聰明得多。至於錢，你家也有幾百萬。我就等著你來，看看到時候會發生什麼事。你說起話來比她更高明，只要我們站在一起，就不必怕她了。」「我家有錢，確實如此，」木蘭說。「但我家的情況你有所不知。有件事情和別人家比起來我們要丟臉得多，就是我哥哥。」「你跟我說過他的事。他不負責任，脾氣暴躁，但他畢竟沒那麼壞。」曼娘說。「現下我還不能什麼都告訴你，」木蘭說。「但是我可以跟你說，我懷疑他在外面養女人，就是銀屏。我想他還抽大煙。這件事你要絕對保密，不能告訴任何人。這事兒我連我娘都不說的。」「不過這也算不上什麼特別，」曼娘堅持。「素雲也好不到哪去。她的兩個哥哥是城裡最壞的流氓，恣意妄爲，成天追在姑娘後面跑。要是這種家庭還能長久興旺下去，老天爺就眞是瞎了。我可是睜大了眼睛等著看他們的下場。」

「我爹總是告訴我，」木蘭說，「他親眼看到一些貧寒家庭崛起，一些富裕家庭衰敗。他總是說，如果不是這樣的話，富人便永遠富，而窮人永遠窮了。他告訴我，最重要的是不要依賴金錢；一個人應該享受自己的財富，但也要隨時做好失去它的準備。」「有這樣的一個父親，」曼娘說，「難怪你們姊妹家教這麼好，沒有一點有錢人的濁氣。但那個貪婪的牛財神可是全京城人人厭的。」

＊＊＊

這段時間，木蘭的父親經常說想出國走走。心情好的時候，他會對女兒們說他想去南洋看看，也就是馬來海峽和荷屬東印度一帶。而在他心情不好的時候，就會說他決定在兒子把他的錢敗光之前先把它花掉。姚先生翻來覆去地說著這些，有時像是一個老人在這塵世中想滿足的最後一個夢想，有時候則像是一個威脅，要散盡家財，然後離開這個家不知所蹤，就像虔誠的道家人士會做的那樣。

但在出國之前，他有兩件事想做。一是定下木蘭的婚期，二是讓莫愁和立夫訂親。曾家已經非正式地表示過對婚禮的看法，提議在春天把大事辦了；但姚先生因為有出遊的想法，一直無法做出明確的決定。他當然想參加婚禮，因為他出席是很重要的事，也因為他愛木蘭；但他又不想匆忙趕回來。最後，他向新郎家保證，他們的婚禮可以在隔年秋天舉行。

至於莫愁的婚約，他必須等到傅先生夫婦從南方回來，因為他們和孔太太親近，是當媒人最合適的人選。立夫大學還沒有畢業，但聰明的父母總是早早就為自己女兒物色理想的女婿。雖然姚先生理論上信奉「婚姻自由」，但事情放在自己女兒身上時，他就沒辦法當一個徹頭徹尾的道家信徒，把一切都交給「自然」和自然盲目的機緣。再說，道家所謂的「機緣」，雖然是由不可見的原因決定，卻由一連串事件中可見端倪。莫愁婚姻的機緣已經很清楚了；立夫就是那個理想人選，要是不抓住機會，就是違背了天道。

姚先生意識到自己走在時代前端，但因此就讓女兒們自己想辦法尋找良配並不公平，因爲她們那一代的女孩有父母的計畫和遠見，可以幫她們找到同齡中最好的年輕人。時間很重要，因爲最優秀的年輕人通常早早就被訂走了。換句話說，「婚姻自由」對他來說只是一個用來把玩的烏托邦式想法。要一個莊重的女子用自己的魅力去擄獲一個丈夫，她會寧願至死不嫁！在當時，這樣的事顯得多麼廉價，多麼不體面，而後來他也確實看見這種事變得有多廉價，多不體面！

在木蘭之後的這一代，有些極好的女孩一直未婚，因爲時代變了。好女孩依然嚴守禮教，不會出去爲自己找丈夫，他們的父母卻已經不再有和理想男性的雙親一起安排婚事的權力了。

莫愁訂親的事因爲傅先生突然回京，以及光緒三十四年十月的幾件大事而加速進行。傅先生還在西湖時，突然接到他被提拔爲直隸學政的消息，於是急忙北返，於十六日到京。傅先生和傅太太都非常願意撮合這件婚事，傅太太當晚就去見孔太太了。

親事很快就談成了。雙方首先互換「家帖」，上面寫著新郎和新娘祖輩三代人的名字和他們自己的名字；接著再互相交換男女雙方的出生年月日時，也就是互換八字。

傅先生安排完這樁婚事，又晉見了皇上和皇太后，之後便前往天津就任新職。他總是以自己成爲皇上和皇太后最後一個接見的臣子而自豪。因爲到了二十一日，便傳來皇上和太后先後崩逝的消息。

在這一片混亂當中，莫愁和立夫正式訂婚了，慶祝的方式是彼此交換禮物，新郎送給新娘一對金手鐲，新娘則送了新郎帽子、一套絲綢衣褲、一支玉管毛筆和一方古硯。他們還交換了照片，算是一種現代創新。那金手鐲是孔太太自己的，從很久以前就爲未來的兒媳婦留著了。訂婚儀式很簡單，立夫的母親也沒假裝自己能在財富上和新娘家相提並論。由於是國喪期間，所以並沒有舉行晚宴。當四川會館的鄰居們向立夫的母親道賀時，她說：「論家庭地位，我們不敢跟姚家比。要不是知道姚小姐是這樣一個穩重、節儉、有教養的姑娘，和其他有錢人家的女兒完全不一樣，我們也不敢娶這樣一個闊人家的姑娘作媳婦。我眞不知道我兒子怎麼會有這樣的福氣，這都是他傅伯伯的功勞。」

至於莫愁這方，訂親前她父親曾經對她說：「我們爲你訂了這門親事，相信你不會反對。」「如果我反對，我會告訴你的。」莫愁答道。對一個女孩子來說，說出這樣的話有點難爲情，但莫愁並不軟弱，也不害羞。她很實際，只要是該說的事，她就會說出來。姚先生和藹地說，「你們兩個女兒嫁得很不一樣，但我們心裡對你們兩個是完全公平的。曾家有錢，但孔家很窮。你介意嗎？」「不，爹，」莫愁回答。「錢不重要。」「你確定嗎？」父親問。「我確定，」莫愁微笑道。「好，我就知道你會這麼想。我告訴你，這是件好事，好事。立夫可以託付終身。他是獨子，對母親又孝順。這會是個幸福的小家庭。」莫愁這時雖然只有十六歲，但心智成熟，性格也很穩重。就算她心裡很快樂，也不過是嘴角泛起一抹抑制不住的寧靜微笑而已。但木蘭卻非常高興，非常興奮，她祝賀自己的妹妹時，眼裡滿是淚水。

＊＊＊

國家進入國喪狀態，三個月內禁止一切慶祝活動。中國整個十九世紀後半都在那個無知的老婦人統治之下，在阻礙中國進步這件事上，沒有任何人比得上她。

要是沒有她，銳意進取的光緒皇帝一定會繼續他的改革。皇帝到了最後，就像一隻失去翅膀的鷹，只能對他的姨媽百依百順。無知加上性格強勢便成了雙重詛咒，愚昧與頑固聯手則是加倍愚蠢。她實際上等於廢黜了皇帝，還把皇帝囚禁在宮裡南海的瀛台。某年冬日天寒，一個太監因爲可憐皇上，幫窗子重新糊了紙擋風，結果立刻被太后打發走。她知道，要是皇帝活得比她長，她身後的名聲和靈魂就會遭受可怕的報復。因此，當她因長期痼疾體力大衰時，她自知命不久矣，便在自己死前兩天給皇帝下了毒。然而，皇帝一直沒有忘記袁世凱的倒戈，他在政變前夕背叛了他，讓他落到這樣一個悲慘的境地。臨終時，他咬破自己的手指，用血寫下了最後的遺囑：革去袁世凱職位，永不敘用。

革命正在醞釀中。中國人民不滿外族滿人的統治，不滿他們軟弱、無知、無能，以及對承諾立憲的拖延。一個三歲的小皇帝坐上了龍座（如今他是「滿洲國」的傀儡皇帝），他的父親成了攝政王，代表他的兒子統治國家。如果說一般生意人不瞭解政治趨勢，只要是更聰明點的人，都知道革命的力量是壓制不了多久的。姚先生就屬於這些有遠見的人。老太后和皇帝駕崩正好和他決定去香港、新加坡和爪哇的時間一致。現在他已經徹底說服自己，財富太多，對兒子們沒有好處，他想拿錢去資助革命事業。這件事他不能告訴任何人，甚至連他的妻女、小叔或傅先生都不能透露，因爲這等同於叛國。

姚先生十一月啓程前往南方。他不顧妻子的反對，帶著阿非一起去了，因爲隨著他年紀越來越大，他顯然越來越喜歡他這個小兒子。他帶著他並不算冒什麼風險，他會親自照顧他。姊妹倆在父親離開後才得知，他帶走了五萬塊大洋，而且還告訴舅爺他說不定要更多。她們的母親問過他，這麼大一筆錢他打算用在哪，但他完全不肯說。兩姊妹猜測，這可能和他對迪人不滿以及他威脅要花光家產有關。但他的生意和財產價值接近百萬，除非他賣掉所有東西，把這錢拿去塡海，否則這筆財產要花光還眞不容易。他答應明年春天或夏天回來，好及時參加木蘭的婚禮。

迪人覺得父親拿走了屬於他和阿非的錢，故意揮霍，也把這個想法告訴了銀屏。除夕那天，他找舅要一萬五千塊，說要還賭債。舅爺把這件事告訴他母親，但迪人一口咬定他是在賭桌上輸了錢，過年前必須還錢。他承諾再也不賭了，他說，這次他是認眞的。「這可是一大筆錢，你爹回來的時候一定會知道的，」他母親說。「娘，就救我這一回吧，我保證再也不這樣了。」他堅持。「等爹回來知道了，事情早結束了。他還能讓我把錢從肚裡吐出來嗎？我會自己去面對他，如果他想，就讓他打我一頓好了。但他不也幫著在浪費我們家的錢嗎？」迪人又開始深夜不歸，父親不在家，對他來說正是大好良機，這個家他誰也不怕。只要他母親不管，他舅舅就不管。

接著，他索性整晚不回家了。第一次出現這種情況的時候，他母親要他解釋一下，他生氣地說，他已經長大了，誰也不能關住他。他不在家的時間越來越長，有時甚至三四天都不回來。

那段日子對母親來說既悲傷又沉悶。她曾經很渴望再體會一次深夜坐著等他回來的快樂，因爲她知道他是會回來的，但現在她似乎已經夠不著他了。

隔年春天的某一日，他一連五個晚上沒回家，她再度要求他解釋。他說：「娘，我不能說。您最好別知道，知道了也沒用。我做的事是對的，您要相信我。」「是銀屛不是？」莫愁憤怒地脫口而出。迪人猶豫了一下，接著便不再掩飾，他堅定地說：「嗯，是的，我知道娘不會喜歡，所以我不想讓她痛苦。」一聽見這話，母親便歇斯底里起來。她滔滔不絕地咒罵著，毫無豪門貴婦的樣子，就只是個受了委屈的尋常婦人。「那個小婊子在哪？那個狐狸精在哪？我拿我這條老命跟她拚了！她就是閻羅王派來的索命鬼，拿了叉子要來取我魂魄的！」秘密揭開了，乳香原本也在房裡，她趕緊跑去告訴錦羅，然後又立刻回來，錦羅跟在後面，遺憾沒能每秒鐘都在現場。她們站在門口，聽著迪人說出了一個更加驚人的宣告。

「娘，您得聽勸，」他說。「您還不知道，您已經當奶奶了。有人給你生了個孫子，你還喊她婊子。嗯，不管是不是婊子，她都是我孩子的娘，我會站在她那邊的。」「什麼時候的事？在哪兒？」迪人的妹妹們叫了出來。「上個月。是個男孩。這就是我不能待在家裡的原因。我不想惹麻煩，所以也沒辦法解釋。自從娘違背了對我的承諾把她趕出去以來，我就一直在照顧她，如果這就是你們想知道的。如今生米已成熟飯，我不能拋棄她。一個人最重要的東西就是良心。」他母親現在完全驚呆了，說不出話來。有了孫子這個消息讓她陷入了更大的混亂，而且情況可能比她那個實事求是的腦子能理解的更複雜。現在她只有一種感覺是清晰的，就是她這個作母親的，被打敗了，而銀屛，那個丫鬟，贏了。

銀屛曾經希望能這樣。要是生出了一個孫子，會讓她的勝利圓滿完成，使她的地位不可動搖。結果還眞是個男孩！啊，這是母親的喜悅，女人的勝利！孩子出生之後，她曾經想讓這個消息傳出去，看看他母親要怎麼接招，但她建議迪人等到他父親回來再說，因爲她覺得他會比他母親通情理，也更能接受這種情況，說不定還能讓她以一種半丫鬟半姨娘的身分重回姚家。要是她能再次走進那座房子，該有多麼得意啊！她的血和姚家的血融合在一起了！但現在迪人已經脫口說出來了。

他母親賭咒發誓，說她再也不想看見那個丫鬟的臉。但她要她的孫子，她骨肉的骨肉。木蘭和莫愁試著安撫她，但她對銀屏的仇恨彷彿像大海一樣深，和女人存在的歷史一樣久遠。因爲孩子而讓那個丫鬟進門，幾乎是不可能的事。

她請教了她弟弟，他勸她先別管這件事，等迪人的父親回來再說。

木蘭答應從中幫忙讓母親回心轉意，從迪人那裡慢慢套出了銀屏的地址。於是有一天，三姊妹便出門去看銀屏和她的寶寶，這是她們這輩子最刺激的一次冒險，而迪人已經通知過銀屏了。她們來的時候，她謙恭有禮，端莊大方，仍然稱呼她們「大小姐」、「二小姐」、「三小姐」。房東太太知道這一家人的地位，看見三位漂亮富有的年輕小姐出現在她家裡，感到非常敬畏。迪人不在，銀屏按照老規矩親自給她們端茶。木蘭看了看四周，發現房間雖小，但除了一張可怕的外國裸體畫之外，其他地方都布置得整齊精緻，她也知道布置這些東西的錢是從哪兒來的。她唯一不喜歡的，就是丫鬟銀屏現在從頭到腳都是綾羅綢緞，胳膊上還戴著一對美麗的玉鐲，彷彿是個眞正的貴婦。

「小姐，眞抱歉，」銀屏說。「這都是誤會。你娘認爲我是狐狸精，但是你們對我很好，你哥哥也是個善良人。這就是我能活到今天的原因。」她的話裡流露出掩不住的滿足和勝利。「過去的事就讓它過去吧，」莫愁說。「我們不是來翻舊帳的，我們是來看孩子的。他在哪兒？」「進來吧！」銀屏說著，把她們領進了自己的臥室，一個胖胖的嬰兒躺在一個白琺瑯外國搖籃裡。銀屏抱起他，驕傲地把他抱在懷裡給興奮的客人們看。那嬰兒有個尖挺的鼻子，和她們的哥哥一模一樣。

「把寶寶借我們一回吧，」木蘭說。「我們會把他帶去給太太看，再帶回來給你。她見到寶寶一定會很高興的。」銀屏堅決不肯，三姊妹離開之後，她非常後悔自己剛才做的事，開始擔心孩子的家人會來這裡強行帶走他。她把這話告訴了迪人，提議搬到另一個藏身處去。「要是他們綁走了孩子，我就不能再綁回來嗎？」迪人說。「如果是這樣的話，我也會去的，」銀屏說。「他們當然可以不讓我進去，但我可以死在你家門前。」儘管如此，銀屏還是說服了迪人，搬到前門外的另一所房子裡。身爲母親的銀屏日夜守著孩子，從不讓他離開自己的視線。

她的母性本能最怕的事情還是成眞了。一天，羅東帶著幾個老媽子來到她的新居，以太太的名義要求她放棄這個孩子。

迪人不在家，和他們以不可告人的關係一起搬進新家的華太太恰巧也不在。銀屏坐在寶寶的外國白搖籃旁，狗就趴在她身邊。這條狗現在已經長大了，叫「戈寶」，是銀屏從洋文「女孩（girl）」得來的靈感。

銀屏臉色蒼白，狗對這群陌生人充滿敵意地咆哮著。她讓狗安靜下來，然後站在搖籃前，面向那群人，雙手護住孩子，問：「你們這是什麼意思？」「奉太太之命，」羅東回答。「這是姚家的孩子，太太要把她的孫子帶回去。」「怎麼回事？」她說。「孩子是我的。少爺什麼也沒說。就算要把孫子帶回姚家，也要有個安排才行啊。」「這我就不知道了，」羅東回答。「命令就是命令。」「你要是敢碰我的孩子，我就拿命跟你拚了。你們是當孩子的爹死了？」「我只是來執行太太的命令，」羅東堅定地說。「你們不能帶他走，」這個母親絕望地喊著。「孩子是她生的，還是我生的？」羅東氣勢洶洶地走上前抓住銀屛，同時命令老媽子們：「把他帶走。」銀屛開始用盡吃奶的力氣拚命踢打尖叫。狗立刻撲向羅東，一個女人把孩子從搖籃裡拽了出來。羅東放開銀屛，轉身打狗。那女人抱著孩子往外跑。「去！」銀屛尖叫。「去咬她！那個女人！」戈寶衝出去追，從後面咬住那女人的肩膀。

她驚恐地尖叫起來，踉蹌了一下，孩子差點掉在地上。母親嚇得大叫。另一個女人接住了掉下來的孩子，跑出門外，狗緊追在後。銀屛怕孩子受傷，又喊：「戈寶！回來！」狗轉過身來，疑惑地看著她，銀屛想衝出去攔住那個女人，但羅東抓著她。銀屛狠狠地咬了他的胳膊，抓他的頭髮，企圖掙脫。

孩子一出了門，羅東就放開銀屛，跟在其他人後面跑了出去。母親在絕望中看著自己的孩子被帶走，發出一聲身爲人母最原始的哀嚎，當中夾雜著一串寧波話的咒罵。「殺千刀的！操你姊姊、妹妹、姑姑、阿姨跟你家三代所有的婊子！賊骨頭！我會把孩子要回來的，你這個狗娘養的一定會中風翹辮子，滾進十八層地獄永世不能超生啊！」

那群人走了之後，她放聲大哭起來。華太太十分鐘後回來時，只見她躺在床上哭，嘴裡的髒話滔滔不絕。

迪人來了得知孩子被綁走，怒氣沖天，說話的口氣像是要把他母親殺了似的，不過迪人常常說是一回事，做又是另外一回事。「你打算怎麼做？」銀屛問道。「怎麼做？就算我不得不殺人，也要把孩子綁回來。」「慢點兒，慢點兒。俗話說，『急事要緩辦，』」華太太說。「這事兒太大，又棘手。你先回去跟你娘談談，說服她讓銀屏進你家門。這是我的建議，到時候你們倆可別忘了我呀。」「我現在正需要你幫忙，我永遠不會忘記你的，」銀屏說。「要是我死了，你會幫我撫養孩子嗎？」「別胡說，」迪人說。「我有個主意。華太太，你跟我一塊兒回去和我娘談，女人和女人好說話。總之，我需要你——我不知道怎麼把孩子抱回來。」

於是華太太便和迪人去了姚家，迪人領著華太太去了他母親房間。「你是誰？」姚夫人氣沖沖地問華太太，完全沒和迪人說話。「我是銀屏的朋友，」華太太說。她一走進這豪宅，見了這家人的生活氣派，原先的篤定早不知跑到哪兒去了，她硬著頭皮，有點膽怯地談起孩子的事。「姚夫人，」華太太說。「照說我只是個局外人，沒權利管這事兒。但俗話說：『旁觀者清。』當然，孩子是姚家的，應該帶來這裡。但母子關係是天生的。孩子既然回來了，就得安排當媽的去看他。連皇帝老兒都不敢拆散一對尋常母子，你自己也是當娘的人，也該爲你的兒媳婦想想。」「那個不要臉的婊子是我兒媳婦？」姚夫人回答。「我什麼時候派了大紅轎子把她抬進我家過？」姚夫人完全不聽勸。她不肯把孩子送回去，也不肯讓銀屏進家門。

「好吧，既然您說不通，」迪人說，「我就得硬把孩子帶回去了。」他走進隔壁房間要孩子，珊瑚正在那兒照顧寶寶。珊瑚試圖抱住孩子，但迪人用有力的胳膊把她推開，把正在哇哇大哭的孩子從床上一把抓了起來。「當心點，你這樣抓，孩子會沒命的！」珊瑚喊著。「就算我要了他的命，那也是我的孩子，不是你們的。」他說。他抱出孩子，交給華太太，她不情願地抱著，他叫她跟她走，但太太命令老媽子們攔住她。迪人聽見這話，轉身便跟老媽子們撕打起來，又把孩子搶了回去，華太太在一片混亂之中，獨自溜出了大宅。

羅東奔進來，和迪人在院子裡面對面地碰上了，姚夫人用家鄉話大喊，要羅東阻止他。迪人懷裡抱著一個脆弱的孩子，難以施展，就這樣被堵住了。「攔住他！把孩子抱回來！」太太喊。老媽子們又衝了出去。羅東很高興有機會大展拳腳，他往後退，堵住了第二進院落的門，那是迪人的必經之路。老媽子蜂擁而上，拉扯著他的衣服。他空不出手來，既絕望又憤怒，只好放棄。最後，他把孩子交給了珊瑚，便出去了，經過羅東身邊時，他甩了他一巴掌。

銀屏見迪人和華太太沒把孩子帶回來，失望地大哭起來，幾乎聽不進迪人的解釋。隔天迪人去店裡之後，銀屏親自去了迪人家。姚家不讓她進去，她便在大門外開始大哭大鬧，引來路人圍觀。她扯自己的頭髮，又叫又嚷，邊哭邊罵。「天要講公道，人要有良心哪！」她向聚集起來聽她高談闊論的人群喊道。「他們搶走了我的孩子，還不讓我進去，想讓我們母子分離！街坊鄰居們，我求你們評評理啊！」這對這家人來說是非常難堪的。「讓人母子分離」是一項很嚴重的指控，就算告到皇帝跟前，官司也能打贏。這是一條損害儒家思想根基的重罪。雖然法律上，迪人的兒子屬於父親的家族，但根據法律，他們也必須對母親負責。旁觀人群開始交頭接耳，互相探問，對正在哭泣的女人表示同情。羅大走出來，想安撫她，最後請她進去談談。但銀屏拒絕了。「還我孩子！還我孩子！」她像瘋了似地大喊。「不然，我就死在你眼前。」她看見那塊陷在土裡的石碑，便走過去，一次又一次地用頭使勁地撞。羅大把她拉開時，一股血從她額頭上流下來。羅大和羅東把她強行拉了進去，她又踢又叫，說他們要把她關起來。

這會兒大門關上了，眾人沒了好看的，只聽見她在門內胡言亂語，便開始散去。銀屏坐在門房屋裡，不時嚎叫幾聲，又哭上幾聲，木蘭和莫愁勸母親去和銀屏談談，說：「如果她眞的自殺了，那可不是什麼值得人家談論的好事。她脾氣犟，這您也是知道的。」母親很堅持。「孫子是我們的，不是她的，」她說。「那就讓她留下來吧，」珊瑚說，因爲有了那個孩子，她對銀屏的態度也軟化了。「她把兒子從我身邊奪走了，你們還指望我容忍那個狐狸精再進我家來嗎？」姚夫人問。最後出面的是錦羅和乳香，她們打算去跟昔日的老朋友說幾句話，安慰安慰她。

「聽我一句話，」錦羅說，「我和你是同樣身分。這裡是你犟了就能贏的地方嗎？也別尋短見。要是你死了，能得到什麼呢？你家人會從杭州來告這樣的一個家庭嗎？我勸你回去慢慢想想，這不是一件能馬上決定的事。」銀屏知道自己輸了。那孩子原本是她的力量所在，現在卻成了她軟弱的根源。

她筋疲力盡，錦羅護送她回家，這時她已經整個人昏昏沉沉、神智不清了。迪人去了她那兒，發現她躺在床上，不住地喃喃唸著：「兒子！我的兒子！」

她不肯起床，即使迪人求她看在他的份上也無用。不管華太太帶來多誘人的食物，她都不吃。整天躺在那裡，不洗臉也不梳頭，絕望的迪人只得先離開。

他爲她難過，但同時也爲自己陷入這樣的麻煩和混亂而忿忿不平。如今在他看來，也許沒有哪一個女人値得他操這麼大的心。

三天後他又來了。華太太告訴他銀屏還是那個樣子。他有點不耐煩地推開她關著的房門。門很難開，他還得用點力氣。他進房間之後，回頭看了看，看到銀屏。她上吊自殺了。

銀屏是好女人嗎？是的，但世上有壞女人嗎？只要環境地位稍有變化，她就會擁有和木蘭的母親一模一樣的地位，一個坐擁鉅額財富的太太，能幹的主婦，盡職盡責的母親，在孩子們眼中形象完美無缺。

＊＊＊

銀屏自殺的消息是迪人親口告訴姚夫人的。「你殺了她！是你殺了她！」迪人狂怒喊道。「你會付出代價的。她的詛咒在你身上，也在這宅子裡。總有一天她的鬼魂會攻擊你、跟蹤你、騷擾你，直到你死！」他母親臉色變得蒼白，說：「兒啊兒！你居然爲了一個丫鬟詛咒你自己的親娘！」「詛咒你和這座宅子的人是她。還有，娘，這是你應得的！」姚夫人驚恐地伸出手，想阻止他繼續說下去。

迪人整整一個月沒和他母親說話。儘管她懇求他，他也不聽。如今銀屏已死，他無法原諒她。他母親似乎突然老了許多，但從此他再也不讓自己注意這個了。現在他就算偶爾回家，也只是拿個東西而已。

華先生夫妻幫著他辦了銀屏的後事，他們允許乳香和錦羅在場，之後把銀屏葬在城外。馮舅爺也表示願意幫忙，但迪人不讓任何家人出席葬禮。

如今他已經背叛了整個家族，這是他脫離母親控制最遠的一次。

大約一個月後，華先生死了，死因是肺炎。迪人發現華太太對自己死去的情婦心存善意，便在她家住下了。她善解人意，待人眞誠，時而逗他開心，時而安慰他。他只聽她的話，這是他從未有過的。在她的陪伴下，他開始抽鴉片。他發現，抽鴉片那些時刻分外美麗寧靜，和外面嘈雜刺耳的世界形成鮮明的對比。因爲和他的年齡差異，華太太成了一個母親、情婦兼房東的存在。他到前門外紅燈區的女人堆裡尋歡作樂、尋求慰藉時，華太太非但不阻止，還會給他一些經驗老道的建議，讓他不至於陷入更糟的困境。她因此牢牢抓住了他，他對她也始終保持著某種忠誠。

最後他還是回家了，但餘怒未消。他走到母親面前，大聲說道：「你殺了我兒子的娘，現在我什麼都不在乎了。要是爹想和我斷絕關係，就讓他斷吧！姚家就算家破人亡我也不在乎，聽見了嗎？」

他母親不再答話了，只是可憐巴巴地默默看著他。她的頭髮在這幾個月裡迅速地白了。到了晚上，她會在夢中尖叫。她開始怕黑，總說銀屛的鬼魂跟著她。

銀屛的孩子取名博雅，由珊瑚撫養。奇怪的是，姚夫人現在對博雅出現了一種迷信的恐懼，儘管他是她的長孫，也是唯一的孫子。如今珊瑚必須把博雅帶開，不讓他出現在姚夫人眼下。

當父親和阿非回家的時候，發現家裡落寞了許多，他的妻子像是老了好幾歲，每個人都悲傷而壓抑。當其他人告知他，迪人在除夕夜拿走了一萬五千塊錢的時候，他只說了「很好」，但這兩個字在女兒們聽來是非常可怕的。

他得知銀屛的死訊時，責怪妻子沒有讓她進家門。「她畢竟也是我們孫兒的親娘。」他親自去看了銀屛的墳，下令做了一些修整，還說要在家祠裡立一個牌位，上面刻著「寧波張銀屛靈位」。於是銀屛終於在死後入了姚家的祠堂。母親雖然覺得丟臉，但也接受了，把這當成是對銀屛鬼魂的一種安撫姿態。

木蘭的婚禮就在這樣的情況下籌辦著。她爲了婚禮用的珠寶一直在蒐羅珍珠翡翠，珠寶商聽說這件事後，便帶著一包包令人瞠目結舌的項鍊、手鐲、戒指和玉墜子上門。她仔細挑選自己想要的東西。但由於迪人對母親的敵意，以及母親對夜晚的異常恐懼，家裡的氣氛大爲改變，有時候木蘭出於自私的理由，甚至會希望自己趕快出嫁，住到更平靜點的曾家去。

某天晚上吃過晚飯，父親用一種非常悲傷嚴肅的語氣對全家人說：「禍福皆天定。我如今只是在等阿非長大。等到木蘭和莫愁都出嫁，阿非成人，我就要走我自己的路了，你們也各尋己路吧。」

姊妹倆被極深的恐懼震住了。她們不敢相信有一天父親要離開她們。她們痛恨迪人給這個家帶來悲劇的陰影。「爹，就算我們不算數，您也要對阿非公平些。」木蘭含淚說。「現在我們家也有孫輩了，有時歹竹也會出好筍的。」但這位父親只向木蘭重吟了一次俞曲園①在福壽雙全地臨終之前寫的一首詩〈別家人〉：

骨肉由來是強名，偶同逆旅便關情。
從今散了提休戲，莫更鋪排傀儡棚。

---

①俞樾（1821－1907），清末樸學大師。字蔭甫，號曲園，《清史稿》編纂者之一，俞平伯曾祖父，章太炎、吳昌碩之師。

第二十一章　新娘

也許算命先生錯了。說不定更接近事實的是，算命其實是一種技藝，而不是一門科學，就像行醫是一門技藝，而不是一門科學一樣。如果一個醫生說出來的話都是絕對的科學宣言，那麼經驗豐富的老醫生就不具有任何優勢，也沒有必要在碰到緊急病例時會診，讓一個醫生去問另一個醫生：「你認爲呢？」了。然而，對於我們這些需要某種絕對信仰的外行人來說，專業人士就必須擺出一種確定和掌握了眞理的樣子。於是，看面相便如同診病。金、木、水、火、土五型的面孔之間其實沒有硬性規定的區別，五型底下的子類型更是彼此相混，難以釐清。要說某種類型的人就具有某種優勢，是很有問題的，更何況類型與類型組合之後，差異和細微分別幾乎有無限多種，只有經驗豐富的面相學家才能看出當中極小的差別。至於木蘭和她的妹妹，可以肯定的是，木蘭的眼睛比莫愁要長些，眼神充滿熱情的智慧，臉比莫愁更瘦，更銳利，感覺比莫愁更善變，也更有活力。而莫愁身爲土型人，有著圓圓的眼睛，豐腴的圓臉，個性也比木蘭更穩重，更務實。莫愁的肌膚比起來更爲白皙柔軟，這點對她有利，表示她本質細緻，而且擁有輕鬆舒適的生活。從古到今，無論東方還是西方，人們心目中的理想女性形象，都是膚色白皙、膚質細嫩，輪廓柔和圓潤的女性。

完全可以相信，就算讓莫愁配蓀亞、木蘭配立夫，他們的婚姻也一樣會成功。無論這四個人屬於什麼元素，他們都是相當好的子類型。

莫愁具備務實的智慧，在曾家那樣一個富有的大戶人家裡自然能過得很幸福，她對所有的細節都很感興趣，和長輩下人也都處得好。而在另一方，木蘭會改變立夫的家庭生活，讓他有更多愉快出遊的機會，說不定還能引領他走上一條也許不那麼井然有序、卻更加詩意的道路。她會發現，和立夫一起坐在蘇州運河的船上，在月光下對飲，是一種難以抗拒的快樂。她不是精打細算、節儉度日的人，所以立夫說不定會更窮一點，但是她會為他想出各種新奇又不花錢的日常樂趣。只是，以立夫的衝動個性，她可能沒辦法成功地讓他遠離危險。但她說不定會向立夫母親的先祖楊繼盛的妻子看齊，她在丈夫入獄時，請求為丈夫代死。

如果當時就有男女可以自由選擇的婚姻制度，木蘭可能會嫁給立夫，而莫愁可能會嫁給蓀亞。木蘭會公開宣佈她戀愛了——她陷入了一種無法解釋、神秘至極，不受她控制的狀態。這種狀態應該凌駕於其他所有考慮之上，以現在發生的情況，她應該會解除和曾家的婚約。但此時，舊制度依然完好無損，木蘭愛上立夫的那種罪惡感，讓她連對自己都不肯承認。她毫不懷疑自己會喜歡蓀亞，她對立夫的愛一直是她內心深處的秘密。

結果便是，莫愁拉住立夫，約束著他，木蘭則推著蓀亞，激勵他向前。但因為女人拉住約束丈夫比推動鼓勵更自然，也許莫愁會更快樂一些。如果是木蘭激勵衝動的立夫，說不定最終會釀成一場災難。

木蘭十九歲那年（按中國人虛歲算法是二十歲）結婚了。

宣統元年夏，曾家送來龍鳳帖，正式進行「請期」之禮。同時送來的還有龍鳳餅、綢緞、茶葉、水果、活鵝一對和四罈子酒。木蘭家則以一張附送十二種糕點的回帖表示同意。根據代代相傳的古典傳統，包括新郎親自去女方家迎親在內，新娘這一邊似乎佔盡好處，因爲女方家將女兒交給這個人，顯然對新郎家就已經是莫大的恩惠了。

兩家人都同意，要將木蘭的婚禮辦成京城有史以來最盛大的婚禮：首先，因爲雙方都是豪富之家；第二，因爲姚先生非常疼愛女兒，而曾家也爲了能娶到這樣的新娘子而驕傲；第三，因爲襟亞的婚禮很隆重，爲了對蓀亞公平，也爲了面子，曾家希望維持水準；第四是，因爲木蘭的父親對自己的財富已經看得很輕，要揮霍金錢，沒有比砸在他最愛的女兒婚禮上更好的方式了——在幸福尙存的時候親眼看見幸福。對他來說，財富就如同一場煙花表演，在黑暗的天空中畫出一道又一道火線，伴隨著響亮的劈啪聲和燦爛的光芒，而最後以煙、以塵、以落在地上焦黑的餘燼作終。

姚先生還眞的在這忙亂的幾個月前就從福建預定了特製煙花，加上運費，和一位一路帶回來的煙花師傅，花了他將近一千塊大洋。阿非在南方和父親一起看過這樣的煙花，他告訴姊姊們和紅玉，那些煙花簡直棒極了。

他們邀請了好幾百位賓客，包括最高層級的官員和滿族的親王格格。袁世凱此時已被免職，回到河南家中過著退休生活，但他致贈的紅綢喜幛卻和牛主事、王大學士和滿族親王們的喜幛一起掛在最顯眼的位置。這些大紅喜幛在曾府大廳裡一字排開，展示著致贈者的名字，讀起來就像一份朝廷官員名冊——像是軍機大臣、禁軍統領、九門提督、直隸總督、山東總督，以及滿族王爺等等。

因爲老奶奶今年夏天身體不錯，希望把事情辦得喜氣洋洋的，所以整個大宅都重新整修裝飾。婚禮訂在十月初，已經有些寒意，他們把第一進正廳的木製門板全部拆下，形成一片和石砌庭院相連的大露台。庭院上方和四面都搭起了四十尺高的支架，掛上厚墊子，當人們穿過翠綠灑金的四聯木屏風，進了堂屋後，就像進入了一個八十尺深的大廳。裡頭有三尺高的紅燭，四五尺寬、十五尺高的紅綢喜幛掛滿了牆，有些掛得實在太密了，只能看見落款上致贈者的名字。喜幛上的徑尺大字有的是純金箔，有的是黑絲絨鑲金邊，在燭光之下映得滿堂金紅。石階一路通向正廳，婚禮將在那裡舉行。正廳是大開的，中間掛的是濤貝勒的喜幛，右邊是軍機大臣那桐的，左邊則是大學士王文韶的。在這三人的左右兩邊，一幅是牛主事以兒媳素雲父母身分送的喜幛，另一幅是曾夫人某位兄弟以舅舅身分致贈的喜幛，舅舅在婚禮中代表母方家庭，地位極其重要。

園丁、木匠和油漆工一直忙著，要讓整座大宅看起來煥然一新。西邊通往迷宮般院落的蜿蜒走廊重新上漆，牆壁粉刷過，窗戶和天花板也貼上了新窗紙。老奶奶已經搬回後面的大院，這樣一來，全家人每天去探望請安就方便多了。她原先住的院落在曼娘最初住的那個房間東南方，現在是素雲住著，分隔兩個院落的是一條窄窄的帶頂迴廊和一座小花園。西面有一座佈滿了爬山虎的假山，把素雲的院落與方塾師住過的小院隔開；再往前是一座舊大廳，因爲靠近家祠前空地的樹林和廢墟，是專爲夏季使用而設計的。這個大廳一年前就改建成了舒適的客廳，夏天時曾先生和桂姐會住在這裡。這是大宅西南端最遠的庭院，透過月亮門可以看見家祠前的空地。當他們籌劃蓀亞的婚禮時，曾先生把這個院落讓給了兒子，因爲曾夫人記得木蘭非常喜歡開闊的視野。那片空地如今已經清出一塊地方，臨時搭建了一座木製戲台，準備連演三天三夜的戲。一條朝北的開闊小徑通向一扇門，這扇門直接通往後面曼娘居住的院落。而從庭院南門出來的另一條小徑穿過一座小小的六角亭後，直接通向大門。後面是靜心齋，曼娘和母親從山東來京的時候，最初就是住在這裡。

隨著婚禮日期臨近，準備工作也越發繁重起來。曾先生從衙門裡借用了一些人，他們連同幾個山東親戚和山東會館的雇員，在婚禮前一星期就住進了曾家，他們負責發送喜帖、收取並記錄結婚禮物、給送禮來的僕人小費、聘請戲團和吹鼓手、規劃遊街、向專門店家租用各式器具、安排轎子和喜宴、從會館借用桌椅。四個僕人負責照顧屋子裡的蠟燭、油燈和帷幔；四個人負責清潔、布置桌椅和掃地；兩個人負責擺桌上的銀器和象牙筷子；還有八個人在布置桌椅那批人協助下，負責爲所有賓客備茶端茶。賓客男女分座，以大廳作爲分界，前男後女。第三進院落坐不下的女客，則安置在第三進正廳和靜心齋以東的一悟堂。

籌備剛開始的時候，老奶奶就說要按照去年襟亞結婚那樣的規格辦；但是因爲她今年身體好，心情也好，又極疼蓀亞和木蘭，所以無論任何提議一概答應，比如說襟亞婚禮上沒有的唱戲。奶奶這樣興高采烈，全家人見了都很高興，更急著想取悅她，婚禮準備工作就這樣遠遠超出了最初的計畫。

到了六日，也就是婚禮前一天，曾夫人、桂姐、曼娘和母親、素雲和襟亞一早就聚在奶奶房裡。曾夫人問襟亞，是不是一切都安排妥當了。襟亞如今身爲長子，負責在外頭指揮男人們工作，他說：「鼓樂都安排好了，我們今天要做的就是向會館借桌椅。喜幛還陸續在到，而且都得掛起來。喜宴、油燈和蠟燭都有專人負責，這個我們不用擔心。只有東邊的廚房還沒弄好，我們得在今天結束前把爐子和煙囪都備妥，爲明天作準備。就是一件事兒比較麻煩。明天還有另一場重要的婚禮，去年素雲坐的那頂漂亮的彩繪玻璃花轎已經租出去了，全北京城找不到第二頂。不過我想到了一個法子。去年三月，濤貝勒三兒子成親，新娘子坐的是馬車。習俗在變，我們不妨也這麼做。」「眞是個好主意，」老奶奶說。「你就去跟濤貝勒福晉借那輛馬車吧。一輛四匹駿馬拉的車，馬頭上戴著綢子和金紅的絨花兒，一定很搶眼的。」「我就不信你眞的在全京城都找不到一頂轎子，」素雲對自己的丈夫說。「爲什麼非得坐我進門那頂不可？」「我覺得搭馬車是個好主意。既新穎又別緻。」愛蓮說。「要是您不見怪，我倒是想在老太太和太太面前說幾句。」說話的是丫鬟雪花。

「我想，既然這場婚禮籌辦得這麼盛大，我們就不該用舊花轎。計畫了這麼多婚禮的事兒，爲的就是要迎接新娘子，何況我們要娶的還是木蘭這樣一個天仙似的美人，讓她坐一頂普通花轎，既不合時宜，又不配這位新娘子。」素雲看了那丫鬟一眼，沒再說話。「那就這麼辦吧，」曾夫人說。「你派個人去跟濤貝勒福晉借馬車，另外跟他們說，請他們明天無論如何都要及時來參加婚禮。」「好吧，既然大家都這麼想，那就去吧，」素雲望著襟亞說。他出去時，她又對著其他人說：「外頭的事好像每件都等著他決定，過去這一星期來他都掉了好幾斤肉了。」「爲弟弟的婚禮奔波本來就是應該的，」老奶奶說。「說起來，我們眞不該這麼靡費，不過感謝菩薩，一切都平安無事，小三兒是我最小的孫子，木蘭又是個這麼討人喜歡的姑娘。可以親眼看見他倆的婚禮，我死而無憾了。我不知道她現在是什麼樣子，她已經一年多沒來看我們了。不過女孩兒家，會難爲情也是自然。」「奶奶，你會很驚訝的，」曼娘說。「她越長越漂亮了，現在相當高了呢。」

「今天下午，新娘子的嫁妝就要遊街了，」曾夫人說。「我聽說有七十二箱呢。」「錦羅也是這樣跟小喜兒說的。」曼娘說。「我眞等不及要看了。會讓人看花眼的吧，」愛蓮說。「那也是意料之中，」桂姐說。「既然兩家都同意要辦一場熱熱鬧鬧的婚禮，新娘子家當然會盡力而爲。木蘭是他們最疼愛的女兒，她家又那麼有錢。」一提到錢，素雲就不舒服了。她嫁來的時候帶了四十八箱嫁妝，已經很風光了，但聽到木蘭會有七十二箱，便覺得受到了侮辱。她以爲自己是最有錢的兒媳婦，確實如此，她也知道木蘭家有錢，但她從來沒想過木蘭的嫁妝會比她更好，像是故意要把她踩在腳下。「我們眞是好福氣呀，」她說。「說不定我們不光是娶了姚家小姐，還把姚家一半的財產都弄到手了。」曾夫人有點生氣，她說：「說眞的，有幾箱嫁妝根本不重要，我們要娶的是她，不是她的東西。再說，沒親眼見到之前，我們也沒權利說什麼。」素雲慼著一肚子氣回自己房裡去了。

下午三點左右，木蘭的嫁妝開始陸續到達，除了陪同而來的八個男僕之外，還有新郎這方派去迎接的八名侍從。嫁妝裝在七十二只公開展示的箱子裡，順序是金器、銀器、玉器、珠寶、臥室用品、書房用品、古董、絲綢、皮草、衣箱和錦被。這場遊街吸引了大量民眾圍觀，把東四牌樓周圍的交通都堵住了快五分鐘，沒看到遊街的女人都萬分懊悔，覺得自己錯過了北京最精彩的一次嫁妝遊街。牌樓附近的前排站著一位對嫁妝特別感興趣的婦人，是華太太。迪人跟她說了遊街的時間，還跟她提過，他父親嫁木蘭，陪嫁的嫁妝值五萬塊大洋，另外還有好些古董，當中有些根本是無價之寶。華太太站在那兒，看著箱子一個又一個從眼前過去，每個箱子由兩名苦力抬著，貴重珠寶和金器玉器都裝在玻璃匣子裡。單是華太太看見從她眼前通過的，就有：金如意一只，銀如意一只，玉如意一只，足金老蟠龍鐲一對，金絲蝦鬚鐲一對，金鎖墜一只，金項圈一只，金帘鉤一對，金元寶十錠；銀餐具兩套，銀製大花瓶一對，小花瓶一對，鑲銀漆托盤一套，銀燭台一對，暹羅小銀佛一尊，銀元寶五十錠；玉獸一套，紫水晶一套，琥珀與瑪瑙一套（木蘭的私人收藏），翡翠胸針、耳環、戒指一套，大翡翠髮飾一只、簪髮用大玉鳳凰一對，翡翠大匣一只，瑪瑙小匣一只，棕色古玉筆筒一只，祖母綠鐲子一對，鑲翡翠鐲子一對，玉墜兩只，一尺高羊脂白玉觀音像一尊，白玉印章一對，紅玉印章一對，玉柄手杖一支，玉柄拂塵一支，翡翠煙嘴兩支，古玉大碗一只，翡翠鑲水晶花瓣玉石盆景六盆；長珍珠項鍊兩條，珍珠胸針、髮夾、耳環及戒指一套，鑲珍珠鐲子一只，鑲珍珠項鍊一條。接著出現的箱子裝著古銅鏡和新式西洋鏡，福州漆化妝盒，白銅暖婆子，水煙筒，鐘，臥室家具，揚州木浴盆，以及常見的五斗櫃。接下來是檀木古玩櫥櫃、架子、凳子、古硯、古墨、古畫卷軸、成化瓷和福建白瓷，漢鼎一尊，三國銅雀台屋瓦一片①，以及裝滿甲骨的玻璃匣一只。接著是象牙雕刻一箱，絲綢、紗羅、皺紗和錦緞十箱，皮草六箱，紅漆衣箱二十只，絲綢床褥十六箱，這些東西一部份供新娘自用，一部份則做爲新娘分送給新郎親屬的禮物。

當所有的箱子都運到時，可以說遠遠超過新郎家想像。「木蘭眞是我見過最有福氣的姑娘了，」曼娘說。「她長得美，又擁有這一切，或者該說，她擁有這一切，居然還長得那麼美。要是一個新娘子有這樣的嫁妝，卻沒有她的美，那可眞是太冤枉了。」

華太太站在街角前排，眼睛緊追著一箱箱不斷從眼前經過的展示嫁妝，尤其是金元寶和翡翠，覺得

---

① 建安五年，曹操建都於鄴，在漳河畔大興土木修建銅雀台。後銅雀台遭水沖毀，銅雀台瓦成為製硯珍品。宋朝的王安石有《銅雀台詩》：「吹盡西陵歌舞塵，當時屋瓦始稱珍；甄陶往往成今手，尚託虛名動世人。」王安石感嘆，世人喜花費重金收藏銅雀台瓦硯，卻大半是贋品。

自己眼珠子都要掉出來了。她回去的時候，決定和迪人好好談一談，勸他別和父親撕破臉，不要因爲太放肆而冒險和父親斷絕關係。於是兩天後，迪人來了，她便對他說：「要是我知道你們家富到這等程度，我那天就不敢進你家了。你可是生來要繼承家產的長子呢！千萬別冒著失去家產和家人的風險哪，孩子。要是你這麼做，就太傻了。盡量讓你爹娘高興，別來找我。我不會介意的，只要你不把我完全忘了就行。」「嘿！」迪人說。「你知道我爹爲什麼把那些珠寶和其他東西都給我妹妹嗎？他在跟我比誰揮霍得快。他帶了十萬大洋去南洋呢——天曉得幹什麼用的——這次婚禮又花了五萬。要是他繼續這樣下去，不出幾年，我們家就要敗光了。你還沒看到木蘭婚服上那枚鑽石胸針呢，光是那個就花了五千大洋。」「爲什麼你妹妹比你先成親呢？」華太太問。「我也不知道，反正事情就這麼回事。木蘭的婚事是三年前我要去英國的時候定下的，然後就這樣了！」從這時起，華太太心裡便開始爲迪人暗自盤算著。

＊＊＊

回頭說木蘭的婚禮。嫁妝、遊街、喜宴、唱戲、鼓樂，這一切都不過是新娘子這顆寶石的點綴而已。如果說這樣的壯觀與隆重象徵著俗世的幸福，意味著人間夢想的極致圓滿，木蘭已經擁有了。然而，婚禮當天早上，她還是流下了眼淚，就像新娘子們常有的情況，淚水來自她內心最意想不到的角落。她把阿非帶到自己的房間，含淚把桌上的一個圓玉紙鎮送給了阿非，作爲臨別禮物。後來阿非也總是把它放在自己的桌上，從不離身太遠。「你姐姐現在要去另一個家了，」她對阿非說。「三姐姐還在家，你得聽她的話，孝順爹娘。你現在已經十一歲了，要下定決心，長大當個好人、名人，不要像大哥那樣。你應該爲姚家驕傲，也讓我們這些姊妹爲你驕傲。立夫到家裡來的時候，你要盡量和他在一起，和他作朋友。大哥如今已經沒指望了，姚家的希望全在你身上。我們姊妹是女孩子，不算數的。你和爹去南方的時候，我們經歷了什麼事，你永遠也不會知道。」話才說完，她的淚水已經落了下來。

姊姊的眼中充滿了愛，阿非記住了姊姊說的每一個字，也想了很多，這簡單的幾句話讓阿非在成長歲月裡一直保持正直。後來他每提起這件事，都是感慨萬千；姊姊的愛，甚至比母親的愛，對他意義更重大。

在古老的中國，一個人之所以要成爲好人，爲的是希望活得配得上自己的家族，並且維護自己的名譽和財富。只有在瞭解了這點之後，我們才能解釋爲什麼會有強烈的道德傳統、對行爲舉止的強調，以及貫穿文史的陳腔濫調和沒完沒了的道德說教，這些東西纏繞著一個人的一生，甚至到進了棺材也無法擺脫。

但也正因爲木蘭熱切地希望自己是個男孩，才把家族的驕傲，和所有屬於她自己的、尚未實現的熾熱想望和渴求都傾注到弟弟身上。

在當時，有多少女孩的夢想從未實現，多少抱負從未滿足，多少希望因婚姻而受挫，只能將這一切藏在心裡，以對兒子期望的形式表現出來！有多少人想繼續學業卻不能！有多少人想上大學卻不能！有多少人想嫁給心儀的那種年輕男子卻不能！花季時期在女孩們心中形成的模糊理想，就像是還未能盛開就被摘下或被風吹落的花蕾。這些都是無人歌頌過的可愛女子，沉默的女英雄，嫁給了也許配得上也許

配不上她們的丈夫，只在某個村落的小山上，荒煙蔓草間某個土堆前一塊簡陋的墓碑上，爲子孫後代留下記錄，

和這當中的大多數人相比，木蘭這婚結得算是幸運了。她從來沒眞的愛上過立夫，她是問心無愧地走進婚姻的。蓀亞愛她，這她知道，而且毫無疑問，她嫁給他之後，也會愛她丈夫的。這樣的愛裡面不會有人輾轉難眠；這是兩個正常的年輕異性的自然狀態，未來他們彼此都將把生命奉獻給對方，這是一種獨特的敬愛。在正常健康的情況下，其餘的都交給自然就好。如果說，一個妻子眞的很難像天使或女神一般始終擁有浪漫醉人的美酒，讓情人兼丈夫拜倒石榴裙下，或者相同的情況出現在丈夫身上，那麼老天爺也爲每對年輕夫妻提供了自然的和解方法，一種感情的黏合劑，可以修補婚姻外衣上的小洞，撫平小皺紋，讓這件衣服每天早上都像新的一樣出現，這方法就是讓彼此都對他或她所缺乏的特質產生渴望，並且讓每個人都因爲他或她所擁有的特質而對對方產生吸引力。性的魅力在婚姻內外都能發揮作用，但人類的肉體一旦進入婚姻，便必然要喪失性的自然魅力，這確實令人遺憾。

木蘭的婚禮莊嚴隆重。新娘子美得宛如天上的滿月，是眾人關注的焦點，之前未曾見過她的男男女女，都被她的美麗驚得目瞪口呆。除了她迷人的眼睛和偏低沉的聲音之外，她還有一副十分神奇的身材。我們常說這樣的女子是「多一吋則過高，少一吋則過矮；增一分則太肥，減一分則太瘦。」喜歡高個子女子的人會覺得她高，喜歡嬌小女子的人會覺得她矮；喜歡胖女人的人覺得她夠豐潤，喜歡瘦女人的人又覺得她很苗條。這就是完美比例的魔力。然而她既未節食，也不運動。她是自然而然便如此的。

時代在變，她也有了新思想，木蘭不再像一般人以爲的那樣總是低眉垂睫，也不再擺出嚴肅的表情

免得露出微笑。她不但沒有緊閉雙唇，甚至還常常和她身邊的桂姐低聲說話。要是有什麼讓她特別感興趣的事發生，她就會一面恭順地低下頭，一面飛快地瞥一眼在場的人。因此，對她來說，做新娘並不像從前的新娘那樣難熬。凡是看見她微笑的人，都認爲這是一種打破陳規的美妙舉動，並不因此便覺得她是個輕佻的新娘。

整場喜宴，木蘭都陪著新郎沿桌敬酒，祝願賓客身體健康。蓀亞實在太快樂了，笑得見牙不見眼。喜宴結束，她得趕緊回去準備迎接到新房來的客人。她換衣服的時候，桂姐低聲對她說，蓀亞有一群同學要來「鬧洞房」，所以老太太特地讓她過來，以防年輕人胡鬧太過。

「逗新娘」的習俗，目的是透過各式各樣的惡作劇，不管是實際做的或口頭上說的，讓新娘和新郎接受各種尷尬的要求，一起來鬧洞房的年輕人們則大聲起鬨表示贊成。從前新娘子的微笑之所以充滿魅力，是因爲那是單獨留給丈夫的，而現代新娘微笑的魅力，在於它是給每個人的。這就是爲什麼鬧洞房的目的是爲了看見新娘笑。但木蘭讀過公認是「摩登」或所謂「新學」的現代學校，自然更是容易笑了。「素雲娘家的兄弟也要來，」桂姐說，「他們可是京城裡鬧洞房鬧得最不成體統的傢伙。不過老太太也派了素雲過來說，要他們規矩點，他們是新郎的親戚，新郎對他們的要求是不敢不從的，你害怕嗎？」「不怕，」木蘭回答。「不過我的鞋子夾腳，要是穿上一天可會整死人的。」然後她問：「曼娘呢？」「她在外頭，但是因爲習俗的關係，她不肯進來。」因爲曼娘守寡，按理是不能進新房的。

「孔太太和她的兒子女兒也來了，」桂姐說。「立夫？哦！」木蘭說。過了半晌，她說：「你能去跟他說句話嗎？」「那可不行，我跟他不熟，」桂姐回答。「那你叫蓀亞去跟他說，讓他站到客人那邊幫個忙。鬧房的賓客裡有這樣的人在，會很有用的。我不怕人惡作劇，怕的是鬧得粗俗。」一行人來到她房間，當中有個蒸亞的同學姓蔣。臉胖胖的，能做出各種扭曲的表情和好笑的聲音。他一開始就很得意，因爲每次都能引得新娘子哈哈大笑。他挺出肚子，模仿蒸亞說話和走路的樣子，還把蒸亞在學校裡的趣事講給大家聽。這會兒連站在新娘後面的喜娘和錦羅都忍不住笑了起來。

受此鼓舞，這小伙子又講了一個故事來娛樂眾人。「從前有個無賴漢，沒錢過年，」他說。「他妻子問他錢的事，他說：『別擔心。』就在那時，一個剃頭的從門口走過，他把他叫進來，要他給他刮鬍子。剃頭的正給他刮呢，他卻叫他把他的眉毛也刮掉；可就在他一邊眉毛剛剃掉的時候，他突然生氣地跳起來大喊：『你在幹什麼？你把我的眉毛給剃啦！大過年的，你叫我怎麼見親朋好友啊？走走走，我們找官老爺評個理去！』剃頭的嚇壞了，給了他三百文錢，算是了結了這件事。妻子見他只有一邊眉毛，便說：『既然年夜飯的錢也有了，你應該讓他把兩道眉毛都剃了才是。你不知道你看起來有多滑稽。』『喔，不，不！』這無賴回答。『我們還有一個節得過，另一邊眉毛是留給正月十五的。』」講故事的人還拿了一張小紙片兒，用舌頭弄濕了貼在一邊眉毛上。

讓眾人吃驚的是，木蘭不但和他們一起哈哈大笑，還說：「再講一個。」「不，不，」那小伙子說。「我不講了。新娘子已經笑了，而且現在是她要我再搞笑一次。這就像是踢足球的時候，對方的守門員自己跑出來幫忙把球放進去一樣。這已經不成比賽了，我可不幹。」但大家都堅持要他照新娘的意思去做，於是他又開始說：「有個人非常健忘。有一天，他肚子疼，就到樹下一塊空地上拉屎。他把手裡的扇子放在樹枝上，他拉完站起來，看見扇子，高興地說：『是誰在這裡留了把扇子？』他很高興自己撿到扇子，轉身想走，結果一腳踩在自己拉的屎上。『老天爺！』他叫道。『是誰拉肚子把這公共地兒弄得這麼髒？』」木蘭忍不住又笑起來，蓀亞說：「老蔣，我知道你最會模仿動物的聲音了。給我們學個豬叫，模仿一下豬八戒吧。」於是這年輕人便開始裝醉，做出一副《西遊記》裡豬八戒的樣子，滿房裡跳起舞來，嘴裡還嘟嘟囔囔。這次木蘭並不覺得好笑。立夫知道該怎麼做了，便說：「你看，你這回沒能讓新娘子笑出來。做點更有趣的吧。學個驢叫。」就這樣老蔣幾乎包下了全部演出，他把雙手放在頭上裝成驢耳朵，走到新郎新娘跟前，像驢子一樣叫了一聲。木蘭還是沒笑。

立夫看著她說：「新娘子，你也該笑一下。這頭驢子都叫得這麼好了。」木蘭很快就意識到立夫在幫她，她立刻回應暗示，微笑著說：「蔣先生，您眞是太棒了，非常感謝您爲了今晚的聚會費心娛樂大家。」這突然的轉折讓所有人都吃了一驚。新娘這話一說，彷彿反客爲主，小丑搖著頭走開了，覺得自己好似爲取悅新娘出了洋相，新娘居然還爲此謝謝他！這結果實在太掃興，沒人想再繼續開玩笑了。同瑜離開新房準備去看戲，還對哥哥說：「打我們出生以來，還沒見過整新娘反被新娘整的。果然是個現代女孩！」

鬧洞房的賓客們散了，但新郎新娘還得等著可能要來看新娘的客人。蓀亞的同學們走了之後，他謝謝立夫幫忙，木蘭也說了一句「謝謝立夫哥」，三個人說起小丑的窘態，一起笑了起來。

立夫禮貌地告退，說他母親和妹妹等著要回家。客人們也陸續走了；但依然能聽見鼓樂聲，木蘭從窗口看出去，可以看到花園裡仍然燈火輝煌。直到過了午夜，喧鬧聲才平息下來，錦羅和喜娘幫新娘脫下禮服，請新郎新娘歇息，之後便退了出去，門上了門。

木蘭和蓀亞在下午的「合巹」儀式上，已經簡單聊過幾句。在他和她之間，並沒有一般新郎新娘像完全陌生的人突然單獨相處那樣的尷尬。

所以這時，木蘭做的第一件事，就是脫下那雙太緊的鞋子，彎下腰揉起自己的腳。蓀亞看著她，滿臉是笑。「你在看什麼？」她問。「在看你呀，妹妹。」他說。他走上前說要幫她揉。她趕緊放下還穿著襪子的腳，說：「不干你的事。我這新鞋子太緊了。」「妹妹，讓我幫你揉揉，」他懇求道。她伸出食指抹抹臉，半羞半得意地說：「你好不害臊！」但是當他彎下腰揉她的腳時，她踢了幾下，便屈服了。蓀亞把木蘭的腳牢牢握在手裡，說：「現在怎麼樣？我抓住你了。」

她的心怦怦直跳。「你還記得我們在大運河的船上第一次見面那天嗎？」她問。「記得，那你還記得我們在山東家裡去泰山玩的時候，我們為『貴處名山』和『敝處小山』吵架的事嗎？」他站起來，領著她到床邊，他們繼續聊著，幾乎天亮了才睡下。

＊＊＊

木蘭起床時完全是個快樂的新娘。喜娘趕緊上前祝賀。這又是忙碌了一天。她必須給曾家所有的新親戚「奉茶」，從老太太開始，作為進入這個家的正式介紹；每位長輩都要在茶盤上送她一份見面禮。當天中午，要為第一天趕不到的賓客舉行宴會；晚上請的則是新娘全家人，稱為「會親家」。

下午，木蘭趁空在新房裡打了個盹。她需要睡一會兒，但才朦朧睡去，就聽見錦羅在外頭和一個丫鬟竊竊私語。然後錦羅躡手躡腳走進房間，不一會兒木蘭聽見她又走了出去，低聲說她睡著了。「錦羅，有什麼事嗎？」木蘭喊道，錦羅進來說：「錦緞在外頭，說全家人都聚在老太太身邊，老太太心情很好。新郎也在。老太太讓我來看看你在做什麼。她希望你過去。可是我看見你睡著了，不敢叫醒。你幾乎沒怎麼睡。」「我只是打個盹兒，怎麼能眞睡呢？」木蘭回答。「現在幾點了？」「大約四點。全家人五點鐘會來吃飯。還有一位姨媽帶著她孫兒來，說要看新娘子。」「哪位姨媽？」木蘭問。「我也沒見過。聽說是太太那邊的表親，住在城外。」錦羅回答。木蘭坐起來，趕緊準備見客。這時錦緞出現在門口，小喜兒害羞地笑著，不敢進來。「錦緞，小喜兒，進來吧，」木蘭說。「怎麼沒待在你們奶奶身邊呢？」「小喜兒求我和她一起來看新娘子那只會報時的錶，」錦緞解釋。「她自己也想看，」小喜兒說。「是眞的嗎？錢姨娘這麼跟我們說的。」木蘭讓錦羅拿出那只只要按了就會敲鈴報時刻的金錶給兩個丫鬟看，兩人都被迷住了。「錢姨娘還跟老太太說了昨晚新娘子是怎麼整人的，大家都開心得很呢！」小喜兒說。「二少奶奶也在嗎？」木蘭問。「不在，」小喜兒回答。這時她們已經準備停當，但小喜兒對那只錶戀戀不捨，堅持要木蘭也帶過去給老太太看看。

當木蘭來到老奶奶房間裡，幾乎所有家人都在，所以裡頭擠滿了人。老太太斜倚在貴妃榻上，丫鬟錦緞站在她旁邊，對面另一張貴妃榻上坐著一位六七十歲的老婦人，穿著貧苦人家最好的一套衣服，看上去還很硬朗，就像許多農村婦女一樣。她孫子是個十歲的小男孩，穿著一件還沒下過水、顯然長了兩寸的嶄新藍長袍。曾家夫婦坐在榻下，桂姐和鳳凰站在後頭，曼娘的母親坐在另一邊，雪花站在兩人後面。那天早上，木蘭已經正式見過家人，現在是非正式的家庭聚會。站在門外的丫鬟通報她來了，引起房間裡一片騷動，老太太讓錦緞扶她坐起來。「您不必這樣的，娘，」曾夫人說。「她是新娘子，」

老太太說。「今兒個我敬她是新娘子，以後她也會用服侍我、料理好家務、爲我生孫兒孫女的方式孝敬我。這個家的事將來不交到我孫媳婦兒手裡，還交給誰呢？」

木蘭一進門，迎接她的是笑嘻嘻的老奶奶。「我兒，來見見你鄉下來的姨媽。」「眞抱歉我來晚了。」木蘭環顧四周，對全家人微笑著說。這會兒她穿的是一件粉色繡花襖子，一件雲水紋細摺子百褶裙，看上去比穿正式結婚禮服時更苗條些。她胸前掛著一枚綠玉墜子，雕的是一隻猴子和兩枚壽桃，前一天戴的鑽石胸針已經取下。她走到貴妃榻前，先向老太太行了一禮，接著又向老姨媽行了一禮。「這位是你姨媽，我的表姊，」曾夫人說。「你沒見過她。」錦羅隨後端來一只托盤，裡面放著一杯茶和冰糖，木蘭接過托盤，端給了剛見面的姨媽。「姨媽。」木蘭正式地稱呼她。

老婦人在上衣口袋裡摸索著，拿出一個小小的紅紙包，裡頭裝著兩枚新銀元，放在托盤上，然後說：「說眞的，姪女兒，你看起來就跟過年的時候大夥兒買的捏麵娃娃一個樣。」木蘭把托盤遞給錦羅，然後停了下來，不知道接下來該做什麼。老姨媽拿出一副眼鏡戴上，然後說：「姪媳婦兒，別忙著走，讓我好好看看你。」老阿姨牽著她的手，仔細端詳了一回，說：「我聽老太太說你上過學，能讀會寫，我姪子有這樣一個博學的兒媳婦兒，眞眞好福氣。來，讓我看看你戴的是什麼。阿彌陀佛！這是眞玉？龍王爺的女兒也沒有這麼好的珠寶啊！」

老太太說：「你就不用擔心我這孫媳婦沒珠寶了！」鄉下姨媽握著新娘的手，開始細看她的戒指和手鐲。她摸著一只色澤濃綠的祖母綠鐲子，驚叫道：「這樣的鐲子，恐怕跑遍全北京的珠寶街都找不到一對兒。今兒個我的眼睛太有福氣了，能看到這樣的東西。小福啊，」她對孫子說：「你得好好唸書。

以後說不定就能當個官兒，娶個跟你表嫂一樣漂亮的新娘子。」錦緞在老太太耳邊低聲說了幾句話，老太太說：「好孫媳婦兒，讓我看看你的金錶吧。」木蘭從口袋裡拿出金錶遞給老奶奶，錦緞教她怎麼按鈴，怎麼讓金錶響起來。奶奶聽見鈴聲很高興，轉過身說：「這些外國人不懂規矩，但確實做了不少巧妙的東西。」

鄉下姨媽的孫兒也湊上前去看那隻錶，老阿姨嚇壞了，對他大喊：「別碰。要是弄壞了，一百石小米加豆子都不夠賠的。」「沒關係，讓他看看吧，」木蘭說著把金錶遞給他，但他不敢拿，害怕地縮回了手。「讓我看看，」曾夫人說，木蘭把錶遞給婆婆，孩子們都圍過去看。「坐這兒吧！」曾夫人對新娘說，示意她在她身邊坐下。「大嫂還站著呢，我怎麼敢坐？」木蘭說。於是曼娘便坐了下來，老奶奶說：「這是家裡人隨意聚聚，大家可以輕鬆些，不必拘禮。」於是木蘭也坐下了。那隻錶在一個又一個人手裡當當心心地傳遞著，甚至連其他的丫鬟也跑來看這個珍奇的東西。「光緒二十六年，」老姨媽說：「洋鬼子兵搶宮裡東西的時候，很多人都看到了奇怪的外國自鳴鐘！但是我從來沒聽過眞有這樣的希罕物兒。這一定是宮裡出來的，我想知道這東西多老了。」木蘭解釋說，是她父親在新加坡買的。老奶奶想起了素雲，便問她爲什麼不在。「我想她是頭疼，」襟亞解釋。「去叫她來。全家人都在這兒。就說是我要她來的。」老太太說。素雲因爲頭痛一直待在自己房裡，她說是婚禮太吵引起的。但事實上，她之所以頭痛，是因爲覺得自己身爲家中最有錢兒媳婦的地位受到威脅。她家比木蘭家富裕，但並不是每個富裕家庭都會像木蘭家那樣豪奢地辦女兒的婚禮。

這會兒她來了，讓大家意外的是，她一身素淨，什麼珠寶也沒戴。「這是我的二孫媳婦，」老奶奶對鄉下姨媽說。「她是牛主事的女兒。」素雲驚訝地發現房裡有個滿臉皺紋的鄉下老婆子，她幾乎當她不存在似的，自己找了個位子坐下。「她爹就是那個牛財神嗎？」鄉下姨媽問。「正是，」老太太說。「你在鄉下也聽過他的名字？」「怎麼可能沒聽過！」老姨媽喊了出來。「京城內外，沒有誰沒聽說過牛財神和馬祖婆的！大家都說他們家的地窖都是熔了金子銀子打出來的。連門房也有幾萬大洋財產，在城裡有好多家當鋪，鄉下有好多土地。前年門房的老娘做壽，連朝廷高官都得送禮呢。怎麼這最有錢的千金小姐們全都嫁到咱們家來了？」素雲雖覺得受到了恭維，但對門房那段又不知道該作何反應。

雖然她什麼也沒說，但所有人的目光都轉向她。坐在她旁邊的曼娘把金錶遞給她，說：「這是新娘子的錶。我們都在看呢，」她按了一下彈簧，鬧鈴響了。「是啊，挺好玩的，」素雲一臉無聊地說，甚至手都沒伸過來接錶；曼娘碰了一鼻子灰，便把錶拿到房間另一頭還給木蘭。木蘭有點後悔把錶帶來了，但父親還沒看，現在他開始把玩那隻錶，讓它一次又一次地響。「這東西很好，」他說。「老人家晚上睡不著，不用點燈，按一下就能知道現在幾點鐘。」「爹，要是您喜歡，」木蘭說：「這就是您的了，我讓我爹去新加坡再買一個。」「我只是說一下對這支錶的看法而已。」父親說著把錶遞回去，但木蘭站起來，用雙手把它送給母親，一面說：「就當是我送給兩位老人家的薄禮。」「我已經收過你的禮物了。」母親說。「但是，請收下這個吧，謝謝兩位在我小時候救了我一命。」「那我們就收下吧，」曾先生對妻子說。「她可以再買一個。」「這兒有個作公公的大庭廣眾之下收賄賂呢，」老奶奶開玩笑地說。「小三兒，我可不准你欺負她。你們這姻緣是天定的。」眾人都看著蓀亞，他只是笑。

「老祖宗，」桂姐說，「請容我講句明白話。要是蓀亞這位新娘子能被她丈夫或任何人欺負，我頭砍下來給您當凳子坐。老祖宗，您不如叫木蘭別欺負小三兒。您沒看到她昨晚是怎麼讓那個鬧洞房的人臉面丟盡的。」「好孫媳婦兒，你怎麼做到的，跟我們說說。」老奶奶說。

「別信她，奶奶，」木蘭說。「那小伙子費心費力，我只是好好謝了他。別聽錢姨娘的。我在這兒是最小的孫媳婦兒，上頭有公婆，更高的還有您呢老奶奶，再下來點是丈夫和伯父嫂子。要是我膽敢欺負誰，這個家裡還有什麼長幼尊卑嗎？」「您聽聽她這張嘴，」桂姐說。「不過她說得也有理，」老太太十分高興。「話說得在理，那才是眞的能說會道。」她轉身對父親說：「兒子啊，如今我所有的孫兒都結婚了，一家和樂。你應該給年輕人說幾句治家之道才是。」

於是，父親帶著幸福的微笑開始說：「曼娘，你已經在我們家生活了五年，多虧了你娘教養得好，我找不出你一件錯處。襟亞、蓀亞，你們如今都成親了。兩個兒媳婦都來自好家庭，也都受過良好的教育，甚至可能比你們還要好。我們作父母的都非常滿意。這個家現在掌握在你們年輕人手裡，我們這些老人家很快就要退下來了。治家之道，全在『忍』『讓』二字。比方說吧，我很高興看見木蘭捨棄了她的錶；這不只是錶的問題，而是『讓』的原則，或者說，是一種妥協和爲他人設想。你們兩位兒媳婦在家時候受過很好的教育，不需要我提醒，你們的首要職責是相夫。女孩子受的教育越好，在家裡就應該表現得越有禮貌。否則書本裡的知識只會於品德有損。好好服侍婆婆和丈夫。你們只要幫助自己的丈夫，就是在服侍我了。」

這番話很有條理，也很含蓄，但不可避免的會拿來比量；素雲脾氣不好，難以取悅，木蘭則以她的開朗大方和天生魅力贏得了全家和僕人們的心。

這時，來「會親家」的木蘭家人到了，大家都到外頭的正廳迎接。愛蓮走到木蘭身邊，問：「那隻錶多少錢啊？」「我不知道。我爹買給我的，」木蘭回答。「如果你還會再買一個，可以要你爹也幫我買嗎？」「當然可以，如果你眞的喜歡的話。」素雲就站在旁邊，便對愛蓮說：「如果你要買，就得買兩個——一個自個兒用，一個給未來的公公。不然婚禮上還得再往新加坡訂一個，豈不是太麻煩了嗎？」

木蘭聽出素雲話中的譏刺意味，但她忍住沒回話，只是假裝沒聽見。

木蘭的家人並沒有待太久，因爲大家都知道，「請吃飯」只是一種形式，並不是眞的要他們吃喝一頓。木蘭的公婆對親家女兒的得體舉止讚不絕口，莫愁也受到了曾家親戚們的讚賞。

＊＊＊

第四天是新郎新娘回娘家的日子，新娘家要款待新郎。他們必須早早起床，在日出之前到達，習俗如此，這和一個古老的迷信有關，說新娘子不能見到自家的屋頂，這毫無疑問是來自某句如今已經失傳的文字遊戲。這是場小型的家宴。木蘭又回到自己家，非常高興，雖然她才離開了三天。她也很高興見到阿非，她先生蓀亞也很喜歡他。

當天晚宴過後，就是預定的煙火表演。阿非彷彿把自己當成了表演的負責人和解說。他念叨了整整一天，盯著煙火師在家祠西邊靠近空地處立起了高高的杜子。這是因爲後面的果園太小，樹又太多，會擋住視線，木蘭的父親又希望附近鄰居都能看見。辦婚禮這事是大家都知道的，會有特別煙火可看的傳言也傳開了，所以到了七點鐘，小巷裡都擠滿了人，有些人甚至坐上了家祠的牆頭。

各種系列的不同煙花排在水平的橫杆上，就像從那根二十尺高的木柱上延伸出來的桅杆似的。導火線是精確定時定點連接起來的，一旦爆開第一朵火花，後面的場景就會一個接一個自動出現。表演開始之前，這些煙花看起來就只是掛在院子裡的一些紙包和交錯的竹架子；然而這些東西都經過仔細安置，以防不小心濺著火星，時間不到就爆了。柱子頂端有一只仙鶴，它從嘴裡噴出火焰，直衝上天，然後隨著一聲爆炸，迸出金紫色的流星瀑布，煙火表演就此開始。隨後射出了九枚火箭，這叫「九龍入雲」。「這還不是最精彩的，」阿非說。「接下來是旋轉猴兒。」果然，竹架子裡突然跳出一隻紅猴子，肚子裡發著光，屁股放出嘶嘶作響的火花，推得那隻猴兒不住旋轉，站在柱子近旁的女人和小孩臉都突然亮了。「那是猴兒撒尿！」阿非得意洋洋地喊著。接著，一個綠色的大西瓜迸開，火星四濺，發出一連串的小爆炸聲。紅玉害怕地摀住耳朵，阿非說：「沒什麼好怕的。這之後是葡萄喔。」好像已經把所有的順序都記住了。

當西瓜的餘燼漸漸熄滅，這時突然又掉出一串紫白相間的葡萄來，周圍刹時一片寂靜。每個人都屏住呼吸欣賞著眼前的美，看著這些松香做的東西漸漸燃盡，落到地上。

這之後是「落仙桃」，一隻輪子利用火箭原理靠自己的力量旋轉，接著是最美麗的一幕。一座五尺高的七層紙寶塔從竹架上跳了出來，每層塔都從裡面透出光來。然後是兩三段無聲的場面，彩煙瀰漫。接下來是「急開蓮花」和「緩開蓮花」。然後是「鼠竄」，從半空中釋放出彩色小火焰，掉在地上還會四處竄動，直到熄滅，引起站在內圈的人們一場大騷動。之後出現的是各種閃亮生動的畫面，像是「八仙拖壽」、「七聖降妖」，最後都和紅魔王一起在煙霧中化爲灰燼。另外還有田園風光、船屋和朱紅色寶塔，裡頭有仕女端坐著。表演以一枚巨大火箭在空中連續三次爆炸的「連升三級」做結。煙花放完，人群便散了，每個人都遺憾節目結束得太快。

紅玉非常喜歡最後那些畫面，每燒掉一個她都幾乎哭出來。「不要燒！爲什麼要燒掉！我要永遠看著它們。」煙花放完之後，她失望地問：「完了嗎？」「完了，」阿非說。「這是當然的，煙花遲早要放完的啊。」「那我就再也不要看煙花了，」紅玉說。阿非帶著紅玉走了，蓀亞對木蘭說：「看看你那個小表妹。看起來好傷心的樣子，她太多愁善感了。」紅玉站在柱子旁邊，凝視著空空的竹架子，上頭只剩一兩根沒有燒盡的線頭，懸在那裡晃著。煙火師召喚出來的那些寶塔、船屋和衣飾華麗的人物，在孩子的心裡都是眞的，現在完全消失了。

煙火師是個老頭子，辮子盤在頭上，一直坐在那裡抽煙斗。他對自己的工作非常滿意，跟其他孩子一樣享受著煙花帶來的樂趣。阿非走上前去和他說話，領著他去見新娘。木蘭稱讚老人做得好，但發現他聽不懂她的話。阿非因爲和在南洋的中國人相處過，學了些福建話，便爲他翻譯。蓀亞拿出兩塊銀元給他，他非常高興，深深鞠了一躬謝謝新郎新娘。蓀亞問他是怎麼學會這門手藝的，老人說他家族以此爲生已經三代了。

木蘭的婚禮就這樣結束了，而紅玉還吵著要永不熄滅的紙燈籠。

第二部

花園裡的悲劇

夢飲酒者，旦而哭泣；夢哭泣者，旦而田獵。方其夢也，不知其夢也。……
是其言也，其名為弔詭。萬世之後而一遇大聖，知其解者，是旦暮遇之也！

第二十二章　革命

一九一一年，革命爆發，清朝覆滅。

因為對滿清統治的不滿，革命很快就成功了。八月十九日，第一槍在武昌打響。九月一日到十日，就有七個省相繼起義，其他省分也緊隨其後。每一次勝利都輕而易舉。各省的滿人總督被斬首，漢人總督有的被下級官員逮捕，有的直接投身共和事業。滿人的總督督察制度已經腐朽不堪，有些省分甚至讓一人身兼二職，兩者間的區別也不怎麼嚴格遵守了。朝廷頒佈了措辭謙卑、意在安撫的詔令，但已經無法滿足百姓。於是又匆忙頒佈了人民為之奮鬥了十年、清廷許諾已久卻姍姍來遲的《憲法重大信條十九條①》；並且赦免革命黨人、允許人民剪辮、還下詔罪己。但這一切都無濟於事。慈禧太后那老婆子對滿清即將覆滅毫無所覺，這令人難以置信的鎮靜早已透支了皇室特權的信用，如今，這一切都要由那位年幼的小皇帝付出代價。清軍和革命軍在五十四天內便宣布停戰，開始協商皇帝退位事宜。

十一月六日，中華民國國父孫中山自美國取道歐洲抵達上海。四天後，他獲選為共和國大總統。共和國通過決議，採用西曆，訂這一年陰曆的十一月十三日為民國元年一月一日，並正式宣佈孫中山為總統。四十二天後，滿清皇帝退位，帝國滅亡。

正如世界上所有革命一樣，這場革命席捲了一整代人和一整個階級，原本強大的既得利益集團一夕崩毀。大部份滿人都遭受了苦難，不分貧富。爲了維持原有的生活水準，滿族的王公貴族們開始變賣財產，前皇室家族自己就是帶頭的人。一六四四年勢如破竹征服中國的清軍後代，昔日顯赫的旗人妻女開始做起別人家的傭人。窮些的旗人過去便靠每月從宗人府領些米糧津貼，如今則陷入赤貧。這些人習於懶散，不能幹活；出身名門，不屑偷搶；臉皮太薄，羞於乞討。他們只會說最文雅、最有教養的官話。他們是一群眞正寄生在社會中的人，在過去的兩百七十年裡一直靠朝廷養活，不知工作爲何物。旗人構成了一個眞正的閒散階級，突然之間淪落到如此不幸的境地，恰似俗語所說的「樹倒猢猻散」。就個人來說，滿族人並未引發其他種族對他們的攻擊，因爲滿人這時早已弱化，個性變得軟弱，總是彬彬有禮，已經完全符合漢人喜好的典型了。他們接受了漢人文化，除了女性服飾之外，在種族上幾乎無法和漢族區分開來。現在滿族女孩都很樂意嫁漢人，年輕男人也拉起了黃包車。然而他們的貧困依然顯而易見。有時一家人會輪流穿同一套衣服；其中一個出去了，其他人就光著身子睡在床上，等他回來再輪到他們穿。

這裡有個故事，說的就是這樣一個因革命而成爲社會棄子的人。有個旗人在茶館裡花掉了最後一個銅子兒，要了一壺茶和一塊芝麻燒餅。燒餅吃完了，但他還沒有飽。他看到茶桌縫隙裡有些掉進去的芝麻。他想挖，又怕別人看見，於是便假裝生氣地自言自語，接著突然咒罵一聲，在桌上狠狠敲了一

①《憲法重大信條十九條》（簡稱《十九信條》），清宣統三年九月十三日（一九一一年十一月三日）辛亥革命時期由清政府公佈。以法律條文限制了清朝皇帝權利，皇帝成為統而不治的虛位君主，奠定了議會和總理大臣的政治實權。

下。他看見芝麻跳出來，便用手捻起來，看了看，然後漫不經心地放進嘴裡，說：「我才不信這是芝麻呢。」敲桌聲引起了隔壁桌一個人的注意，他看見他的奇怪舉動，便知道這人太窮，買不起第二塊燒餅。那人走過來，捻起一些剩下的芝麻，也用同樣怪異的方式仔細查驗了一番，然後說：「我才不信這不是芝麻呢。」

就在這時，那旗人的女兒出現了，說：「媽媽要出門，沒褲子穿，叫你回家。」「什麼？沒褲子？」那旗人擺出他最尊貴的樣子，大聲說：「她不能打開那只大紅衣箱找找看嗎？」「爸，你忘了呀，」那孩子說，「大紅衣箱端午節前當掉了。」「那就去翻翻那個鑲螺鈿的櫃子。」那個尷尬的父親說。「爸，你又忘了，櫃子去年過年前就當了。」這就是所謂的「殺風景」。他滿面羞慚，和女兒一起走出了茶館，其他顧客都在後頭笑話他。

但受影響的不僅僅是滿人，北京整個官僚階層都退出了官場。在失去所有社會和政治方面的依靠之後，這批無助的人發現自己面對的是一種全新的社會秩序，一種他們唾罵的鬆散道德準則，以及他們無法理解的年輕一代。比較富裕的人已經攢夠了足以過舒適生活的錢。有些人在其他城市的外國租界買了現代別墅，比較不想引人注目的，就住在租界小巷裡普通的帶露台紅磚排屋裡，隱藏起他們囤積的財富。儘管有些人發現，他們很難抗拒想擁有一部摩登汽車的想法，因爲汽車那種自在懶散的舒適感實在太棒了。負擔得起的人，就雇用高大健壯的俄羅斯人當司機或保鏢，務實些的人便把錢投入商業。還有少數人始終在政界求官，就算是短期職務，對有官癮的人也像是一口解癮的鴉片；對這些人來說，當個官，想盡辦法中飽私囊，是一個「讀書人」唯一能想像的自然行爲。這些天生追求政治權力的人又漸漸回到官場，從內部腐化了共和政體，也讓一九一一年到一九二六年間的政府成了笑柄。

木蘭娘家沒有受到影響。要撼動中國的茶葉和藥材業，還需要比革命更糟糕的東西。不管在共和政體還是君主制度下，茶還是茶，藥材還是藥材。木蘭後來才知道，在革命爆發前，她父親曾經給南海的革命黨人送去十萬大洋。這使他的資金一度緊張，但他的生意很快就恢復了。革命發生之後，他是第一批剪辮子的人。

然而，她的夫家卻發生了變化。對於曾先生這樣一位堅信儒家學說的人，革命等同於世界末日。他並不是在意滿人統治被推翻，而是擔心以後不知道會發生什麼事。他和木蘭的父親之間從未建立起友誼，因爲姚先生是維新派，而他是所有古老思想和社會習俗的忠心支持者。婚後不久，木蘭就發現他討厭外國書籍、外國機構和外國東西，就算對那隻金錶也是如此，他認爲那是下等人——也就是工匠做出來的東西。洋人製造出精巧的裝置，只能說明他們是優秀的工匠，而工匠比農民還低一級，比文人低兩級，只比商人高一級而已。這並不表示他們在更高的文化、在精神事物方面有需求。他的遠見只到此爲止。如今，革命來了，共和國成立了。想想看，一個沒有君主的國家！正如「無君無父」這個詞所代表的那種個人無法無天、社會一片混亂的狀態，他相信整個中國文明正遭受威脅，這麼說倒也沒錯。他反對西方世界的立場是無可妥協的，直到多年後，他得了糖尿病。當時愛蓮嫁給了一位在外國受過訓練的醫生，他用一種叫做「胰島素」的外國藥物治好了他。因爲這次親身經歷，他對外國的看法才開始改觀。

現在，曾先生的第一個念頭就是決定退休，因爲他已經賺了足夠的錢，可以讓家人過一輩子的舒適生活。他預見混亂的時期即將到來，想置身事外。他已退隱的老朋友袁世凱在革命爆發後四天被召回朝廷平亂，也沒有讓他改變主意。

＊＊＊

在這段時間裡，蓀亞和木蘭這對生活在大家族陰影下的年輕夫妻必須作許多自我調整。這對小夫妻的首要責任，就是盡力讓父母高興，或者是「做個好兒子、好媳婦兒」。但是爲了「盡力讓父母高興」，蓀亞和木蘭在各方面都有很多事要照顧。從根本上說，這樣過日子是爲了協助維持家庭的秩序和和諧，身爲年輕一代，必須學會爲父母分憂，並擔起家庭內外的日常責任。

木蘭雖然是最小的兒媳婦，卻很快就贏得了曾夫人的信任。曾夫人對素雲很失望，素雲對自己和丈夫都很照顧，但對自己院落外的責任卻一件也不肯承擔。

曼娘雖是長媳，卻不是能發號施令的類型，不管對老媽子或男僕都一樣，她沒有處理事務的能力，總是害怕得罪別人，連對丫鬟也不敢多說兩句，有些僕人便不聽她的話。桂姐因此漸漸把她負責的事交給木蘭，像是給僕人分派工作，盯住某些常把自己的工作推給別人的老油條，防止賭博誤事，解決爭端，以及檢查僕人上報的家務開支。例行公事很簡單，木蘭早上大部份時間通常都和曾夫人或桂姐一起安排工作、討論和別人家的社交往來和人情事務。這些事她在自己家裡已經做得很習慣了，而當中的不同之處，比如說曾家才有的人際關係，她也很快就學會而且熟記。管理一個有二三十個下人的家庭，就像管理一所學校或一個國家，關鍵是要讓日常生活順利運作、保持公正和對權威的尊重，並且和必須合作的下人保持微妙的權力平衡。木蘭堅決不讓錦羅插手家庭事務，錦羅自己也希望如此，她選擇了雪花和鳳凰當她的助手。

木蘭在娘家時的訓練爲她做好了準備，讓她得以勝任管理一個大家庭這樣困難的工作。她確實是個有幽默感的人，這讓她做起事來變得更容易。很多問題她雖知道，卻不公開挑明。其中一個理由是，她不希望家庭事務比之前桂姐掌管時處理得更好。她的身分比桂姐高，因爲桂姐無論如何也只算是代曾夫人行事，重要決定都不是她自己下的，而木蘭是明媒正娶的兒媳婦，是這大宅子裡的「少奶奶」。

男僕中領頭的是個旗人，姓氏不太常見，姓卞，四十歲上下，也開始怕木蘭更甚於桂姐，因爲要是帳目有什麼不符之處，木蘭總是微微一笑，表示瞞不過她，卻一個字也不會說。老卞把這事告訴了作帳的老塾師方先生，有一天，他當著木蘭的面對曾夫人說，他最怕的就是三少奶奶。木蘭說：「要是他眞怕我，那就好了。一切照章辦事，也不需要怕我。誰不是拚了命在養家活口呢？在這樣的一個大家庭裡，有些事總得睜一隻眼閉一隻眼。」曾夫人知道木蘭這樣年輕，頭腦卻如此世故練達，也非常高興，便越來越將權力交給木蘭。最終，曾家的事務還是必須由她掌管。

至於木蘭和蓀亞自己，像他們這樣的婚姻，孩子是必不可少的，這不僅是對家族的義務，也是對彼此關係的體現。孩子提供了一個結合的焦點，這是兩個完全不同的人之間所缺乏的。因此，當木蘭和蓀亞顯然幾個月內就要當爹娘的時候，兩個人都很高興。木蘭知道自己這婚結得沒有錯，她對蓀亞越發溫柔，而蓀亞的孩子氣也因爲嚴肅地考慮起孩子的事，而逐漸沖淡了。他們在一起的日子，比她想像的要幸福得多。

不知道為什麼，每個人都認為她第一胎就會生男孩。她也曾經渴望自己是個男孩，她身上帶著無畏、聰明和獨立的強烈特質，這些特質似乎必須在兒子身上才能有所展現。木蘭自己也是這麼想的。

但到了瓜熟蒂落之日，生下來的卻是個女孩。這家人很開明，並不因此失望，木蘭也不允許自己有一點失望的感覺。儘管如此，這孩子的出生並沒有像生男孩那樣盛大慶祝也是事實。

孩子取名阿巒，革命爆發時剛滿周歲。

＊＊＊

木蘭第一次惹怒公公，源自於她某個幼稚熱情的舉動。她和夫婿兩人難掩對滿清政權垮台的喜悅，十月份剛頒佈了允許自願剪辮的法律，她便衝動地拿起一把剪刀，毫不猶豫地剪掉了蓀亞的辮子。曾先生得知此事之後，斥責她太過魯莽。「我爹一星期前就剪了。而且我們是朝廷下了令才剪的。」木蘭說。但曾先生還是很不高興，一語不發。襟亞幾星期後也剪了，但曾先生直到隔年袁世凱自己也剪了辮子，這才剪掉。袁世凱成了共和國的大總統，因為孫中山把這位置讓給了他，這行為雖高尚，卻也不免有些愚蠢。但這並非孫中山的錯。革命之後，強者必然要出頭的。

目前的問題是襟亞和蓀亞該做什麼。婚後半年，蓀亞和哥哥在民政部謀得了一個小小的職位。但由於清政府覆滅，兄弟倆目前賦閒在家。北京很平靜。對首都來說，這是一場不流血的革命。皇帝和皇室即使在退位之後，也依然得以留在首都中心那金碧輝煌的紫禁城中，保有原來的頭銜、朝廷儀式，以及宮裡的太監宮女，繼續活在帝國大夢最後的一抹痕跡裡，即使連這一點點殘餘也在迅速消失，唯一慶幸的是性命得以保全。而在紫禁城外，滿清皇室痛恨的那個人正統治著中國。袁世凱和他訓練出來的將領們如今掌握著眞正的軍事力量，這些北洋軍閥的殘餘勢力，注定要在接下來的十年間統治中國。

不管政體的改變多麼流於表面，革命畢竟在社會上開創了一個全新的時代。社會革命是一種態度上的轉變，這十年標記了與過去的決裂。例如官方採用西曆、西式外交服裝和西方政府體制等行爲，無異於公開承認西方優於東方。從此以後，保守派總是處於守勢。在舊酒和新酒之間、社會現實和社會主義理論之間、困惑的老一代和困惑的年輕一代之間，這是充滿了荒謬對比的十年。

這一切，也在無形之中影響了我們故事中這群人的生活。曆法的改變是具有象徵意義的。我們應該記住，在此之後，故事中的日期都是西曆，新年是一月一日，而不是按東方曆法推算落在二月中旬的某一天。

素雲娘家因爲革命陷入了家境的最低谷，經濟和政治地位一蹶不振，在社會上也名譽掃地。但袁世凱又重新掌權，反正情況已經沒有辦法再糟，也許他們還能從中得到些好處。

去年十月，也就是革命爆發前一年，一場公憤風暴席捲了牛公館。

事件的起因是同瑜褻瀆尼庵，還企圖綁架一個尼姑。民怨沸騰，牛財神調動了所有政治力量都保不下他。如果這只是這個家裡某個人行爲不端的孤立事件，也許還不至於演變成所有人的災難。但事實是，尼庵事件只是許多曾經受過牛家欺壓的受害者發動攻擊的信號，他們現在要反擊了。

牛家這懷瑜同瑜兩兄弟都仗勢到了病態的程度，他們的母親也有一樣的毛病，她非但不阻止，還鼓勵他們這樣做。她不能容忍別人批評她兒子。每一次公然違法，每一次蔑視官署，都被這位母親當成她

「北京萬能馬祖婆」的新證明。她相信，也讓她全家人都相信，國家財政操縱在她手裡，她的地位是不容撼動的。她正盤算要建立新的財富王朝。她在這世上只怕一樣東西，就是佛陀，或者更確切一點，與其說是愛佛陀，不如說是怕閻羅。所以她信佛信得無比虔誠，給寺廟捐錢給了她安全感和信心，讓她相信，不管在什麼樣的緊急情況下，佛陀的無形之手都會在她身邊護著她，以及她的丈夫和家人。她是虔誠的信徒，這點毫無疑問。

她兒子做的事，有些她知道，有些不知道。她認爲她兒子和他們的保鏢違反北京的交通規則是理所當然的，不然她的臉要往那裡擺？要不是因爲天命如此，一個人也不會有這麼大的權力，交通規則可不是爲她兒子這種天選之人制訂的。但還有更糟的事，而且情況嚴重到年輕女子不敢坐在戲園子的看台座位上，就怕被牛家兄弟看到。至少有一次，有個人的姨太太被牛家大兒子看上了，散戲之後，便被他的保鏢「邀請」到他的一處私人地點過夜。姨太太隔天早上才回家，她丈夫卻對這件不光彩的事不敢吭一個字。

這個大兒子娶了一個軟弱、聽話而且愚蠢的女孩，對自己的丈夫去哪裡從來也沒想過要問。小兒子同瑜沒結婚，行動就更自由了。兩人都各有一個朋友，專門幫他們物色新女人，事成便有豐厚回報。然而有個富商的女兒，既年輕又漂亮，卻對同瑜的追求極力抗拒，這樣一來，反而讓同瑜非把她弄到手不可。他直接去了她家，她父親也不敢趕他。他開始帶她出門，公開向她求愛，聲稱愛上了她，最後還認眞地承諾要娶她。這姑娘想到自己會成爲牛家的兒媳婦，態度便軟化下來。可是不到一個月，同瑜就膩了，開始追另一個鄉下姑娘。他把她忘得一乾二淨，連想都沒再想過，因爲她不值得他這個天選之子爲她費心。無論貧富，女子都只是一夜情的玩物，而他是永遠的征服者。

這個被遺棄的姑娘恨透了他，但哭也沒有用。她的父母勸她不要尋短，發誓一定會爲她報仇。但最後，某天早上只有她一個人在的時候，她拿了一把剪刀把頭髮剪了，決定出家。姑娘父親見女兒的一生就這麼毀了，憤怒至極。告他是沒有用的，而且他也沒有證據證明他們成過親。但他要等待時機，因爲他有錢。他不動聲色地設下圈套，準備抓那個年輕的採花賊。

他在北京到處尋找最美的歌女，最後終於找到了一個漂亮的姑娘，很年輕，不到十八歲，和他女兒一般大，人又聰明。她和所有歌女一樣，從傳統故事裡接收了所有關於才子佳人、英雄主義、友情和感恩的教育。他拿了一筆錢從她乾娘那兒爲她贖了身，然後把她留在家裡，像公主一樣對待她。在不可思議的殷勤款待和禮遇之後，這姑娘就像古老的中國故事中會有的情節那樣問那位父親，她受到這樣不尋常的對待，是不是希望她做什麼。這位父親沒有回答。第二天，她又說：「您毫無緣由地對我這麼好，讓我很不安。您又不是要納我當小妾，究竟希望我做什麼呢？生命對每個人來說都是珍貴的。除了一死，您要我做什麼我都願意。」

父親把女兒的事告訴了她，並且承諾，如果她按照他的計畫去做，就會給她一大筆報酬。而且，如果計畫成功，必定讓她大爲出名，有了這樣的「過去」，她回去唱歌時，必然可以成爲那個世界最受歡迎的歌后。這父親的話讓那個姑娘對惡少恨之入骨，對她女兒深表同情。協議中她那部份是沒有危險的，而且她還年輕。在保證會絕對保密之後，她同意了。

父親隨後把女兒送到了近郊一處尼姑庵，他認識那村裡的一些耆老，又全力討好管事的老尼姑，承諾捐贈大筆香油錢。他每次去那兒，都會順道拜訪那些耆老，謹慎地透露一點女兒的事。牛家在那一帶早已臭名遠播，老人們聽著他的話，非常同情，然而卻敢怒不敢言。

接著，這位父親想辦法和牛家幾個僕人交上了朋友，知道了這位牛少爺常去的地方，包括戲園子和他常去遊玩的地方。在一家酒樓裡，一個僕人幾杯花雕下肚，他就從他嘴裡套出了牛家內部的一些事。然後他替小歌女租了一棟房子，還配上了女僕和假扮的父母，把她打扮得漂漂亮亮的，和女僕一起送到遊樂場和戲園子去。大約一個月後，野貓上鉤了。同瑜和這個扮成富家千金的姑娘談起了戀愛；雖然她同意和他在外頭親熱，但絕不允許他跟著她回家。三週秘密約會下來，同瑜一直很興奮，甚至認爲自己是第一次戀愛了。但某一天，這位姑娘突然失約了，沒有出現在他們約好的地點。她的女僕獨自前來，告訴他一個壞消息。她說他們家小姐現在非常痛苦，因爲她父母違反她的意願爲她安排了一門婚事，如今她被關在家裡，打算過幾天要逃跑，親自去見他，或者至少也要送個消息給他。她求他千萬不能變心，要撐下去。三天後，女僕又來了，告訴他說，他家小姐絕望地剪掉了頭髮，決定出家當尼姑。現在所有希望都破滅了。如果他想見她，就必須在某日之後，到北京郊外一處尼姑庵去。

在家裡的父親這時正準備把歌女送到他女兒所在的那座尼姑庵裡，等待他的獵物。他的計畫很簡單，只不過是要把同瑜和尼姑扯上關係，因爲褻瀆佛門是最可恥的罪過，時候到了，就讓那個歌女自己揭發這件事。老尼姑只當她又是一個誤入歧途的漂亮傻女孩，兩個年輕尼姑對這個秘密都守口如瓶。

到了九月某一天，牛家少爺坐著馬車來到尼姑庵，說自己是那個新來尼姑的親戚，要求要見她。那如今法號慧能的歌女出來見了他，說自己對他舊情難捨，對自己做下的事很後悔，但又說沒有別的辦法可想。同瑜聽了她的話，說：「這還不容易。你就跟我走吧。這裡沒人敢碰我。」慧能見他打算在大白天把她從尼姑庵帶走，這幾乎等於綁架了，便要他先回去，三天後再來接她。

他一走，慧能便奔到老尼姑那兒，說：「師太救我！別讓那個男人把我帶走！」「可他是你親戚啊！」師太說。「我親戚！他是牛財神家的兒子。我不敢不讓他見我。就是因爲怕被他找麻煩，我娘才送我到這裡來的。現在他又找上門來了。」「簡直難以置信！」師太大聲說。她想起幾個月前富商的女兒慧空的事，說：「你師姐慧空也是被這個男人毀掉的。」「我知道，我知道，」慧能說。「他想帶我走，但是我拒絕了，他說三天後會回來接我。我們該怎麼辦？」老尼姑很擔心。無視牛家是非常危險的事。但是，如果他眞的帶了手下來綁走那個尼姑，她又任由這事情發生，尼姑庵的名聲就要被玷污，其他尼姑的安全也難保了。

這件事傳遍了尼姑庵，人人都覺得有可怕的事要來了。小道消息從尼姑傳給庵裡的僕人，又從僕人那裡傳給村民。綁架尼姑這件事激怒了村民，村裡的耆老已經知道了慧空的事，就來找老尼姑商量。討論結果是全村的人都決定支持她，因爲如果連京城近郊的尼姑都會被綁架，皇上的威信何在。他們決定用武力抵抗。

第三天接近日落時分，牛少爺坐著馬車來了，身邊還帶著兩個孔武有力的手下，即使如此，他並沒有想到會遭遇抵抗。他帶著人走進庵裡，要求見師太。他亮出自己的身分，要她們交出慧能。

老尼姑拒絕，說：「這種事聽都沒聽過。這裡是佛門聖地，無論你是誰，我都不容你們玷污這裡。」

牛少爺命令手下搜尼姑庵。尼姑們都喊叫起來，這時黑暗的角落突然跑出一群村裡的年輕小伙子，手拿扁擔，把牛少爺的幫手都打退了。他們措手不及，只得倉皇撤退，還放狠話說一定會回來報仇。

隔天牛少爺差人帶消息來，威脅若不交出慧能，就要關閉尼姑庵，懲罰村民。老尼姑發現自己陷入了更深的困境，求他寬限一點時間，答應兩天內給他答覆。她若不抵抗到底，就得屈服，於是她又去和耆老們商議。

有個老人已年過八旬，是村裡的族長，他說：「我活了八十歲，從沒見過這種事。師太，這事是我們引起的，我們會幫你度過難關。上頭還有皇上在呢。我會負責的。我都這把年紀了，死也沒什麼好怕，我倒要看看這個牛財神能怎麼把這個世界弄得天翻地覆！」

在老人這番話的鼓舞之下，村民和尼姑決定共同努力。時限已到，老尼姑讓牛家送信的人回去告訴他主子，想怎麼辦就怎麼辦，但她不能讓尼庵蒙羞。同時她也安排好，讓一些尼姑躲在村裡，再把慧空慧能兩人帶到另一所尼庵去，爲關閉尼姑庵做準備。

北京的官府準備派人去封尼姑庵，理由是對未鬧事的鄉紳訪客使用暴力。卻發現那裡已經空無一人，官軍帶著逮捕令來到村子裡，以違法亂紀的罪名抓捕村裡的耆老。八旬老者自願被捕，但被村民勸阻了，最後派出了兩個人，一個是讀書人，一個是老農民。

幾天後，京城裡出現了一場令人訝異的僧尼和村民組成的大遊行。城門和街角都貼上了大幅字條，說有人企圖綁架尼姑，他們以尼庵和村莊的名義要求伸張正義。走在這支不尋常的隊伍最前面的，是那位白鬍子的八旬老人。民眾本能地尊敬老年人，無論老人在什麼地方停下來，用他那緩慢莊重的聲音說話，都會有一大群人全神貫注地聽著。罪魁禍首來自令人憎惡的牛財神家，這一點讓人們萬分同情，遊行隊伍越走，人群聚集的力量越大，到天安門廣場時已經有一千多人了，他們很快就失去了控制，高喊著：「打倒財神！打倒牛馬！嚴懲惡徒！」尼姑和村民們受到遊行成功的鼓舞，在宮門前放聲大哭，尼姑的哭聲吸引了更多人，這天在天安門前肯定聚了有三四千人，有人要綁尼姑的事以閃電般的速度傳遍了京城。

這樣的公開請願在宋代很常有，但在這時已經相當罕見了。宮裡的攝政王聽見外面的喧鬧聲，一開始還擔心是發生了革命。得知原委之後，他派了一個太監去見和尚和尼姑，想知道他們要指控什麼。他們早已準備好一份狀紙，太監將狀紙送進宮裡，又走出來，代表攝政王承諾立即重開尼姑庵，釋放村中耆老，牛家少爺的案件將交由刑部審理。

但尼庵事件和遊行已經將公眾對牛財神的憤慨推向了高潮。北京茶館裡幾個月都在聊這件事，城裡到處可以聽到對牛主事毫不掩飾的譴責。這時牛家的人有點嚇著了，開始閉門不出。

有位名叫衛武的監察御史，長期以來一直在考慮彈劾這位主事，但一直被同僚勸阻，認爲彈劾他不僅無用，還會有糟糕的後果。這次他在公眾憤怒的鼓動下，喬裝成普通人，到各家茶館去探訪輿論，收集資料。他坐在東城一家很受歡迎的茶館裡，聽見一個人說：「一百個尼姑也比不上一個主事。『官官相護』是官場的鐵律。你記住我的話，瓷碗可是碰不過鐵鍋的。」

另一個人說：「要是這樣，這國家還有王法嗎？聽說還有另一個好人家的姑娘，因爲被牛家少爺始亂終棄，也剃了頭髮當尼姑去了。誰不知道這兩個寶貝兄弟幹了什麼好事？」

第三個人說：「閉上你的嘴。牛家可不是那麼容易撼動的。」「眞不知道那些監察御史在做什麼，」第二個人說。「那些人的眼睛一定是給泥糊住了。我等著看這件事如何了結。我聽說那位主事一直在請病假，想運用他的影響力把事情解決掉。其實如果秉公處理，就連封尼庵的北京官差也該受懲罰才是。」衛武走近第二個人，說：「噯，我們小老百姓在這兒說什麼都沒有用。看來那些監察御史的耳朵都給耳屎塞住了。誰敢去捋虎鬚呢？我還聽說牛家大兒子特別喜歡強奪別人的小妾，供自己淫樂呢。」

「唉呀，這都是公開的秘密了，」那人說。「他還爲了這個專門在西城準備了一棟房子，有朋友爲他物色女人。在他家裡，悲劇更是數不清。」「什麼悲劇？」衛武問。「我聽說他們家有個丫鬟被折磨至死。那丫鬟死了以後，他們不敢讓她的父母收葬她，怕他們看到她身上的傷痕；所以他們就把她埋在自己家的花園裡。」「你又不是神佛，怎麼知道當官的家裡發生了什麼事？」「蛋殼再密也有縫啊！若要人不知，除非己莫爲。你以爲在這樣的一個家裡，會有眞心忠於他們的僕人嗎？事情總會洩露出去的。」監察御史衛武繼續探查這件事。他去了尼姑庵，與尼姑和村民交談，得知了慧空父親的地址。他從他那裡得到了一個重要的信息來源，還被帶去見了牛家的一個僕人。那人賭咒發誓，說丫鬟被謀害這件事千眞萬確，他知道屍體埋在哪裡。

確定事情屬實之後，這位監察御史又調查了一下目前的情況。

自從發生宮前請願事件之後，牛主事官場上的朋友多半都離他遠遠的。雖然他很有權勢，在朝廷裡卻沒有多少眞正的朋友；因爲他不是通過正式科考取得官位的，沒有一般官員會有的同年和恩師；這時袁世凱還在政治低谷，依然退隱未出。王大學士雖有足以保他的影響力，但年事已高，個性又軟弱。這位監察御史認爲時機已經成熟，決定提出彈劾。

出事時襟亞正好在岳家，牛老爺已經被群眾的憤怒嚇壞了，但牛夫人依然傲氣十足，得意洋洋，還威脅要給那些可憐的出家人和村民一點教訓，這時看門的一個僕人狂奔進來，說：「老爺！太太！大事不好了！一位公公帶著禁衛軍闖進來了。」

牛老爺急忙出去迎接。與此同時，另一個僕人跑去內屋通報牛夫人，說整座大宅已經被重重包圍，門口也有守衛，不准任何人出去。而在外頭，宮內太監一進大廳便轉身朝南，吩咐牛先生準備接旨。牛老爺立刻朝北跪倒，聽著那位公公宣讀詔書：「查牛似道有負聖恩，枉法弄權。今監察御史參奏，知其收受賄賂、重利盤剝、藐視國法。再者，牛似道治家不嚴，放任其子濫權欺壓百姓，誘騙良家婦女，甚而意欲綁架僧尼。更有甚者，任家中奴僕虐死丫鬟，秘密收埋。著即革去牛某官職並一切品級，與其子牛同瑜、牛懷瑜一併收押候審。牛宅嚴加看守，以查明虐死一案。欽此。」聖旨宣讀已畢，太監便下令逮捕牛似道。牛似道嚇得連話都說不出來。身子彷彿被抽去了脊骨，癱成一堆肉。禁軍們捲起袖子走過來，手按在他身上把他拖了起來，剝去了他的頂戴和補服。

「你兒子呢？」那位太監問。「都在裡間靜候命令呢，大人。」牛抖著聲音囁嚅道。誰也沒想到他會是這樣一個膽小鬼，這樣一個令人搖頭的人。太監下令把他兩個兒子帶出來，很快他們就出現了，雙雙被捕。父子三人被押出了宅邸，送入大牢。

長話短說，牛主事之後在王大學士說情下，得以從寬發落。他被免去所有職位，但由於尚知悔罪且年事已高，予以釋放。京城內所有家產一概沒入國庫，包括錢莊在內，但京城外的財產得以保留。大兒子被判監禁三月，罪名是任由家僕虐死丫鬟，拒絕父母收葬，非法埋屍。殺人罪部份以過失殺人判在一個男僕頭上，男僕被判流放和終身苦役，這算是便宜了牛大少爺。牛家的女眷也算幸運，因爲審判牛老爺時上頭寬大處理，她們得以獲赦。若是牛老爺遭到處決，罪犯的妻子和未婚女兒就都要被「沒入官家」，賣身爲奴了。

小兒子同瑜因拐騙民女始亂終棄，以及企圖強奪尼姑褻瀆佛門兩罪，被斬首處決。雖然他是計謀的受害者，但也屬罪有應得。行刑那日，北京城萬人空巷，無論男女或身分高低，至少半個北京的人都去看痛恨的牛財神之子被砍頭，那天至少有三萬人聚集在天橋，還有十幾個孩子遭踩傷或踩死。

尼姑慧能回到了她的假父母身邊。人們鼓勵慧空和慧能還俗，自願回到父母身邊，是因爲她們已經報了仇，而且也不需要再害怕牛少爺了。在眾怒的風暴和挖出虐死丫鬟屍體的騷動中，誰也沒想到要仔細調查慧能的來歷，又過了幾年，眞相才漸漸爲人所知。

因此，在革命爆發時，牛家的勢力其實已經衰微，只能靠天津和其他地方尙存的財產過著名聲掃地的生活。民國元年，袁世凱再度掌權，讓牛先生對重回權力圈又燃起了一絲希望。但即使袁有意幫忙，也發現難以使力。過了幾年，牛家大兒子才在素雲夫婿的幫助下，在某個政府部門謀得了一個小小的職位。

第二十三章　萬變

對於社會地位的衰落，沒有誰比素雲的感受更深切、更悲哀。她在曾家悶悶不樂，一方面是覺得總有人在她背後說閒話，一方面是她對襟亞失望。因此，即使襟亞已經在北京的共和新政府中找到工作，她大部份時間還是和家人住在天津。由於她在曾家也沒擔負多少責任，她每次說要去天津，曾夫人都答應。她的家人在天津展開了新生活，她也是。在這個港口大城市，大江南北的人雲集於此，她感受到一種全新的拜金魅力，新的摩登奢侈品帶來的興奮，舞廳、劇院、汽車和新流行帶來的歡樂，所有的舊觀念舊標準都輕而易舉地廢除了，社會成功的標準變得很簡單——誰有錢，誰就是大爺；誰是大爺，誰就有錢。這種觀念她本能地有共鳴。她每次到天津都覺得很興奮，能待多久就待多久。回來後越發覺得北京相比之下顯得枯燥壓抑。她越來越習慣通商口岸的生活，也越來越把自己在北京的家當成監獄。

牛家剛出事時，曾夫人曾經禁止下人談論或提及這件事，免得讓素雲難受。木蘭在她家陷入困境那段時間也努力表達善意，她要自己的丈夫蓀亞去牢裡探望懷瑜，也和曾夫人一起去過素雲家。但這些探訪只是徒增誤解，引得素雲更加不滿。她不僅認爲木蘭表面善良，內心卻充滿了勝利的喜悅，而且曾家人每次拜訪，都帶來更多令人不愉快的細節，讓人覺得她們根本是來探聽牛家的消息。牛夫人不能也不願意接受失敗的事實，總是滿懷怨氣。她不肯相信牛家人這樣的天選之子，會永遠蒙羞，永遠墮落下去。她依然相信自己，相信她的兒子懷瑜，也相信自己的天命；她發誓要對監察御史和其他背叛她們的人嚴厲報復。如果說有哪個領域是她最有自信的，那就是政治。

「算了吧！」她丈夫說：「多虧攝政王念在我們過去的貢獻，寬大處理，我們還能有今天已是萬幸。」「哼！」牛夫人回答：「我從來沒想過你這麼沒用。要不是我，你現在還在山東當你的錢莊老闆呢。」牛老爺頗受打擊，彷彿氣力盡失。去掉了之前的自命不凡，如今他又恢復成原來那個善良單純的人。也許是累，也許是精神崩潰，也許是羞於見人，他一連六七天都躺在床上哼哼。牛夫人看著這樣一個軟弱無能的丈夫，和一個只會哭的兒媳婦——懷瑜的妻子，心裡非常厭惡。只有女兒素雲還有點自尊。懷瑜的妻子是個軟弱的蠢女人，當丈夫身陷囹圄時，她完全無計可施。但她對這個家倒是貢獻良多，孫子一個又一個地生——全是男孩，取名國昌、國棟、國梁和國佑，雖然最後那對雙生子還只是襁褓中的嬰兒，但從名字中便看得出牛夫人對這些孫兒的厚望。

有一次木蘭來拜訪，碰巧看見牛夫人在訓斥懷瑜的妻子，而懷瑜的妻子只能抱著孩子默默掉眼淚。她父親是湖北的學政，在牛家錢莊裡存了五萬塊錢，因為天津以及其他地方的牛家錢莊還在營業，出事三天後他便來取錢。牛夫人拒絕給錢，而且心裡很不痛快。木蘭到的時候，牛夫人正對著她無力反擊的兒媳發洩怒氣，罵得她不知道該怎麼回話。「親家還不如路人呢，」牛夫人對她大發雷霆。「根本就是落井下石！難道良心給狗吃了嗎？你忘了你父親需要錢的時候我們是怎麼幫他的。現在他女婿進了大牢，他居然來找我要錢。我從來不知道我兒子居然有這樣一個沒心肝、忘恩負義的岳父。」「這是我父親的事。跟我無關。」懷瑜的妻子只能這麼說。就在這時，一個僕人進來通報，說有個姓張的包工頭想見牛夫人。她已經不記得這個包工頭了，也不知道他想幹什麼。但是她知道，這段時間上門的人，無論是誰，爲的都不會是好事。

那人進來了，而且是門房領進來的。要是在以前，他可沒這麼容易進去。但時過境遷，門房已經可以自作主張讓他進來了，包工頭還答應他，要是他能拿到錢，就分他一份。老張是個普通生意人，穿著做生意時的普通衣服就來了，如今他也不再特別費心穿上最好的衣服才來見這位前財神爺了。「老蔡，你這蠢材，」牛夫人對門房說：「你也不問問我想不想見人。」「太太，」門房說：「他說他非見您不可。」「你這老傻瓜！」女主人吼道：「就因爲他說非見我不可，所以你就讓人進來啦？老爺臥病在床，這裡還有女客在。你們當下人的都一樣，主人有了點麻煩就沒一個忠心的。」

因爲牛夫人有事要談，來拜訪的曾夫人和木蘭便和素雲和懷瑜的妻子一起退到隔壁房間去。牛夫人轉向那個包工頭，問：「你要幹什麼？」「我要我的錢，」老張回答。「什麼錢？我已經付過你錢了。」包工頭說起話來有一種禮貌但堅定的商場態度。他給她看了一張合同，說：「太太，三年前，我用三萬五千塊錢的價格接下了方家胡同那座宅子的活兒。我給那時當紅的牛大人蓋房子，您覺得我敢從當中賺一分錢嗎？之後您只付了我兩萬七千塊錢，還說您付清了。你們這些有權勢的夫人們說出這種話，我能怎麼辦？接那份工作，我在人工和材料上虧了七八千塊錢。您承諾要給我朝廷建東西的合同，我就把那筆錢當成對大人的孝敬了。但那之後，我非但沒從您這兒拿到一份合同，連我來找您都不給見，倒讓王大耳把所有的工作都搶走了。朝廷合同我不想要了，我要把我的錢拿回來。八千塊錢欠了三年，連本帶利，現在應該超過一萬兩千塊錢了。我是做生意的，可沒辦法像你們這些當官的一樣，一張紙上隨便寫寫就賺好幾萬。」

牛夫人拒絕付錢，她也不爭辯，就只是簡單地說她沒錢，意思是她不打算給錢。包工頭顧不上禮貌，聲音越來越大，甚至威脅要告官。素雲在裡屋皺著眉頭，尷尬得不得了，曾夫人只好帶著木蘭從另一條走廊溜出去，匆匆離開。後來木蘭從素雲那兒聽說，門房答應自掏腰包先付他四千塊錢，算是解決了這件事。這筆款子包工頭實際上只收到三千塊錢。

另一次去拜訪時，木蘭又知道了一件令素雲不滿的事。木蘭發現牛夫人家裡竟然多了個私生女，名叫黛雲，現在已經八歲了。黛雲是個非常聰明的孩子，許多私生子女都是這樣，雖然她沒有她母親那麼漂亮。她的五官更豐潤，嘴型也更肉感一點，像她父親。但她非常活潑健談，在家中無所顧忌。牛夫人對丈夫看得非常嚴，也不准他納妾，但這並不能完全阻止他搞出「那種事」來。她發現這件事時勃然大怒，逼他放棄外頭的情婦；她丈夫對她向來唯命是從，現在又萬分羞愧，便像個逃學被抓的孩子一樣服從了命令。黛雲的母親被送到南方去，不准再踏入北京一步，否則後果難料。當時牛家正得勢，黛雲的母親早知馬祖婆的威名，無法反抗，只好靜靜去了南方，被迫放棄了自己的孩子。這件事發生時，黛雲只有六歲。現在人家要她喊牛夫人母親，但她因爲所在環境的關係，很快就變得有點叛逆。

當袁世凱再度掌權，成爲共和國的總統時，牛夫人認爲機會來了，但她爲丈夫爭取職位的所有努力都宣告失敗。袁世凱很會看人，他用人的時候，會把每個人當官的動機摸清楚——是爲名、爲利、爲權還是爲女色——然後按喜好給獎賞。但他還沒準備好用一個像牛先生這樣有不良記錄的官員來抹黑他的新政權。所以袁世凱只是對那些替牛說項的朋友們說，讓他先「休養」一陣子，用詞聽起來頗令人玩味。求官的努力失敗後，牛家慢慢接受了新形勢，在一九一二年夏天決定遷居天津。他們住在租界裡，可以結交新朋友，建立新人際關係，又能夠遠離流言蜚語的不友善氣氛。

素雲在曾家就感受到這樣的氣氛，這種事只能意會，不能言傳。素雲對下人們的態度使得情勢更加緊張。她帶來的丫鬟冷香向來不和其他丫鬟打交道，因爲素雲不鼓勵她融入其他丫鬟的圈子，跟別人友好相處。有一天，冷香和曾夫人的丫鬟鳳凰吵了一架，鳳凰姿態擺得很高，還含沙射影地酸了她一兩句。冷香回去找她家少奶奶抱怨；但是當素雲向曾夫人告狀時，曾夫人已經從自家丫鬟那裡聽說了爭吵起因，因此不肯在素雲面前罵鳳凰，素雲認爲這是她在這個家裡矮人一截的又一明證。

於是素雲便經常請求讓她回天津娘家。在曾家這個大家族裡，有地位最高的老太太在，還有個能幹的曾夫人把每個人都安排在各自的位置上，素雲的統領本能和野心受到了嚴格的壓制，讓她很不開心。然而，素雲並沒有因爲逃開而脫離曾家。無論在古代還是現代，每個人的生活都不可避免地影響著別人的生活，特別是那些和他有個人或家庭關係的人。素雲不在北京，但她在天津的所作所爲，以及她對新鮮事物永不滿足的渴望也影響了襟亞，就像木蘭的生活也影響了蓀亞一樣，我們還有很多機會聽到這些故事。

＊＊＊

目前，蓀亞還坐在家裡享受生活，而襟亞已經在共和政府裡找到了工作。蓀亞告訴他父親，新政府還不太穩定，既然現在已經是共和時代，也許他們也不該再從政，說不定可以往別的行業試試，說不定也可以再多念點書。身爲一個二十三歲的年輕人，他面對的職業選擇問題很常見。但他沒有告訴他父親的是，他根本不喜歡政治。

他父親自己對共和時代也不十分熱中。似乎隨著政權更替，官員該有的氣質都被破壞殆盡。共和政府官員的新式禮服也很可笑。他已經屈從地剪掉了自己的辮子，他把這當成是對一個老人的侮辱。要是他再次進入這個政府工作，也穿上那些醜陋、怪異的長褲，戴硬領打領結，看上去豈不是和他滿清時代的老同事一樣滑稽嗎？他們穿中式長袍卻戴著外國氈帽，到底怎麼回事啊？曾先生審美高雅。終身都戴著中式的絲綢瓜皮帽，這種帽子和他的長袍很配。悠閒飄逸、線條流暢的中式長袍他穿了一輩子，那樣的長袍讓人步態從容莊重，他想像著自己在公共場合穿長褲的情景，驚恐莫名。外國紳士就是因爲穿長褲，才走得那麼快，那麼不體面，像出賣勞力的一樣，所以被說是「直棒子腿」。

他見過一些南方來的年輕歸國留學生和革命人士，他們走路都拄著一根手杖，戴著外國的煙囪帽，說著難聽的官話。他打心裡瞧不起這些人。當這些年輕的政界新貴想和他握手時，他簡直尷尬得不得了——手牽手可是很親密的事兒啊。官銜的命名也變了，那些新名字和舊官銜之間的聯繫都到哪兒去了？狀元、榜眼、探花、翰林、進士這些科舉品級自然早已不再。內閣大臣不再稱郎中，副大臣不再是侍郎，省長不再稱總督，地方官員也不再是道台和府尹。這一切都被粗俗的新名詞取代，包括雖民主卻毫無美感的「長」字——部長、次長、省長、區長。是啊，美好的老時代和老官話都已經一去不復返了！古代士大夫的風度、文化、自然而然的高貴氣息都消失了，還包括那綴著紅流蘇的水晶頂便帽、圍著寬腰帶的海軍藍官服、寬大的方頭緞子白底靴、水煙筒、抑揚頓挫的笑聲、捋鬍鬚的優雅指法、給談話增添魅力的優美有學問的文學典故、禮貌的委婉用詞、微妙的婉轉辭令、流暢有節奏的官話口音。高雅有教養的達官貴人，已經被不知教養為何物的毛頭小伙子取代了。

曾經有個自稱什麼什麼官員的年輕歸國留學生來拜訪，談話中居然不斷用食指粗魯地指著他。這個階級的官甚至連官話都不會說，在這件事情上，廣東的革命人士是罪魁禍首。連孫中山自己都把「人」唸成「言」。有傳言說，南京臨時政府裡有個歸國留學生，開會時會在中文裡插進「but」、「so long as,」和「democracy」之類的英文單字，讓那些不懂英文的人不舒服。曾先生很相信這個傳言，因為他在外頭吃飯時遇到過一個年輕人，說話聽起來是這樣的：「哇啦哇啦，您這話說得就不對了特庫虛傅克斯伯；翁你啦啦啦，他的胖土優身修啦跟您是一樣的。」而對一個只懂得英語部份的外國人來說，聽起來就成了：「But，you see，哇啦哇啦哇啦，but possible. On the other hand，他的 point of view essentially 是哇啦哇啦啦啦。」

正因為這個原因，曾姚兩人碰面時，便不得不避開政治。瞬息萬變的時代釋放了姚先生的想像力，也讓曾先生得以毫髮無傷地維持原樣。他依然是個徹底的前朝官員，雖然鬱鬱不樂，與時代脫節，但仍保有自尊。木蘭確信，到了他躺進棺材那一天，他也會希望自己入土時身上是正式的官員頂戴和官服。

由於他自己離開政界，拒絕妥協，所以他也沒有強迫蓀亞入公門。然而他懷疑，蓀亞不從政和木蘭有關。事實上，蓀亞自己對從政就不熱中。他小時候見識過父親衙門裡小官小吏們的生活。在他看來，官員的生活毫無趣味可言，也就只有那些不住在京城的人聽到官銜時想像出來的風光。如果他父親還在政界，他也會跟著走這條阻力最小的道路進去，但肯定不會對當官的榮耀有什麼幻想。這真是件淒涼的事，在得到飯碗之前要搶飯碗，得到飯碗之後要保飯碗——而且是在那麼一個腐臭的氣氛中，裡面充滿了陰謀詭計、徹頭徹尾的玩世不恭，還總是有點厚顏無恥。

有天夜裡，他對自己非常敬佩的木蘭說：「妹妹，你知道我當不了官的。我很多事情都做不好，但政治方面尤其糟。我不會拍馬屁。你眞該看看一個總管在我爹桌子前立正站好，五分鐘大氣也不敢透一口，直到我爹抬頭看他的樣兒，他那副德行和說話的姿態，活像隻耗子。不知道的人，還以爲當個總管、當個京官有多光榮呢。在外頭，他就擺出一副高高在上的樣子，他的下屬都怕他。但是我告訴你，一個官對下屬越嚴厲，越威風，他在上級面前就越像耗子，越卑躬屈膝，這是鐵則。逢迎諂媚的馬屁精都是這樣上位的。」

木蘭插嘴道：「我懂。還沒進政界之前，男人就像個十八歲的黃花大閨女；進了政界之後，就成了拖兒帶女的已婚黃臉婆。」

蓀亞聽了木蘭的比方，笑了一笑。「妹妹，也未必都是這樣。雖然你有孩子，二嫂沒有，你還不是把自己打理得和她一樣整齊乾淨？」「當然那得看人了，」木蘭回答。「不過一個要給孩子餵奶的女人，確實不可能老穿著綾羅綢緞。這方面錦羅幫了我很大的忙。但你也不能從女人外出赴宴的華麗裝扮判斷她整不整潔。錦羅跟我說過，素雲的丫鬟告訴她，她家少奶奶一星期頂多只換一次內衣。這種事只有那個女人的丈夫和貼身丫鬟才知道。」「這就像我跟你說的那個總管一樣。一個男人把官銜掛在身上，就跟女人穿著華服一樣——只要不看底下的東西，看起來總是挺光鮮的。這就是我不想進政界的原因。我不想卑躬屈膝、討好奉承、逢迎諂媚。」木蘭沉思著。「我也覺得你奉承不了別人，」她說。

「那你打算做什麼呢？」

「我能做什麼呢？」蓀亞回答。「這還眞是每個人都會問的問題。在北京有成千上萬的人等著要工作。都是什麼也做不了的，所以想當官。你也知道我討厭當官。每天就坐在辦公室裡閒聊、看報、喝茶、簽幾份文件。當一天和尚敲一天鐘——每個人都是這種態度。如果我爹還在當官，我說不定還會升官。否則，我可能最後也就是個總管，然後一輩子給人磕頭只求保住飯碗。我就是受不了，野心，權力，成功什麼的，我一點興趣也沒有。不，妹妹，我擔心你眞嫁了個不上進的男人。」「嗯，我想我們也不至於餓死，」木蘭說著嘆了口氣。「如果你是這麼想的，我不怪你。我看得出你不喜歡，那就離它遠遠的，別讓它污染你。我爹總是說『其身正，則事無不正。』與其外面是綾羅綢緞裡頭卻穿著髒內衣，還不如一襲布衣而內衣常換來得好些。」「布衣」這個詞有隱士生活的暗喻。

木蘭沉吟半晌，突然說：「三哥，我問你一個問題，你得老老實實回答我。」木蘭有時仍然稱自己的夫婿爲「三哥」，這是個半開玩笑的稱呼，因爲會讓他們聯想到甜蜜的童年時代。「什麼問題？」「如果有一天我們窮了，像牛家一樣，你會在意嗎？」「怎麼可能呢？」「那可說不準。我並不是說我們想變窮，但事情說不定遠超過我們所能掌控。你在乎嗎？」「如果你和我還是很幸福地在一起，我就不在乎。不過你怎麼老是有這些奇怪的想法！」他說。

「我想是因爲我爹，」木蘭說。「每次他說想放棄家庭出家當和尚去，我總是驚恐萬分，但最後我也習慣了這個想法。這並不是不可能的。當我走出門，看到住在西城外的船夫，我總想，我應該可以成爲他們當中的一個，我們會有一艘那樣的船。想像一下哪一天，曾少爺當了船夫，而我，姚家的女兒當了船娘！我這雙天足大得夠撐船了！我會幫你做飯、洗衣服。我做得很好的！」「你眞是異想天開。」

蓀亞說。他笑得太大聲了，連外間的錦羅都進來問：「你們在笑什麼啊？」

「我跟他說，」木蘭對她的丫鬟說：「有一天我們說不定會沒錢。那他就去當船夫，我就當船娘。到那時候，錦羅，你都已經嫁了個好人家，有七八個兒子女兒了。要是碰上有老朋友來，我就去你家借一隻雞殺了，做一頓小小的酒宴。你覺得怎麼樣？」「奶奶，您眞會開玩笑，」錦羅回答：「正因爲您不窮，才覺得拿自己窮來開玩笑有意思。」「她會這麼說，是因爲她想要我去當官，我說我做不到，」蓀亞解釋。「才不是，」木蘭說。「我是在問你，你是不是認眞的。」「我告訴你我想要什麼，」蓀亞說：「我想要『腰纏十萬貫，騎鶴下揚州。』」「少爺知道生活怎麼過才叫好，」錦羅說。「問題是這世上沒有這樣的事，」木蘭說。「你是要有十萬貫錢而且住在揚州，還是想騎鶴？要是你想騎鶴，那就別去揚州。要不這個，要不就是另一個。依我說，還是當船夫吧。」木蘭接著吟了一首她喜歡的詩：

郎提密網截江圍，
妾把長竿守釣磯，
滿載魴魚都換酒，
輕煙細雨又空歸。①

「妹妹，」蓀亞說：「要是我跟你在一起夠久，我也要變成詩人了。我喜歡那天你告訴我的，鄧青陽的詩。」「哪一首？」木蘭問。蓀亞又吟了一次那首詩：

人生天地常如客，
何獨鄉關定是家？

爭似區區隨所遇，
年年處處看梅花。②

「你眞的喜歡這樣？」木蘭問：「那你是寧願騎鶴，不要揚州了。到了那時，我們一定會很高興地去拜訪那些名山的。現時父母還在，去不了。但我們總有一天會這麼做的，對吧？」蓀亞被她欣喜的樣子迷住了。「這些事聽起來眞有詩意，」他說：「但天曉得，我們這些願望是不是有成眞的一天。」木蘭笑了起來。「作作夢，聊聊夢，沒什麼壞處。假如我們沒成功，哪一天你飛黃騰達成了內閣部長或者大使，當不成漁夫，我也成了個貴婦人，那時候我們再好好嘲笑一下我們年輕時做過的蠢夢吧。」「你怪念頭眞多，」蓀亞說。「以後我就叫你奇想夫人吧。」「那我就喊你胖子。」木蘭回答。

***

要說木蘭想像的一切目前做不到，也並非實情。她只是暫時不讓自己體驗這份樂趣，想把它留到以後她和丈夫有更多旅行自由時再享受。她指的是只去遙遠的名山——像是其他省分的華山、黃山、嵩山、峨嵋山，以及南方的富裕城市蘇州、揚州、杭州。這些都是她遙遠的想望，模模糊糊，並不明確。但在她目前居住的北京，這裡的自然美景和爲完美一天所提供的便利設施，她是一樣也沒有錯過。

① 張君壽（1877—1947）〈遇老翁歌〉。張壽，字君壽，號鐵生，天津人。清末民國時期國學家。

② 鄧青陽〈達觀吟〉。鄧生於元末卒於明代，道士，生卒年不詳。

曾家兩老很快就發現木蘭有個壞習慣，或者說是兩個壞習慣，都和少婦太愛出門有關。一是她很愛和蓀亞一起出去吃小館子，另一件是愛去公園和郊外玩。她和曼娘眞是太不一樣了，曼娘只要在家裡就很滿足，大部份時間都待在她那安靜的院落裡。而且，木蘭也有帶壞曼娘的傾向，在這一點上，曾先生是眞的生她的氣。

蓀亞也被現在他看見的、這個彷彿會隨著季節變化的木蘭弄迷糊了。就像如今跟著她的那個外號「奇想夫人」一樣。她似乎刻意讓自己反映出她當下生活的那個季節。她冬天沉靜，春天慵懶、夏天悠閒、秋天敏銳。甚至連她的髮型也會跟著變，因爲她喜歡換髮型。冬天下雪的早晨，她會穿上亮藍色的衣服，在花瓶裡插上紅色的小漿果，或者是一根結了紅山桃或蠟梅的枝椏。到了春天，尤其是四月末柳樹剛冒出小小的黃綠色嫩芽，或者是五月法源寺紫丁香盛開時，她會睡到很晚才起身，任長髮鬆鬆地披著，有時還會趿著拖鞋在庭院裡照顧她那片牡丹。夏天，她會盡情享受她的庭院，這個庭院是所有庭院最寬闊、最開放的一個，是專爲炎熱季節設計的。庭院裡散放著石凳和鼓形瓷墩，院子西邊有個爬滿葡萄藤的格子架，格子架下面有張方形的石桌，可以當固定的棋盤用。她會在夏初早晨僕人打掃房間時，或下午稍晚，和錦羅或蓀亞在那裡下棋。或者她會躺在一隻矮矮的藤椅上，手裡拿著一本小說。當秋天來臨，在乾燥清爽的、十月份的北京，木蘭在屋裡幾乎待不住。有一次，她和蓀亞去了西山的鄉間別墅。就在那裡，蓀亞第一次看到木蘭掉眼淚，當時她凝視著遠處山上紅紅的柿子，前方是農家養的鴨子在悠游。在蓀亞面前這樣讓她很不好意思，她也想改掉這個老習慣，但是沒辦法。

一九一二年的秋天，木蘭一直往外跑。這時她新婚才三年，身爲一個已婚女人，她可以和先生一起自由行動，這是她未出嫁時做不到的。而且到了共和國時代，故宮的園林、湖泊和建築都一個接一個對民眾開放了。他們在不同的日子去參觀了「三海③」，和曾經囚禁過光緒皇帝的瀛台。紫禁城西南角的社稷壇正在改建，未來將成爲中央公園④，祭壇四周盡是百年古柏。這樣的出遊對木蘭來說是非常愉快的事，她經常在下午帶著錦羅和丈夫一起去公園後面的護城河，因爲那裡人比較少。全家人自然都去了更重要的地方，像是以前禁止踏足的皇家領地南海和太和殿，要去這些地方的時候，大家都會力勸曼娘一起去。但在太和殿周圍可以容納一萬兩千人的石砌廣場和露台走上一圈，曼娘就完全累垮了。她依然保持著靦腆端莊的習慣，在公共場合很少四處張望。然而當曼娘身體上累壞了的同時，木蘭卻是因爲眼前塞滿了表現帝國氣派、寬廣宏偉的建築，覺得情緒激動得累壞了。

曾先生開始說他不贊成這些出遊。六月初的一個早晨，木蘭和夫婿趕在早餐前去了一趟煤山西郊的護城河聞荷花香，那裡離她們家不遠。她還拿了一只玻璃瓶去集荷葉上的露水，準備用來泡茶。她靠在堤岸上，差點摔下去，幸好蓀亞及時把她拉了回來。她在那個荷香滿溢的夏日清晨感受到的狂喜，蓀亞也感受到了，但一回到家，錦羅就告訴她，曾先生從門房那兒聽說了這件事，對他們這時候跑出門嘟囔了一句：「瘋女人」。木蘭聽見這話，便拉著蓀亞急忙跑到公公那兒去，手裡還拿著那瓶露水。「早啊，爹，」她說。曾先生看著報紙，連頭也沒抬。木蘭轉向曾夫人，說：「娘，我們出門去收護城河荷

③ 指北海、中海、南海，位於北京城內故宮和景山的西側，合稱三海。明、清時期稱為西苑。

④ 社稷壇建於明永樂十九年。一九一三年國民政府接收後開始改建，一九一四年國慶日對一般民眾開放，稱中央公園。一九二八年改為中山公園。

葉上的露珠了，想留著泡茶用。」

「我還在想你們兩個爲什麼這麼早就往外跑呢，」曾夫人說。曾先生抬起頭來。「爲什麼非你們自己去收不可？派個人去就行了。」「我們也想看看荷花，」蓀亞解釋。木蘭一聲也不敢吭。「荷花我們家裡不也有好幾盆嗎？還不夠你們看的？」父親說。「但是護城河裡的荷花有一里長，美極了，連空氣都是香的，」木蘭說。「又美又香！」父親從鼻子裡哼了一聲。「你們管這些東西叫詩意，對吧？但是年輕女子不應該老是到處跑。女人家早上下午都在外頭，成何體統？」曾先生知道，收集露水泡茶是一種讀書人的樂趣，算不得出格，所以聽到他們出門的目的時，就發現這在木蘭來講很難說是行爲不當。他知道木蘭有詩人傾向，但他對女性的詩意一直抱持懷疑態度。詩意和浪漫是相連的，而浪漫對女人是墮落的誘因。他幾乎可以說，詩意對一個有教養的女人來說不正派。要是放在一個歌女身上，還算有好處，但對好人家姑娘和良家婦女就不是了。

曾夫人對這事態度比較寬容。「孩子們年輕，做點傻事難免，」她說：「而且木蘭天生就喜歡這些東西，既然有先生陪著出去，也不太妨事。」「木蘭，蓀亞，」父親說：「你們做這些年輕人做的傻事我不介意，就算偶爾下午去趟中央公園也無妨。但你們要知道，公園是現代男女學生和三教九流年輕男子遊蕩的地方。記住，你們的嫂嫂守寡，那地方她最不適合去。我不准你們帶她去那兒，除非你娘或老太太也去。你們自己也不能把這種事當日常。我們家自己有花園，你們該知足了。」是的，在那個年代，木蘭可能會被說成是「輕浮」。就這點來說，她可以算是一個「壞」媳婦。

那天早上曾先生雖然義正辭嚴，但並不嚴厲，事情也就這樣過去了。之後木蘭縮短了下午的散步時間，為了保護自己，還請婆婆和她一起去。某個週日下午，連曾先生、桂姐、曾夫人和全家都一起去了。曾先生陪著老太太，像是一種辯解，彷彿自己是為了孝順她、讓她高興才去的。說不定他也覺得和家人坐在古柏下喝茶，看著護城河對面金燦燦的宮殿屋頂，是一件很愉快的事，但他不允許自己表達這份愉快。

有好幾次，木蘭都想讓曼娘一起去，但她不肯，於是木蘭只好和蓀亞單獨去。回來之後，她會熱情地告訴曼娘，說：「你下次一定要來，我會請娘答應的。」

但曼娘會說：「還是不要吧。我寧願待在家裡。蘭妹，我的處境和你不一樣。」

＊＊＊

一天晚上，木蘭和蓀亞在前門外的一家餐館吃過晚飯，帶著曼娘和小阿宣去了一家電影院，曾先生的怒火到達了頂點。那是曼娘第一次也是最後一次看電影，此後到死也沒再看過，因為曾先生認為這種電影敗壞道德。他們那天本來也沒打算去，還跟母親說他們吃過晚飯就回家。

就敗壞道德而言，這時的中國戲曲和現代電影敗壞的程度其實差不多。良家婦女偶爾也都會去「聽」戲，這已經是一種被接受的習俗。現代電影可就不一樣了；因為電影裡有裸露身體或可以算是裸露身體的女人，至少觀眾看起來是這樣，而且還公然親嘴兒，這是在中國舞台上從不允許出現的。另外還有一種男女相擁旋轉，稱為「跳舞」的東西。而在中國，男女演員雖然也確實會在舞台上調情，但他們調情的方式就是眉來眼去，最露骨的也不過是賣弄風情的步態和手勢。當然他們絕不會抱在一起一圈又一圈地轉，讓觀眾看到女人裸露的後背。對這樣的演出表面上很震驚，心裡卻暗自竊喜的人，曾先生不是唯一的一個。王府井大街附近有一家新派電影院，因爲全家人都不知道電影是怎麼回事，去看過一次。但那次曼娘恰巧病了，所以沒有去。

影片裡拍了一段夜總會情節，裡頭有跳舞和舞池表演的場景，還有個鏡頭是一個叫范倫鐵諾的男人親吻一個女孩的特寫，有整整十秒鐘長。

桂姐忍不住格格笑了起來，曾夫人坐在那兒，也很開心；但曼娘的母親在黑暗中臉紅了。

老太太看得很高興，說：「眞了不起！他們是怎麼把圖畫成那樣兒的啊！那個男人抽煙的時候，鼻孔裡好像眞有煙冒出來似的。」

木蘭看見外國女人穿的內衣，覺得很迷人。曾先生覺得她們的腿很美，但判定這不是年輕男女該看的東西。之後他又帶著桂姐去看了好幾次電影。他嚴禁女兒愛蓮和麗蓮看，但從未明令禁止曼娘去。

在默片時代，中國人看戲的優良傳統，就是允許在放映中說話。服務員端上茶，擰乾一條熱手巾，隨著一聲響亮的「嘿！」便把熱手巾把兒從放影廳這頭扔到另一頭。對面的服務員接手巾的動作也同樣俐落、引人注目，於是有時候觀眾會看到手巾把兒的影子飛越銀幕。也因此，聊天不管對誰來說都不是問題，就像在外國晚宴上，任何人都可以和身邊的人說話，因爲其他人也都在說話。爲了讓交談的對象聽得見，大家的嗓門兒都越拉越高。

當時有部片子，其中一個場景是一位上流社會的仕女穿上晚禮服出門吃飯，一位老紳士站了起來，對觀眾大聲說：「看看那些外國女人！上半身有東西，卻不遮，下半身沒東西，倒是遮得嚴嚴實實。

上不穿褲子，下不穿褲子！」觀眾頓時沸騰起來，但後面的一個外國人大喊：「Quiet！」令他吃驚的是，這位老先生不但聽懂了，而且還轉向那個洋人，用完美的英語重述了他用中文對觀眾說的那段話。

那洋人吃了一驚，也被這老人的機智逗笑了。後來這位名叫辜鴻銘的老哲學家在北京的洋人圈裡無人不知，談起他總是帶著尊敬和欽佩，這反而又助長了他對西方文明的嘲諷。他在愛丁堡讀過書，回國後就成了一個怪人，對自己的辮子和老式中國服裝極度自豪，還把它當成一種僞裝，好在火車上或館子裡嚇嚇不知情的外國人，因爲他可能會聽到他們用外語批評中國，這裡的外語可能是英語，也可能是德語或法語；但不管是哪一種都無妨，因爲他都能用同一種語言反擊回去。但不知道爲什麼，辜卻很喜歡外國電影和外國食物。很難說他是個故做姿態的人，因爲他對自己的信仰是非常堅定的；就算他故做姿態，在北京的外國人也因爲他的才智而原諒他。木蘭後來透過詩人巴固認識了他。

那天晚上，木蘭、蓀亞和曼娘在館子裡吃了美味的砂鍋魚頭，還有一碟剛上市、又嫩又香的豆角。蓀亞跟往常一樣，只要有好吃的，再加上幾杯酒，整個人興頭就來了，因爲他正如木蘭所知，是個感官享樂主義者。他每個毛孔都散發著幸福的光輝，整張臉發燙。碰上這種時候，他就會不停地清喉嚨，痰也吐得比平時多。「我們去看電影怎麼樣？」他提議。「我想我不應該看電影，」曼娘說。「爹可能會反對，」木蘭說。「我負責就是了，」蓀亞說。「你眞該看看電影。那東西太不可思議了。」「那是什麼樣子？我想像不出來。」曼娘說。「所有東西都在一面銀幕上，跟幅畫兒一樣。但裡面的東西都是會動的，活生生的。一塊兒去吧！」蓀亞說。於是他們便去了。那是一部無傷大雅的片子，裡頭一個叫查理．卓別林的丑角，他的手杖、褲子和兩隻腳的樣子特別好笑。曼娘長這麼大還沒笑得這麼開心過。

但曾先生夫妻本以爲他們會早點回來的，覺得很擔心；當他們十一點半左右進家門時，他們的母親大聲問：「你們上哪兒去了？」「喔，我們上戲園子去了，」蓀亞說。「我們去看了場電影，」曼娘天眞地脫口而出。「什麼！」父親叫了出來。「都是你幹的好事，木蘭！我那天是怎麼跟你說的！電影是寡婦能看的東西嗎？」「是我提議帶嫂嫂去看的，」蓀亞解釋。「夠了，」父親說。「曼娘，只要你現在明白自己錯了，我不怪你。但是我不准你再去。至於你，木蘭，你明知道她跟你身分不一樣還帶她去；她是個寡婦。你別想再把她拉出門，擾亂她的心思了。家裡可以休閒的地方多著呢。」「對不起，爹。」木蘭說，她很想哭，卻哭不出來。她公公從來沒有對她說過這樣嚴厲的話。「是我的錯，」蓀亞又說了一次。「那是部喜劇電影，我們以爲沒問題的。是查理．卓別林的片子。」父親的恐懼突然減輕了。他自己也很喜歡看卓別林的電影，不知怎地，一想到這個滑稽的人，他的怒氣就消失了，但他不允許自己露出微笑，只說了聲「哦！」

木蘭和蓀亞回到自己的房間，木蘭說：「是我的錯，我早該知道會這樣的。但我還是希望她至少要看一次。」「不，是我的責任，」蓀亞說。「但是爹不肯相信我。我們必須讓他知道時代變了，我們不能就這樣關著她。這樣保護她究竟算什麼？」「你可以跟爹說這些話，」木蘭說：「我是不能說的。」令木蘭難堪的是，第二天早上，連曼娘自己也來責備她帶她去看電影這件事。「那部電影對你有什麼害處嗎？」木蘭問。「沒有，」曼娘回答：「我很高興自己看過電影了。但我們必須聽爹的話，我眞的不在意。如果你不去想，也不去看，日子也一樣過得很輕鬆。我娘說，電影裡有些東西不是很好，她也同意爹的看法。」

第二十四章　巧遇

在北京，有一個地方是木蘭沒去過的，就是圓明園遺址。這是她刻意略過的。

那年秋天，她和夫婿在西山住了幾天，他提議在回程路上過去看看，她心裡也在琢磨這件事。在通往頤和園的路上，經過一里長的圍牆，她看到了土石堆的頂部，也瞥見了城牆上方的廢墟。牆上有處缺口，讓她看到了田野和沼澤，現在都長滿了高高的草和蘆葦，形成了一片荒涼的鄉村景象。

在木蘭心裡，帝國的昔日榮光盡在此地。這樣的一個地方，若沒有立夫在身邊，就不夠完美，因爲這裡正是立夫最愛的廢墟。多年前在什剎海看洪水時，木蘭曾經隨口答應立夫要一起去看圓明園。他們這個未兌現的承諾如今竟有了種秘密卻神聖的味道。這件事的回憶彷彿一首未完成的旋律，在她的腦子裡揮之不去。蓀亞也會欣賞這片廢墟，但她覺得，看著這個景色卻沒有立夫在，是對她審美良知的一種侵犯。於是木蘭便對蓀亞說：「我們另找　天，叫莫愁和立夫一起去看吧。這樣會更有意思。」「你爹說不定會反對。」蓀亞說。「爹不會反對的。立夫也常來我們家，我爹也讓妹妹見他，還和他同一張飯桌吃飯呢。跟我們成親前那段時間很不一樣。」「嗯，那我們就去問問他們，」蓀亞說。

「你知道，立夫最愛廢墟，」木蘭說：「我曾經答應過他，要跟他一起去看圓明園，你嫉妒嗎？」

「怎麼會，我爲什麼要嫉妒？」隨和的蓀亞回答。於是他們決定回家，這次就不去看圓明園了。其實，立夫常常來看他們，蓀亞和他的才華和能力很欽佩，所以也和他成了好朋友。「你們兩姊妹當中，你妹妹要更幸運一點，」蓀亞對木蘭說。「你知道我沒什麼優點。我在這世上能做什麼呢？奇想夫人，我唯一的優點，就是我有『賢妻命』。」「我的『良夫命』也還不錯啊，胖子。」木蘭說道，有點被他的自嘲打動了。「眞奇怪，」蓀亞說：「你們女人對男人的影響力眞大。你看看華太太把你哥哥改造成什麼樣子！」「是不可思議，」木蘭表示贊同：「我很想多瞭解一下那個女人。」事情是這樣的，在華太太的直接影響下，她哥哥已經改過自新了，這是他自己的說法。他戒了大煙，每天都到店裡去，每天晚上也都按時回家。

華太太這時已經是一家古玩店的老闆，也是個體面的女人了。在木蘭的婚禮之後，或者更確切地說，在看了木蘭的嫁妝遊街之後，華太太在心裡對迪人的想法有了改變。銀屏的死深深觸動了她，她和這個年輕的家產繼承人之間因爲共同的悲傷而產生了一種依戀。在這之前，她把他當成一個小傻瓜，培養他無非是爲了錢。她自己確實也從中得到了好處，因爲銀屏死後，迪人把她部份的珠寶陪葬了，其餘的都給了華太太。這相當於一筆三四千塊大洋的遺產，她開始考慮該怎麼運用它。再加上迪人直接送她的禮物，攢一攢如今也有五千多塊錢了。於是，在革命爆發，許多滿人破產之際，她買下了一家古玩店。當時這家店要價是荒謬的一萬大洋，她把價格殺到了七千五百塊。她告訴迪人，現在是做古玩生意的良機，因爲滿清貴族都在賤賣手上的珍寶。舊貨販子在後門用二十個銅子兒就能從滿族女人那兒買到包金老香爐之類的物件，她再花個幾塊錢從舊貨販子那裡買過來。華太太做生意很有眼光，迪人答應給她一筆錢，補上買店不足的差額。

於是，華太太在前門外有了一家店，也認識了幾家滿人。她留下那些非常樂意保住工作的老員工。又收養了一個孩子，安頓下來過著體面的中產生活。她從生活中得到了樂趣，又從迪人那裡得到這麼多東西之後，現在爲了自己的良心，她決定要改造他。

迪人告訴立夫，說去年華太太痛罵過他一頓，他誰的話也不聽的，就像他不聽兩個妹妹的話一樣，但沒人做得到的事她卻做到了，迪人只聽她的。她喊他「傻瓜」、「小傻瓜」，還罵他「該死的傻瓜」。「你這輩子還想要什麼？」她對著他大發雷霆。「想享受生活，就去啊！想玩女人，去玩啊！想要錢，你已經有了。但是你得和你爹打好關係，不然你就什麼都沒了。我知道跟家裡斷絕關係是怎麼回事，就像我那男人一樣。我也知道窮、上當鋪、借錢，付房租之前幾個星期就開始害怕是什麼滋味。爲什麼要冒著和父母斷絕關係的危險，千方百計和他們作對呢？要是你爹眞把那些威脅的話都做了，把家產都揮霍光或者捐給廟裡怎麼辦？理智點吧，不然你就太蠢了，連當我朋友都不配。」於是，每次他來找她，她都會教訓他，要他早點回家，他也聽進了她的話，決定戒掉鴉片。

＊＊＊

隔年春天，木蘭和夫家全家到山東住了幾個月。老太太想趁自己還在時回老家給自己修好墳。過去半年她一直在提這件事，似乎這事一直讓她心裡很不踏實。曾先生沒什麼特別的事要做，也很久沒回老家了，再者目前北京和上海間已經通了鐵路，老太太很想試試新東西。襟亞也一起去了，一直待到清明節時才回去辦公。蓀亞和木蘭一直待在老家，因爲木蘭的第二個孩子就要出生了，她不能冒險搭火車回去。

在山東這段時間，蓀亞協助指導了墓地的佈局。老太太請了一個風水師，按照他的建議砍掉了一棵大樹，因爲它擋住了從墓地到閻王廟之間的視野。老太太希望她能夠和閻羅王直接交流，即使這時候她應該已經躺在墳墓裡了。

五月初一，蓀亞得了個兒子。奇的是，木蘭的第一個孩子出生在五月的最後一天，而第二個孩子生在五月的第一天。儘管她的骨架比起來算小的，但生這兩胎都沒有什麼困難，無疑是因爲她早婚之故。這是曾家兩老第一個眞正的孫兒，他們的喜悅溢於言表。曼娘十歲的兒子阿宣是收養來的，素雲沒有生育，這讓她的公婆很失望。曾先生曾經聽到傳言，說木蘭因爲是現代女性，很相信一種叫做計畫生育的作法。他對此很反感，但這種事連對蓀亞也不能直接問，從木蘭生下頭胎女兒以來，他已經焦急地等了三年。如今所有疑雲都消散了，每個人都很滿意。就這樣，木蘭做了一件兒媳婦所能做的最偉大、最重要，也最恰當不過的事。他們爲這個剛出生的兒子取名阿通。

孩子的名字都是木蘭選的。她給女兒取名阿蠻，和白居易的女兒同名①。「爲什麼叫阿通？」蓀亞問。「爲了向你娘表達敬意，」木蘭回答。「爲什麼？」「你不記得陶淵明那首〈責子詩〉了？『通子垂九齡，但覓梨與栗』，」「這跟我娘有什麼關係？」「這個嘛，」木蘭解釋：「這是個隱含的意思。你娘叫玉梨。如果我們喊這孩子阿通，不就是他會一直想著梨嗎？如果不是怕犯忌諱，他的學名應該叫思梨才是。」蓀亞把這段緣由解釋給他父母聽，他們覺得木蘭眞是聰明。

木蘭的父親曾經提醒過她不要用那些平庸的名字。懷瑜的兒子都是什麼「國昌」「國佑」之類的，她還暗地裡笑過，這種名字一點情趣也沒有。她父親給她和妹妹都取了古典的名字。他跟她說過，最好的詩人和作家給孩子起的名字都很簡單，就像我們生活中所有重要的事情一樣，都是自然而然出現的。他告訴她，詩人蘇東坡兒子的名字就是簡簡單單的一個「過」字，可能用的是孔夫子「鯉趨而過庭」的典，也可能指的是過錯的「過」。詩人袁子才的兒子取名爲「遲」，是因爲他出生時袁枚已經年過花甲②。

木蘭的弟弟之所以取名阿非，看起來用意和蘇東坡類似。但她父親引用的其實是陶淵明的一句話：「覺今是而昨非」——是個覺醒的象徵。木蘭的父親也跟她說過，有種東西叫做雅中之俗。在生活的各方面，大部份人都是從野人之俗轉入雅人之俗，只有少數人能從雅人之俗中再提升一級，重新回歸俗人的質樸。比方說，牛大人就不能允許他的任何一個孫子取名叫「過」，非用「國佑」「國昌」或「祖耀」之類的名字不能滿足。即使在當時，這些文人雅士也不得不從《康熙字典》中挑選晦澀、不爲人知或難懂的字，免得太俗！

木蘭不敢向公公解釋這種命名哲學，因爲平亞意思就是「和平的亞洲」；襟亞就是「胸懷全亞洲」；愛蓮就是「喜愛蓮花」；麗蓮就是「美麗的蓮花」。在這些名字當中，她認爲愛蓮是最好的一個，因爲它簡單而優雅。但最好的還是蓀亞，因爲它是由兩個單純的字組成的，沒什麼寓意，但念起來

① 白居易有二女，一名金鑾子，一名阿羅。阿蠻應是白居易侍女而非女兒，有詩句「櫻桃樊素口，楊柳小蠻腰」記此女。

② 袁枚六十餘歲時，側室鍾氏生子，袁枚賦詩曰：「六十生兒太覺遲，即將遲字喚吾兒。」取名袁遲。

很好聽。

兒子出生給木蘭帶來了巨大的變化。並不是她不愛阿蠻，而是她更愛阿通。不幸的是，阿通和他爹一樣有個塌鼻子，但他有母親美麗的眼睛，而且膚色極白。蓀亞也注意到木蘭現在不一樣了，彷彿這兒子是她第一個孩子。她變得更一板一眼，也不太講究衣著了，有一兩年的時間，她連去小館子閒逛吃飯都完全失去興趣。母性讓她變成了普通女人中永恆不變的類型。當蓀亞建議出門走走的時候她總是不同意，他覺得自己在妻子心中的地位直線下降，幾乎快要被她的寶貝兒子取代了。

木蘭現在是眞的很快樂，但是她正進入一個她丈夫完全不能理解的階段。他第一次把她當一個母親看。母親撫摸嬰兒、給孩子餵奶，她的方式是坐著，一條腿蹺在另一條腿的膝蓋上撐住孩子，這是一個對未婚女子來說極不合宜的姿勢。她對寶寶輕聲說話，用的是一種他不懂、寶寶卻懂的奇怪語言。她的臉和乳房的樣子都變了，這讓他既高興又困惑。當阿通因爲消化不良生病的時候，他看到木蘭幾乎一星期都沒睡。他覺得自己一直不瞭解木蘭，但這時他開始瞭解女人。他看見大自然爲了滿足母性的迫切需求，於是創造了比男人更複雜的女人，這使女性的心靈和個性更加豐富，也比男性更爲現實。他原以爲木蘭是一個由魅力昇華而成的純粹性靈之人，但現在發現她也具有肉身。然而肉身也是靈體，而且肉體的奧秘比靈體的奧秘更大。木蘭的母性經歷就這樣到達了蓀亞無法理解的深度。

他常常覺得惱火，因爲不管什麼問題，只要涉及到兒子，她都輕蔑地把他當成大外行。他的建議總是被忽視，她說話的口氣，彷彿她是照顧孩子的專業權威。雖然她常常是對的，但這並沒有讓他覺得好過一點兒。噯，在這些問題上，他妻子聽錦羅的話還比聽他的多！不幸的是，這幾百萬位育兒權威從來也沒把這些母性的科學記錄下來，蓀亞也沒辦法收集錦羅、木蘭、曼娘，以及其他所有女性從少女時代起就已經掌握的成千上萬深奧知識。他就像所有的父親一樣，覺得自己是個有點可笑的旁觀者，但他很快就接受了這個事實。

＊＊＊

就在這時，發生了一件奇怪的巧合，木蘭成了小姑娘暗香的女主人。十三年前她第一次見到暗香時，她倆都是大運河綁匪的肉票。

曾家兩老對這個孫子出生非常高興，說要再找個丫鬟服侍木蘭，並且特別照顧這個孩子。錦羅之前是照顧阿蠻的。木蘭因爲擔心失去她，便給了錦羅一個機會，讓她嫁給曾家的一個年輕僕人，前提是她要繼續服侍她。能有這樣一個丈夫，又能繼續過安穩舒適的生活，錦羅別提有多高興了。特別是木蘭人又好，她們的關係遠勝過一般主僕。錦羅也喜歡曹忠這個誠實英俊的小伙子；這樣的結果是大家都滿意的，因爲女僕在擇偶方面比富家千金有更大的自由。於是錦羅在木蘭的祝福下成了親，曹忠也爲自己不花一文錢就娶到老婆而驚喜，高興地跑到木蘭的院落伺候她。曹忠負責在外頭跑腿，錦羅是家裡女僕的總管，同時照顧阿蠻。

在山東，要找個丫鬟並不難，但曾夫人只想給孫子最好的。有幾個丫鬟來應聘，但他們都不滿意。蓀亞和木蘭都討厭粗俗笨拙的鄉下姑娘。一天，鳳凰的姑姑來探望她，告訴她們，就在當天早上，她聽說城裡有戶人家要賣房，僕人也要遣散，她答應打聽一下這一家的女僕。兩天後，她帶來了一個十九歲的女孩子。

曾夫人要木蘭自己出來看看這個小姑娘。這姑娘怯生生的，不怎麼說話，穿得破破爛爛。她從來沒被人好好對待過，所以也不期待這世上會有人對她好。她主人家的經濟情況一直在衰退，所以她吃穿都非常差。但她的身材還不錯，看上去性情也溫順，木蘭覺得自己說不定會選她。「你照顧過小寶寶嗎？」木蘭問。「照顧過。」女孩平靜地回答。她似乎對發生在自己身上的事一點也不感興趣，覺得自己只是在命運的擺佈下，從一個女主人轉到另一個女主人那裡而已。「你叫什麼名字？」木蘭問。「我叫暗香。」「暗香！」木蘭慢慢地念著這個名字，心想，這名字我以前在哪兒聽過？接著她想起來，這是多年前和她關在一起那個女孩的名字。「你多大了？」她激動地問。「十九。」「你父母還在嗎？」「我沒有父母。」女孩這時才抬起眼睛看著木蘭，她看起來是那麼美麗、富有，又那麼溫柔。

「說說你自己吧。你是打哪兒來的？」「奶奶，」那女孩回答：「我照顧過好幾個寶寶，要是您喜歡我，能讓我服侍您，那就是我的福氣了。至於我自己，我沒有什麼可說的。對我來說，日子過一天是一天。」「可是你連親戚都沒有嗎？」「我六歲時就和家人失散了，我對親戚什麼的一無所知。」「你還記得你是在哪兒和家人失散的嗎？」木蘭問道，她努力保持鎮靜，幾乎害怕聽見那女孩的答案。「鬧拳民那一年，我是在德州附近和父母失散的，後來被賣給了濟南的一戶人家。之後才住到這個地方來的。」

鳳凰的姑姑站在鳳凰旁邊。「奶奶，」她說：「她是個好姑娘，很喜歡寶寶的。您應該收了她。」令她吃驚的是，木蘭沒有回答，卻對那女孩說：「跟我進去吧。」女孩默默跟在她後面。她們一進房間，木蘭就關上門，拉著她的手，聲音發顫：「你還記得有個和你關在一起的女孩叫木蘭嗎？」女孩想了一會兒，說：「對，是有這樣一個女孩，幾天之後就回她父母身邊去了。我記得她叫木蘭。」「我就是木蘭。」這位少奶奶除了這幾個字之外，幾乎說不出話來，只是淚流滿面地抱著她。這一切發生得太突然，暗香呆住了。對於一個向來不走運的人，好運來臨反而是一種不自然的東西，暗香依然不肯相信。「說不定您弄錯了。那位姑娘確實和您一樣心善，但這怎麼可能呢？」她問，那口氣令人同情。「當然，那就是我，」木蘭說：「你還記得那個女孩比你大嗎？那時候我十歲。我比你先到那兒的，你還記得小牢房有個又小又高的窗戶嗎？還有那個胖胖的老女人？你還記得我是從北京來的嗎？我答應過要叫我父母把你也救出來的。」這些話像鐵鎚一樣一鎚一鎚打在暗香的耳朵裡，已經遺忘的記憶一樣樣醒過來。她突然說：「你要走的時候，還叫那個老女人把那碗紅棗粥給我！」

現在她已經萬分確定了，暗香哭了起來，之前她從來沒有哭過。一個女僕要是被賣給一個苛刻的女主人，通常會變得冷硬麻木，即使挨打也很少哭，但被善意相待時卻截然不同。她在木蘭面前撲通一聲跪下，近乎歇斯底里地說：「好奶奶，你就是我再生父母了。我在這世上一直都孤孤單單的，沒有朋友，沒有親人。為什麼你那麼有福氣，而我沒有呢？你找到了你爹娘，我卻永遠都找不著……」

她想向木蘭磕頭，但木蘭彎腰把她扶了起來，主僕兩人坐在一起，對視了整整一分鐘，什麼話也沒說。「你就留在這裡和我在一起，幫我照顧我的寶寶，」最後木蘭說。「我會把你當自己的妹妹看待。」「如果真是這樣，我就算是苦盡甘來了，」暗香說。「我要去燒香感謝天地。」木蘭這時倒是不好意思走出去了。「你要回去拿你的東西嗎？」「回去幹什麼？我什麼東西都沒有。只有這一雙手。」

「那你開門，告訴她們你就留在這兒了。其他的什麼也別說，再把門關上。」木蘭低聲說。鳳凰和侍在外面的人都很訝異，因爲她們聽見裡面有哭聲，另外是，在一個家庭裡，大白天把門關上是很不尋常的，何況還是跟一個陌生人關在一起。

過了一會兒，木蘭聽見阿鑾用小手拍門的聲音，便叫暗香開門。錦羅帶著阿鑾一起進來。木蘭把這個秘密告訴了她，還叫她拿幾件自己的衣服給暗香。

但是對女人來說，秘密要麼是太精彩所以根本守不住，要麼就是太糟根本不值得守。她幾乎等不及，一獲准離開房間，就立刻把這個離奇的故事告訴曾夫人和其他丫鬟。她們聽了之後都湧進房間，想親耳聽木蘭和暗香說這個故事。「一切都是天注定的，」木蘭說。「我這一生都是這樣。你們想想，要不是鳳凰的姑姑順道來看我們，要不是她偶然聽說有人家要賣房，要遣散僕人，儘管我們在同一個城市，我可能根本不會見到她就回北京了。」「這肯定是天意，」鳳凰說：「我姑姑說，事情是這樣的。她的孩子把一個篩子掉進井裡了，所以她去鄰居家借繩子和勾子，想把篩子弄出來。她到了那裡，發現有個女人一直在聊天，這才聽說了丁家要賣房子的事。如果這不是上天的旨意，她這孩子怎麼也不早也不晚，就挑那個時候把篩子掉到井裡去呢？由此可知，一切都是老天爺決定，事情該怎麼樣兒就是怎麼樣，是不會改變的。」

鳳凰這番話更讓眾人贊同，暗香彷彿就是老天爺特別眷顧，要來服侍木蘭的人。

第二十五章　任性

六月，木蘭和全家人從山東回來了。他們不在的時候，一直是襟亞在照看房子，素雲也過來住。

襟亞是個沉穩安靜的年輕人，總是操心各種小事，按時完成自己的工作。不像蓀亞，蓀亞總是對辦公室那種點名應卯的日常心生抗拒。他從來沒想過存在有什麼意義，也就是說，所謂的意義，就是一個年輕人每天在固定時間起床，走同樣的距離到同一個辦公室，和有相同觀點的同一批人討論相同的話題，把一份文件從一個部門傳給下級職員，再傳給上司，然後再傳給另一部的另一個分支部門，或許在主文部份加上一段引自另一份來文、由四句話或十六個字組成的擬議，開頭添上「等因」，結尾加上「奉此」——他們稱這叫治理國家。整個過程不過是做做文抄公，但他並不覺得這有什麼好笑。因爲主文不管在篇幅或實質內容上都是照錄來文，擬議則通常是請行文送達的局處注意，並請對前述事項予以「明察」。之前經手這件事的部門做出的擬議，就成爲引文中的引文，這種引文中還有引文的公文並不罕見。因此，典型的正式公文的標準結構大致如下：

事由，關於某某事項。**鑑於**，本局從某某局獲悉，該局已收到某某部通知，大意是……。**鑑於**，某某局已收到某某部來文，**因此**，決定將某某事項轉交本局。**因此**，除將某某事項轉交給某某當事方之外，本局認爲應提請

閣下注意上述事項是否正確。此議適當與否，伏乞
明察。文中的「閣下」「明察」都必須另起一行，以表敬意。

中式公文語法背後的哲學，被所有官員用簡潔平和的八個字婉轉地表達出來：不求有功，但求無過。這套哲學的另一種形式是：多做多錯，少做少錯，不做不錯。這話非常完美，官場安全的秘訣盡在於此。這也就是爲什麼即將收到這份文件的人總是要被捧成「閣下」「明察」的原因。

襟亞爲人誠實、冷靜，而且相當勤奮。但他不算聰明，天生也不善交際。要是背後有力量支持，升任內閣部長之類職位是毫無問題的。但如今他的岳父失勢了，他連成爲一個小官僚的機會都不大。他的誠實謹慎惹惱了素雲，讓她陷入絕望的深淵，她心裡很鄙視他。除此之外，他還有一些古怪的習慣。有時候，他都已經出了家門百碼遠，還會折回來看看他前一天用過的傘是不是還在原來的位置。要是他打發僕人去做一件差事，他會重複他的指示三四次，然後問他是不是都弄清楚了，但在這之後很久，僕人都出門了，他會再把他叫回來，再重複一遍。要是他想要十二個皮蛋，他會同時說「一打」和「兩個再加十個」，讓站在旁邊的丫鬟們聽得好笑。有一次他和素雲出門，想買一頂新氈帽，在拿定主意之前，他從王府井大街的南端一直走到北端，然後又回到他逛過的第一家店。素雲當著襟亞的面把這件事告訴他母親，說：「我眞不相信一個男人會這麼窩囊。」

曾夫人覺得有必要爲兒子辯護幾句，她說：「他向來謹慎，這讓他不至於惹禍上身。謹慎點總比魯莽好。」「反正我才不像你哥，」襟亞回敬他妻子：「他什麼話都說得出來，不管是答應下星期一給人一份工作，或者是下星期六一起吃飯，他都可以說得很有把握，可是心裡根本沒那個意思。上次我跟他

在天津見面的時候，他答應星期六晚上要請一個人吃飯，到了星期六晚上，我還問他為什麼沒出去吃飯。他甚至連打個電話道歉或找個藉口都沒有，接下來那星期他碰到那個朋友的時候，甚至提都沒提吃飯的事。我絕對不會做出這種事來。」

「但是這世上，人們往來就是這樣的，」素雲說：「就是因為你說話太小心，才交不到更多朋友。你看看他朋友有多少。」木蘭回來那天晚上，雪花就跟她說了一大堆故事。雪花可能已經成了家裡最重要的女僕，曾夫人離不開她，便幫助她和她村裡的一個鄉下小伙子結了婚，她和他是從小訂過親的。曾家自然得給她丈夫一個工作做，但因為這人太笨，除了當園丁之外實在不能讓他做別的。木蘭問雪花滿不滿意自己的丈夫，她說她一直都知道他傻，但她認為他會比很多城裡的聰明年輕人更可靠。因為這種想法，雪花倒也頗自得其樂。

那天晚上，雪花把木蘭不在家這段期間家裡的情況告訴了她。「三奶奶，你不知道在二奶奶手底下做事有多難。安寧個兩三天就要出麻煩。她要是心情好，就會叫我和卞大嫂和她打牌到深夜，我們一定得輸，不然她就要發脾氣。隔天早上我們還是得早起，她卻要在床上躺到中午，這時候二少爺早就到辦公室去了。還有打牌贏錢的問題！別跟我說有錢人家的少奶奶不看重錢。我們打牌下的都是小賭注，但是她連一分錢都記得清清楚楚。上個月我領月錢時，她跟我說：『雪花，你還記得那天晚上你欠我一毛六分錢嗎？這裡是你的一塊八毛四。』我真替她丟臉哪。現在我才知道一個人是怎麼變成財神的。有一天，她在瑞蚨祥看上了一塊外國料子，後來又在另一家店裡看到一塊西洋鵝絨，她就變了心意，第二天叫老卞退掉那塊料子。但是那料子都已經裁了，布店怎麼能收呢？『當然可以，』她說：『我們家買東西都是能退的。』老卞不但必須解決這件事，還得自己掏黃包車的錢，因爲二奶奶說他可以走路去。最後瑞蚨祥掌櫃總算看在老顧客的份上，答應給退，但他說，這料子只能當零頭料賣了。因爲她在王府井大街的店裡看到了那塊西洋鵝絨，就不肯多買一件。好啦，她去買了那塊料子，讓裁縫做了件衣服。衣服送來了，她注意到裁縫不小心，用來畫線剪裁的粉塊兒把裙子的一小角弄髒了。其實只有拇指大小，也不嚴重。可是她很生氣，叫裁縫把衣服拿回去，還要他賠布料錢。那塊料子二十八塊，裁縫苦苦哀求，最後答應賠她十五塊。但他加了一句：『少奶奶，下回要做衣服，請您另請高明吧。』像這樣的小事兒還多著呢。」

＊＊＊

第二天上午，莫愁和阿非一起來探望木蘭和寶寶。兄弟姊妹分開幾個月後又見面，都非常高興。木蘭問母親怎麼樣，莫愁說她很好，只是天氣一變手腕就不舒服，所以要下雨什麼的她都知道。莫愁看寶寶的時候，木蘭突然問她，最近有沒有見過立夫。「他有時候會來我們家，還跟爹成了好朋友，」莫愁說。「哥哥怎麼樣了？」「他改了，不再抽大煙，每天晚上都按時回家。爹娘高興得很呢。」「眞的！」木蘭驚呼出聲。「說不定他眞會變成一個孝順兒子。只要他想，他可以做得很好的。爹還念叨著要出家嗎？」「現在都不提了。當然啦，他現在很愉快，跟哥哥也聊得多了。有一天，爹、大哥和立夫三個人還聊到半夜呢。哥哥說，是華太太改造了他。你能想像嗎？娘想替他和天津朱家的千金說媒，他嚴正拒絕，說要娶自己挑選的姑娘。我聽說他在追一個女孩子——你知道的，就是之前當過尼姑的慧能，現在可是個紅歌女了。」「你說的是出家前跟牛同瑜有關係的那個慧能？」「是，哥哥那時說，他非常佩服這個女孩做的事。娘自然不贊成，昨天還爲這個很生氣，吵了一架，就出門去了。」

「那他跟素丹那段情有下文沒有？」木蘭問，聽到這些消息興奮得很。「嗯，這說來就話長了。總之她嫁給了一個南洋富商的兒子，名叫王佐。結果竟是上了當。那天我碰見她和她先生，看著眞讓人難過。」素丹成了個社會棄兒。她是家裡的叛逆份子，也是「摩登女性」的先鋒，畢業後就住在北京。她哥哥素同當時是教會醫院裡的醫科學生，對她的生活方式非常不贊成，但也無能爲力。她享受著屬於她的自由，追求者眾，許多年輕人都被她驚世駭俗的自由和風情萬種的美貌吸引。她有時會來看木蘭，就這麼和迪人談起戀愛來。最後兩人說不定要結婚的問題自然也浮上台面，但木蘭非常不贊成。做爲學校裡的朋友，她很喜歡素丹，但幾乎想都沒想過她會成爲軟弱哥哥的賢內助；她也不覺得哥哥配得上她，或者能讓她幸福，只是她很少提這件事。莫愁在家裡卻是極力反對這樁婚事的，這也是後來素丹和巴固都不喜歡莫愁的原因。絕望之下，素丹離開了他，嫁給富有而傲慢的年輕人王佐。王佐來自新加坡，住在北京飯店的豪華套房裡，除了尋歡作樂之外，也想找個對象。他既多金又驕傲，曾經誇口說要娶全北京最漂亮的姑娘。他也確實這麼做了，至少在他自己看來是這樣。她膚色白得像個幽靈，卻異常的美，像朵來自異國的花，還有一雙彷彿秋天湖水般勾人的眼睛。王佐熱烈地追求她，但婚後不到兩個月，雙方就發現這樁婚姻是個錯誤。

「有一天我在王府井大街遇到他們，他們應該是剛從一家飯店的餐廳出來，」莫愁繼續說：「素丹喊了我，想把我介紹給她的高個子丈夫認識。他卻自顧自地往前走。他穿著西式服裝，拿著一根鑲金圈的手杖。顯然不願意和妻子的朋友打照面。素丹皺起了眉頭，她還沒說話，我就明白了。『我得趕緊走了，』她說。『有空來看看我吧。』我說。『沒機會的。』她回答，然後就蹬著高跟鞋去追她先生了，他站在一家商店的櫥窗前面，看都不看我們這個方向。她連想假裝自己是個幸福的新娘都做不到。她先生看不起她家。娶她只是爲了跟朋友炫耀。她哥哥也參加了婚禮，但沒有安排她母親從南方來。現在她似乎完全是無助的，也沒有朋友。他們出門的時候，她只能亦步亦趨地跟著他丈夫，而他卻一直用她很難跟上的步伐走在她前頭。」「這段婚姻眼看要完了。我敢肯定，不用多久他們就得離婚。」木蘭說。莫愁最後一次聽說他們的消息，是這對夫妻已經搭船到馬尼拉和日本去了。

那天下午，木蘭正準備出門去看望父母時，一個老媽子從她家匆匆趕來，帶來了一個可怕的消息：迪人墜馬了，被人抬回家，性命垂危。木蘭叫錦羅和孩子們留在家裡，立刻動身回去，還留話給蓀亞，要他跟著過來。

迪人剛恢復知覺，便痛得叫出聲來。他被轉送到素丹哥哥工作的醫院。據送他回家那個農戶說，他似乎在北郊騎著一匹強健的母馬。有匹失控的公馬聞到了母馬的氣味，追了過來，母馬開始狂奔，迪人根本勒不住她。她沿著一條小路猛衝，有根低矮的樹枝橫過那條路。當馬以閃電般的速度從樹枝下穿過時，他也低下頭，但後腦杓還是撞上了，他被甩到小路對面。醫生說他有腦震盪，右臂右腿都有複雜性骨折，還有內出血，撞擊太嚴重，目前無法手術。

父親非常憂心，但整個晚上都極力自持，老母親則坐在兒子床邊默默地掉眼淚。迪人稍微清醒了片刻，要求見華太太，父親聽從他死前的願望，把華太太叫來了。她到了之後，迪人用盡力氣說：「爹，娘，我欠你們太多。我知道我不是個好兒子。告訴珊瑚姐姐，對我兒子博雅嚴加管教，把他養成比我更好的人。」然後他望著華太太，說：「不要誤會華太太，她是我唯一一個眞正的朋友。」

他閉上了眼睛，聲音漸漸聽不見，之後便斷了氣。

那天晚上，木蘭和蓀亞聽見父親說了一句奇怪的話：「他沒結婚就死了，這是好事。」

木蘭原本就打算在孩子出生後回娘家陪母親住一陣子，這是常有的事，但現在她回家的目的變成安慰母親了。母親老了，頭髮幾乎全白，儘管還不到五十歲。她一直很愛迪人，如今她非常後悔沒讓他如願以償地結婚。「要是我不阻止他去見那個姑娘慧能，也許他就不會去外頭騎馬了，」她說。「娘，這都是無稽之談，」莫愁說：「一切都是天注定的。他從小就喜歡騎馬，這不是您的錯。」兩個女兒和小弟弟就這樣努力安慰老母親，盡量勸她像往常一樣吃東西。那年夏天來得突然，姊妹倆輪流拿著鵝毛扇爲躺在床上的母親搧風。

如今迪人和銀屏都死了，遠離了人世一切紛擾，家人們也開始念起他倆的好。時間甚至沖淡了母親心中的恨意，她只把銀屏當成一件遙遠的、命運安放在她人生之路上的古物，對她已不再有怨。父親作主將銀屏的遺骨從她的墳墓遷出，和迪人一起葬在玉泉山後姚家鄉間別墅附近的家族墓地裡，並且教導博雅，要把這座雙人合葬墓當成法定父母之墓祭拜。

哥哥驟逝，對木蘭的衝擊實在太大，她突然就沒了奶水。因爲錦羅自己也有個大約六個月大的寶寶，她的奶水彷彿源源不絕，她決定給自己的孩子斷奶，用自己的奶水餵阿通。因爲這個原因，錦羅和暗香換了位置，木蘭的女兒阿巒開始由暗香照顧。

＊＊＊

迪人的死讓姚先生出現了完全意想不到的變化。迪人一直是他心裡的重擔，即使他已經改過，成爲一個好兒子，按時回家，也開始認眞關注生意，但他身上仍然保有一種難以預測的因素，比如跟慧能那件事。他向來任性魯莽，未來也可能還有更糟糕的冒險。這就給了父親一個理由，動不動把散盡家產當和尚去這種話掛在嘴上，作爲一種反抗的姿態。現在家裡已經擺脫了這個威脅，他開始關注起小兒子，他正常地成長著，沒有做錯過什麼事。

他的想法又轉回了塵世，然而卻有種莫名缺乏信念的感覺。這個原本可能要出家爲僧的男人開始享受生活，那股熱切彷彿他已然能遨遊太虛。他既活在這世上，卻又是出世的。透過閱讀和冥想，他已經到達了一個境界，他不再有自我意識，「自我」和「非我」之間不再有區別，這也是佛教修行者的目標。由於家庭只是更高層次的自我，他對家庭也失去了眞正的信仰。然而，這種態度讓他得以享受生活，以及只有少數富人能和他比肩的財富。而他自然是沒把這些財富當回事的。

因爲，他決定買下一座滿族王爺的花園，這件事令全家人驚訝不已。事情是這樣的：當迪人過世，華太太離開他的床榻時，姚老先生對她表示感激，他說，如果她想要什麼，只要來跟他說一聲就行了。她也獲准參加葬禮，而且對迪人四歲的兒子博雅表現出極大的興趣。

中秋節前，華太太給孩子帶了些月餅來，又說想見見姚先生。他在書房裡熱誠地接待了她。她是歌女出身，很會講話。她用一種極悠閒卻又禮貌的方式先聊聊天氣，然後才說：「姚伯父，我有個有意思的消息要告訴您。我有今天的地位，完全歸功於你兒子，而又間接歸功於您。這事兒您一定也曉得，我不知道該怎麼報答您。所以，如果眞有什麼有意思的東西，我覺得應該先讓您知道。這眞的是個令人興奮的機會。」

「古玩麼？」姚先生說：「我已經膩了。好多年沒買古玩了。」「不，不，不是那個。我知道您現在對古玩不感興趣。還有，姚伯父，別以爲我是來跟您做生意的。我要說的是一座花園，在北城，是一位滿族貝勒的宅子。他願意用不可思議的價格賣掉，好換現錢過中秋。所以我就想啦，除了姚伯父，北京還有多少人既有這筆錢，又有這份福氣住在貝勒府裡呢？」「爲什麼我要住在貝勒府裡？」他問，但這想法勾起了他的興趣。「因爲這種事兒啊，」華太太回答：「既要有錢，又要有閒。許多高官有錢，卻沒有閒情去享受園林宅邸的樂趣。而且光是有閒也不夠，還得懂得欣賞這種東西。這樣的一個地方，讓那些愚蠢的京官佔了，不是很可惜嗎？」

歌女是最會對京官冷嘲熱諷的一群人，因爲她們太瞭解他們了。在以專業方式娛樂他們的同時，她們也清楚這些官員所有故事。在滿清帝國最後那段日子裡，仍然留下了許多風雅而有詩意的歌女，她們看不起當官的，和談論官吏的作家和詩人交朋友。因此，華太太對官員的評價，正顯示了她的品味和高雅。姚先生笑著說：「他要價多少？」「我說出來，您一定會笑的。只要區區十萬大洋。光是那些房子，當初就花了二三十萬呢，如今甚至已經沒有人能建這樣的東西了。貝勒需要錢，他打算放棄這個地方去天津，所以他才要得這麼少。我知道他賣得出去的。要是您有興趣，我今天或明天就帶您去看看。」姚先生腦子轉得飛快，在他心裡，其實已經把那座花園買下來了。第二天，他便帶著家人去看。

木蘭第一次聽說這件事，是珊瑚過來跟她說：「我們就要去住貝勒的花園了！我們明天去看，你一定要一起來。」

園子裡有些建築和亭台都很舊了，但住宅部份狀態非常好。這些房子是咸豐年間爲一位貝勒（現任貝勒的祖父）建造的，用的木料堅實厚重，估計再用幾百年沒問題。

姚先生和舅爺商量過之後，決定買下。那位滿族貝勒依然傲氣十足，堅持就要這個整數。他不肯屈尊和人討價還價，姚先生也同樣傲慢地拒絕講價，因爲在他眼裡，這價格已經太高了。「華太太是我見過最聰明的幾個女人之一，」馮舅爺回來之後說：「這筆交易她至少能從中賺五千塊錢。我得跟她合夥。這段時間古玩店生意好，可她說她沒錢把貝勒的古玩吃下來。你覺得呢？」「你想做就去做吧，」姚先生說。他很喜歡華太太，要是他小舅子也入股古玩店，他自家的事業自然就成了那家店鋪的靠山了。

「既然我們就要買下這位貝勒的房子，把他的古玩當眞品賣掉就更容易了，」馮舅爺說：「他會信任我們的，先賣了再付他錢也行得通。」姚先生買房的決定下得很輕易。他之所以買下那座園子，是因爲他對錢已經看得很輕。馮舅爺會同意，是因爲這是一筆好買賣。阿非、珊瑚和莫愁都很興奮，因爲他們就要住在裡面了。她們都認爲最好讓母親換個環境，因爲自迪人死後，她一直鬱鬱不樂。「那這座房子呢？」母親問：「你打算賣掉嗎？」「可以等莫愁成親之後送給她，」姚先生說：「或者，如果她想住到花園裡陪你，我們也可以把房子賣了，或者捐給學校。」

＊＊＊

而這時，當姚家看來漸入佳境時，曾家卻出現了衰敗的跡象。儘管曾夫人家務管理得很好，但在一個有成年兒子兒媳的大家庭裡，要維持和諧仍然是一項艱鉅的任務。偶爾成功，也只是靠著所有人以禮相待、互相容忍——這是所有人類社會中與同胞和平共處的技巧中不可或缺的一環——再加上對最高管理者共同的尊重，才得以促成。曾夫人雖然身體不好，卻能讓大家各安本分。但其他人夠不夠禮貌或克制卻不是她能控制的。兒媳婦們帶著各自的家庭教育嫁進這個家，沒有什麼能改變她們的性格。

素雲雖然過得不開心，但她還是回到自己該待的地方，讓襟亞按她的意思做事。她愛天津，憎恨在北京的生活，但北京畢竟還是首都。首都意味著權力、政治高層和聚積財富的機會——要是她先生能像她哥哥一樣就好了！她哥哥就要回北京了。他是她心目中的英雄，是她心裡男人該成為的榜樣；相較之下，襟亞溫順、軟弱，缺乏進取心、衝勁和勇敢之類的男子氣概。她多麼欽佩她哥哥在天津證券交易所展現的運氣和才能啊！他說起話來，張口閉口都是幾千幾萬，沉默可憐的襟亞卻在這裡掙著一個月三百的死薪水！要是他們必須租房子，這筆錢連房租都不夠。每次她看見結巴的丈夫對僕人重複交代事情時，總有種無助的憤怒。她母親對她說：「你看看你爹，都是我造就了他！」看來她需要做的就是把丈夫牢牢抓在手裡，等她哥哥重返權力圈之後再來幫助他。於是，在她的推動下，襟亞結識了一位開朗的年輕人，是某位局長第三房姨太太的五哥，還替懷瑜在政府清算局找到了一份臨時工作。

曾家兩兄弟的關係越來越疏遠。蓀亞整天無所事事，卻樂在其中；襟亞按時上下班，卻沒辦法讓妻子滿意。他常常對她心生反抗，但由於他天性善良，或者說膽小，顯然還打算忍受很長一段時間。表面上，朋友們都認爲他怕老婆，但他內心深處卻孕育著一股不滿，這份不滿要到他有相當年紀的時候才會表現出來。目前只有當他被素雲對他和他家人永遠的不滿惹惱到極限時，才會用素雲自己的「好」家庭回敬。有一次，他一上午都在生悶氣，他來到蓀亞的院落，對他弟弟說：「眞希望我從來沒成過親！」

奇怪的是，正是素雲讓襟亞看見了兄弟之間的不平等。「爲什麼你工作的時候，蓀亞卻可以整天晃蕩呢？」有一天她說：「你們是同一對父母生的，也都在花父母的錢。我們吃的用的都是這一整個家的財產。但是你一個月掙三百塊錢，他卻什麼也沒做。爲什麼他不去找點活兒幹？如果這種情況繼續下去，分家說不定更好。至少我們自己會有點錢，花費和投資可以隨我們的意思。我們可以請我哥哥幫我們投資。上星期他給證券交易所打了個電話，一夜之間就賺了兩萬五千塊呢。再說，雖然你是長子，但一有什麼事發生，都是先問蓀亞和木蘭。不管什麼問題，都會聽到蘭兒這蘭兒那的。全家都被那隻狐狸精迷住了，要是我不在這裡，你就更難站穩腳跟對抗他們了。」「站穩腳跟對抗什麼？對抗誰？」襟亞回答，這話暗批他沒用，他很火大。「對抗他們，所有人。就因爲她管家務，連老媽子都努力奉承三少奶奶。曼娘跟她是一夥兒的。看到她們手牽手跟久別重逢似的，我見了就想吐。」「這都是你的想像，」襟亞回答：「我們畢竟是一家人，你爲什麼不能也和她們作朋友呢？爲什麼我們不能和平共處呢？」「就是我的想像沒錯！所以我說你頭腦簡單。你沒見到阿通就是在地板上爬了幾步，從老太太到僕人每個人都在鼓掌嗎？媳婦兒生了個孫子，還眞像將軍凱旋回京似的。」

最後這個對木蘭偏心的指責確實沒錯，木蘭似乎就因爲生了孫子，地位便輕易地超越了其他兒媳。

這當然不是素雲的錯。但在一個老派家庭裡，壓力是非常大的，逃無可逃，木蘭的小男嬰引起的每一次騷動，都像是對素雲不孕的無聲譴責。襟亞聽說老太太也提過素雲不孕的事，老太太否認自己說過這話，但並沒有讓不愉快減輕一點。曾先生夫妻也沒說什麼。但有時吃過午飯，一家人圍坐在屋裡，不需要誰出面帶頭，整個場面就會自然地變成阿通的表演會。寶寶開始在地板上爬來爬去，每個人都是又鼓掌又喊叫地慫恿他。「昨天他還只能站起來走三步；今天就能走四步了呢！」木蘭得意，阿通不管做什麼事，都會引來大量的讚美和哄堂大笑。

素雲甚至去看了醫生，問他能不能做些什麼來爲她解決這件羞恥的事，但醫生也無計可施。

＊＊＊

有一天，襟亞終於在妻子的催促下，跟蓀亞談起希望他找工作的事。「只要你去試，絕對找得到的。你看我是怎麼幫懷瑜弄到工作的。」「我知道自己在做什麼，」蓀亞反駁：「而且我也看到你爲了替他找那份工作，是怎麼不得不緊緊抱住局長的三姨太五哥的大腿的。」「我以一個哥哥的身分告訴你，」襟亞說：「我們爹娘都老了，除了這棟宅子，我們家所有的錢和財產加起來也不過十來萬。按我們花費的速度，每年要耗掉六七千大洋。我們都在花家裡的錢，沒人想過要掙一分錢。這就是我想把懷瑜送進公門的原因；如今他進來了，說不定能幫我們弄到點好工作。」

「你最好對你那個小舅子多留點心，」蓀亞說：「他說不定會讓你捲進什麼麻煩裡，到時候你就後悔莫及了。他跟那個鶯鶯搞上了，是在玩火。」蓀亞說出了木蘭的看法。「鶯鶯跟我們有什麼關係？她能對我們怎麼樣嗎？」「你願意我們家裡有個歌女嗎？」蓀亞說。「這又不關我們家的事。那是他自個兒的事。」「我不想說你親戚的壞話，」蓀亞說：「不過，身爲你弟弟，我還是奉勸你離他遠點。他絕對是個不擇手段的人，這你自己清楚。」

鶯鶯是當時天津有名的交際花，也是湧向租界的失意政客和混亂時局下的前朝貴人心目中的大紅人。她天生魅力十足，約莫二十三四歲，她並不是那種老式的妓女，因爲她是在一個混亂的時代長大的，當時的歌女開始在衣著和行爲上模仿現代的女學生。她擁有吸引男人的女性本能，和某些女性天生就有的社交能力，不需要特意學習就能表現出來，她還有一種冷靜、不動感情的謀劃能力，這在女人身上總是很可怕的。由於是歌女出身，她可以毫無顧忌地把追求她的人玩弄於股掌之中，讓他們彼此競爭，還能用巧妙甚至高明的花招擺脫所有令人起疑的場面。她把哄騙和取悅男人的技巧練得爐火純青，這似乎已經是她日常生活的一部份。有些男人明知道自己被一個聰明的歌女騙了，卻還是對她痴迷不已。自從天津市長的弟弟發現了她，再加上有個總督的前秘書爲她寫了一首詩之後，她就成了這個城市最紅、最受歡迎的交際花。

懷瑜是市長的弟弟介紹給她認識的，兩人氣味相投，立刻成了朋友。鶯鶯知道他在滿清時代所有的豐功偉業，卻只是讓她更加欽佩他。他說得出高層政治陰謀和耗資幾百萬的龐大計畫內幕——他最喜歡的一個計畫，是透過一個價值三千萬元的公司開發遙遠的黑龍江，並且殖民。這些話贏得了鶯鶯的信任，即使不是相信那些計畫，至少也是相信他的想像力。她所受過的訓練顯然爲她嫁給有權勢的，或者至少也是個極有前途的政治家做好了準備。她畢竟是個女人，而懷瑜年輕。相較之下，外國租界的紳士們非老即醜，他們都已過了盛年，在安樂窩裡攢飽了過下半輩子的錢，現在只想過安全、舒適、愉快的生活，這些人沒有想像力，也沒有希望。他們都厭倦了自己的黃臉婆，每個人都希望有個既自由又有能力的摩登女子，在社交場合挽著他的手臂，不然就是對有這樣妻子的人欣羨不已。他們都咒罵現代女性道德敗壞，都堅信儒家思想，都想保護自己的兒女免受現代道德風暴的襲擊；所有人都認爲自己阻止不了這一切，也都在找那些取了古代風雅名妓名字的妓女，但幾乎看不懂中國報紙上關於他們自己的報導。這是迷失了靈魂的一代，住在一片稱爲「外國租界」的人造社區中，享受著虛假的安全，在全新的先進物質主義催眠中酣然安睡。

懷瑜不管那兩個有權勢的老官僚（包括市長的弟弟在內）會如何嫉妒，要鶯鶯嫁他作妾，她同意了。京津的報紙都報導了這樁婚事，因爲她實在太有名，也因爲前任財神兒子的婚事依然是個好題材。事實上，鶯鶯本人也姓牛，這就讓此樁婚事多添了幾分奇怪的感覺。懷瑜娶同姓的姑娘，無論如何都違背了傳統，也是道德混亂的不祥之兆，不過現代中國人對這種事也越來越習慣了。

至於素雲，她現在很高興，哥哥娶了這個婊太太，讓她也有了個志同道合的朋友，可以讓她在北京的生活過得愉快點。

襟亞還是相信父親偏心弟弟和木蘭。然而他也相信，有些人生來就是要工作的，而另外一些人因爲更聰明，天生就是能遊手好閒、享受生活，而他並非後者。他相信有人天生好命，有人天生倒楣；自從他和素雲成親之後，他就深信自己命裡掛著一顆災星，至少目前，他還得繼續逆來順受下去。

第二十六章　花園

隔年春天，姚先生一家搬進了新房子。因為老宅還沒有做出最後的安排，馮舅爺便說他會帶著家人住在那裡。但目前他除了女兒紅玉之外也只有兩個兒子，這房子對他們來說太大了。因為他們不想把部份房子租出去，便邀情立夫一家過來和他們同住。當然是不可能要他們付房租，因為他們住會館這麼多年也沒有付過房租，所以向立夫的母親提議這件事，倒更像是請她幫忙。既然姚先生不願意把房子租給陌生人，那她和家人可以來幫忙住這些房間嗎？馮先生說，自己經常出差去南方，太太一個人守著這房子會怕，要是有立夫在就幫大忙了。於是孔太太和立夫同意了，住進了姚家老宅。

姚家是在三月二十五搬進花園的。很顯然，保留這座花園的舊名並不合適，所以姚先生為它取了一個新名字「靜宜園」。木蘭則根據名園命名的慣例，提了幾個簡短的名字，像是「和園」、「幽園」和「樸園」，用一個字呈現一套完整的哲學。但她父親覺得還是他自己選的名字合適。它既不矯飾，也不失真，要是取了像「半農小廬」之類更加詩意的名字，反倒做作了。而且「宜」字是個好字，意思是按照自己在生活中的位置、順著自己的本性和性格生活。選擇這樣一個名字，暗示著家庭滿足，而不是詩意的逃避現實，這讓姊妹倆感到安心。姚先生開始自稱「靜宜園主人」。用這幾個字刻了一枚印章，另有一枚印章刻的是「桃雲小憩閒人」，在不那麼正式、更風雅的場合使用。然而北京人還是習慣喊這地方的舊名字「王府花園」。

四月十五日，姚先生邀請親朋好友聚會，慶祝新花園宅邸落成。木蘭對蓀亞說：「不知道鶯鶯來不來。我想看看她。」「她當然會來。你以爲那種女人還會怕見親戚嗎？」接著木蘭轉向暗香說：「我希望你也來。你可能不會相信，但是我告訴你，那座花園裡有間屋子叫做暗香齋，是用你名字命名的。這不是件奇事嗎？」暗香顯然吃了一驚。雖然她現在爲木蘭工作很開心，但有些過去的習性還在。要是聽見了什麼意料之外的話，身子總會發起抖來，因爲害怕是自己做錯了事。如果木蘭走近的時候她正好沒事做，她就會立刻拿起什麼東西，假裝自己手上正忙。木蘭不喜歡她這樣，會告訴她，沒事做也不必害怕被人看見，暗香總會驚訝地抬起頭來，只有木蘭的微笑能減輕她的恐懼。她很羨慕錦羅對少奶奶說起話來那麼從容有自信，自己卻學不來。

她曾經聽木蘭說，素雲有個丫鬟叫冷香，而她自己的丫鬟叫暗香，聽起來就像是命中注定的一對兒，當時便十分訝異。如今聽說王府花園中竟有個書齋叫她的名字，就更是震驚了。「我不明白，王府裡的書齋怎麼能用丫鬟名字這麼普通的字眼命名呢？」暗香回應道。「這可不是個普通的名字，」木蘭說：「這是一位有名的詩人詠梅花的詩句。那間書齋面對著一座梅園，就是它取這個名字的原因。」

「我還以爲『暗』是個不好的字眼呢，因爲我從來沒聽過有別的姑娘用這個字的。還以爲這個字就是『晦氣』的意思，給我取這個名字就是爲了刁難我。」木蘭笑了，蓀亞說：「這可是你能找到最漂亮的其中一個名字了。」奇怪的是，這名字帶來的全新自豪感竟從此改變了她對自己的看法。她不再想像自己走到哪都帶著一個侮辱性的印記，也不再覺得自己的生活像是籠罩在陰曆月底昏暗的月光下了。

木蘭和蓀亞準備好出門參加聚會，他們來到曾夫人房間，發現曼娘的母親雖然已經打扮好了，卻堅持自己應該待在家裡。

原來事情是這樣的：桂姐剛流產，身子不舒服不能去。鳳凰正幫曾夫人梳頭，素雲和曼娘坐在房間裡，準備出發。曾夫人頭也沒抬，問：「那誰留下來看房子？紫薇只能留在屋裡陪桂姐。」「要是您要我看房子，我就留下，」鳳凰說。「讓孫阿姨留下吧！」素雲說。如果這話是別人說的，或者換個說法，也許還能說是思慮不周。但素雲以前就對曼娘的母親發表過一些意見，甚至說她是無家可歸才被收容的。這回再次受辱成了最後一根稻草，曼娘的憤怒終於爆發了。「為什麼別人都去，就我娘得留下？」她問。「誰去誰留，由太太決定。」這時曼娘的母親進來了，曼娘站起來，說：「娘，人家又沒邀請我們，為什麼我們都換了衣服啊？」曼娘的母親一時說不出話來，只是呆愣愣的。曾夫人對曼娘突然爆發的怒氣很驚訝，急忙解釋。「您可別誤會。我在問誰要留下來陪桂姐，看房子。鳳凰說了她會留下，然後素雲建議您留下。她可能沒有別的意思，但是她不應該這麼說。素雲，我想你應該跟孫阿姨道個歉。」素雲正要開口，但曼娘的母親先說了，「太太，我在這裡是客，我也從來沒抱怨過什麼，因為您和表哥對我和我女兒一直很好。我們是窮苦人家，我女兒也比不上您的二媳婦和三媳婦。就算我是客，我也不是無家可歸。只是因為我就這麼一個女兒，所以我才和她住在一起。」「誰說你無家可歸了？」曾夫人反駁道。

「自然是有人這麼說的了，」曼娘激動地說。「我收養一個兒子有錯嗎？怎麼能說，一個人只要願意，收養一百個兒子都行？難道養子就不是兒子？你不會以為一個寡婦生得出孩子來吧，啊？」這時木蘭和蓀亞正好進屋，聽到曼娘連珠炮似的又有些滑稽的指控，都很驚訝。「這些話是誰說的？」曾夫人說。「總之一定有人說過這些話，否則就不會傳到我和我娘耳朵裡了，」曼娘回答。「我可沒說過孫阿姨無家可歸，」素雲說。「就算我說過誰無家可歸，也未必就是指她。我可沒時間費神去想別人有沒有家。」曾夫人說：「阿姨，請您見諒。要是我二媳婦對您說了不禮貌的話，我替她向您道歉。至於你，素雲，我今天是親耳聽到你這樣說話了。就算你不是有意的，你這麼說合適嗎？」「留下來有什麼好奇怪的？」素雲說：「我就願意留下來啊。」

「不，鳳凰留下。你一定要去，這是我的命令，」曾夫人說：「阿姨，她們小孩子吵架您別放在心上。要是您不去，那我也不去了。」木蘭聽著這亂成一團的對話，又看見曼娘已經半含著眼淚。她很氣素雲，但想起今天她算是女主人，絕不能把聚會搞砸了。於是她忍住氣，說：「娘，今兒個請准許我以東道主的身分說幾句，我一定得讓孫伯母跟我們一起去才行。伯母，請您務必賞我這個面子。要是您不來，我會認爲您不把我當成曼娘最好的朋友。再說，今天是親戚聚會。首先，您是老太太的姪女，其次是爹的表妹，第三，您是我的伯母。如果您不來，我們的聚會就不圓滿了。」

這時襟亞進來了，他聽著木蘭說話，還不清楚是怎麼回事。父親一直在隔壁房間聽著，但只要是女人之間的爭吵，他一律是留給妻子處理的。既然這時他兩個兒子都到了，桂姐躺在床上，勸他出去安撫一下。「襟亞，蓀亞，」他一進門就說：「妯娌吵嘴在家裡是常事。你們當丈夫的，應當約束自己的妻子。否則就會從妯娌間的爭吵發展成兄弟間的爭吵，因而導致家庭敗落。今天這件事，所有人今後不准再提。」然後他轉向孫太太，說：「表妹，別聽那些孩子們吵嘴。今天天氣這麼好，把這件事忘了吧。」於是鳳凰和紫薇留下陪桂姐，錦羅和暗香因爲要照顧孩子跟著去了。

臨出門前，素雲對丈夫說：「你就眼睜睜看著你太太被人欺負，一句話也不說。你聽聽木蘭那張嘴。」「你爲什麼不自己回應她呢？我根本什麼也不知道啊，就算知道，我也回不了嘴。」襟亞反駁。「跟那個沒知識的鄉下女人吵架，我眞是晦氣！」「你又來了。要是讓人聽見怎麼辦？」「但是她本來就是個沒知識的鄉下女人嘛！好，你爲你親戚撐腰，我就替我家人撐腰。要不是爲了鶯鶯，我今天寧可不去。」「我們至少樣子要做足，規矩還是要有的，」襟亞說。

＊＊＊

一行人大約在十一點半抵達新宅，因爲爭吵略遲了些。阿非和紅玉在花園大門口等著，因爲紅玉很早就和父母一起過來準備招待客人了。阿非如今已十六歲，穿著西服，樣子很帥氣。他過得很幸福，父母姊妹都愛他，他活潑、迷人、彬彬有禮，但就跟這個年紀所有的男孩一樣，總是靜不下來。紅玉最煩他這一點，因爲她討厭吵鬧，但她和他在一起時總是很快樂。她比阿非小一歲，但心智上早已超越了他，她對這個和她一起長大的表哥產生了強烈的愛意。她覺得他還是太孩子氣，但愛意並不因此而減損分毫。

賓客當天是從後門進來的，而不是從南邊的正門進來，這是木蘭的主意。主廳集中在南邊入口附近，漸次向北延伸，在人工運河和池塘的引導下，穿過走廊、小橋和各式亭台樓閣，最後進入一座大果園。這裡有好幾個入口，但從西北方入口可以直接看到桃林，還有一排排的包心菜和一口井，建築的屋頂掩映在樹木後面，偶爾可以瞥見朱漆陽台，和與綠葉形成鮮明對比的彩色大樑。人們從這個後門進去，就像走進了鄉下的農家，可以悠閒地往南邊的樓房走去。在木蘭的建議下，這扇門改了新名字，叫做「桃雲小憩」，因爲到了春天時，果園裡會開滿粉白相間的桃花。

他們走得很慢，因爲大家都跟在奶奶身後，老太太由錦緞和雪花攙扶著。她現在年紀已經非常老了。因爲背駝了，個子也矮了許多，但她的步伐並沒有因爲年邁而變慢。不需要急，因爲這時桃花開得正盛，而且品種繁多，有野桃、青桃，還有蜜桃；還有已經抽芽的李子、杏子和山楂。「今年春天到得早啊，」老太太說。「通常桃花都四月下旬才開花。現在我明白爲什麼這個地方叫桃雲小憩了。」「我還以爲是說雲彩是桃紅色的，原來是桃花像雲啊。」曼娘說。穿過果園之後，一行人來到了「伴農亭」，這是一座八角亭，立在一條蜿蜒運河的末端，以一道沿運河而建的長廊與建築相連，亭下泊著一艘小船。當祖母悠閒地邁步時，曾先生夫婦和幾個年輕人就在走廊閒逛，看著走廊壁上畫的二十四幅《紅樓夢》場景。再往前約莫二十碼，便是一座朱漆木橋，這座橋可以說是花園整體佈局收緊的樞紐之地。站在橋上，他們看見運河變寬了，成了一個小池塘，南邊大約有四十尺寬，一個四面都有陽台座位的帶頂露台伸進池塘裡，木匾上題著三個白菜綠色的字「迴水榭」。幾個老媽子在露台上來來去去地忙，姚夫人坐在那兒迎接客人。水榭左右兩側的池塘都被大樹遮住了，長廊時而隱沒在濃蔭裡，又時而顯現，一路通向露台。

木蘭的父親走到長廊中段來歡迎他們，一行人跟著他來到水榭。這裡顯然是爲了眺望池塘和小橋對岸的鄉村美景設計的，也可以作爲夏天時小型聚會的休閒場所。南面的木隔板上鑲著四塊十尺高的大理石，上面刻著董其昌的書法。水榭裡擺著幾張鑲嵌黑木桌，景泰藍茶壺和杯子做成方形和斜角形，給人一種古色古香的奢華感。羅東的兒子已經離開了原來的主人，和碧霞一起來到這裡，正在幾個老媽子協助下端茶倒水。只有珊瑚和莫愁不在那裡，因爲她們忙著在裡頭指揮傭人。

木蘭的母親迎上前來，老太太向她表示祝賀。姚夫人如今已是一頭白髮，加上略顯淡漠的表情，顯示她的精神經受了太大刺激，再幸福也感受不了了。老太太需要歇歇腿，年輕人便散坐在水榭的座位上。「看哪，荷葉動了！」阿非喊道。「一定有魚從底下經過。」荷葉周圍出現了小氣泡，浮在水面，就像淡綠色的月亮漂在深綠色的天空裡，濃密的葉子讓讓它的顏色變得更深。岸邊漂浮的青苔把水映成了黃綠色，而在河中央，清澈的藍天倒影融合了河水的顏色，便形成了所謂「寶石藍」的綠松石色。這時莫愁來了，她向親戚們打招呼，老太太說：「來這兒！我好久沒見到你了，都長這麼高啦。」

莫愁靜靜地走過去，老太太拉著她的手，讓她坐在自己的腿上，莫愁照做了，儘管她根本不敢眞的把全身重量放在老太太身上。

她現在已經是一個二十多歲的大姑娘了，這讓她非常尷尬。她白皙豐潤的手從短袖裡伸出來，像是要抱一個嬰兒、捻一根繡花針、拿一只平底鍋似的，那是屬於一個身體已經成熟、準備成爲妻子和母親的年輕女子那種難以形容的美麗雙手。

老奶奶揚起皺巴巴的手指捏了捏莫愁的臉頰，說：「眞是個標緻孩子！可惜我兒子沒再給我多生一個孫子，不然我一定要你作我的孫媳婦兒。」大家都笑了，莫愁簡直快羞死。「要是桂姨娘也在這兒，她一定會說老祖宗越來越貪心了，」曼娘說：「都要了人家姚家一個女兒了，還不滿足！」「俗話不是說，人越老越貪嗎？」老太太回答：「不過啊，你們相信我老婆子的眼光吧！有這樣一雙手的姑娘，一定會給夫家帶福氣來的。」莫愁再也沒辦法繼續假裝坐在老奶奶的腿上了，於是她站了起來。「老太太說話一點沒誇張，」曾夫人想恭維一下姚太太。「有蘭兒這樣一個年輕有責任心的兒媳婦替我分擔家庭責任，我眞的很欣慰。從現在起，家庭事務就要交到年輕人手裡了。我眞的很幸運，這都要感謝我兒媳婦的父母。」「只要我們家蘭兒懂孝道，我就心滿意足了。但請親戚們一定要好好管著她，不能讓她太嬌慣了。」木蘭的母親回答。

「我覺得我們應該把桃雲小憩當成平時出入用的大門，」木蘭說。這話引起了姊妹的爭論。「不可能的！」莫愁說：「這樣得走一百多碼才能到客廳。而且萬一下雨，路上就會到處是泥，不方便。」「噯，還有一條磚鋪的路在呢，」木蘭說：「而且如果下雨，不是更有意思嗎？我們可以在門房那兒放幾件棕櫚樹皮蓑衣。如果娘喜歡走南邊，我們可以把南邊的側門開著。」莫愁說：「我知道你會在絲綢袍子外頭穿漁夫蓑衣，而且還喜歡得要命。當然那看起來確實有點怪，但很漂亮。」「我不介意你說我怪，眞的。」木蘭說。「所以我才喊她奇想夫人。」蓀亞說。「問題在於，」阿非說：「你是想由奢入儉，還是想由儉入奢。」「一點不錯，」莫愁說：「我很理解二姐的想法；她認爲我們應該隱藏這種奢侈，呈現出儉樸的外表。但眞要說，還不如外表奢華，內心儉樸更好。要是讓人從後花園進進出出，幽靜的氣氛就會被破壞了。」老人們靜靜聽著年輕人爭論，姚先生認爲在這件事莫愁比木蘭的想法更深刻。

但木蘭繼續說：「我還是不懂。這個門給了整座宅邸一個更好的入口和更深的視角。既然我們有這個空間，就享受這個空間吧。我們不會希望入了大門就直接進客廳的，那就跟窮人家沒兩樣了。再說，如果你不用，這條路幾乎永遠不會有人走。」

這時，蓀亞喊著：「看！他們來了！」一行人從橋上望過去，看見立夫和他的母親及妹妹正沿著長廊走過來。阿非奔上去歡迎他們。環兒現在已經是十八歲的姑娘了，穿著一件淡紫色襖子，黑絲長褲，高跟鞋，正是當時時興的女學生打扮。立夫挽著母親的手臂；這對母子之間有些親暱的動作，是姚家和曾家這裡從未見過的。

立夫穿著一件灰藍色洋嗶嘰呢長袍。他立刻上前向奶奶和長輩們問好，然後再過來和蓀亞、木蘭說話。他眼前的事實令他難以置信：這位年輕女子已經有了孩子，但懷孕生子這件事完全無損她的青春美貌；她的肌膚依然細緻，眼角豐潤平滑，彷彿什麼都沒發生過。立夫走近時，莫愁微笑走開了。未婚夫妻見面這種新派作風對於年輕人來說還是不怎麼習慣，莫愁天生不怕羞，立夫來訪時，她總是很莊重、很自然地接待他，但在這麼多客人面前，她還是想保持一點矜持。

「我們正在討論花園的入口呢，」木蘭對立夫說：「你覺得用哪個好？是南邊的正門，還是你進來那個？」「誰在辯論啊？」立夫問。「妹妹和我，」木蘭回答。「別告訴他誰主張哪個，」蓀亞插嘴。「哦，我知道了，」立夫說：「你覺得該用桃雲小憩旁邊那個門，她覺得該用正門。」「眞了不起！」阿非說。「那你覺得呢？」蓀亞問。「下雨天我會走正門；天氣好的時候，就走桃雲小憩。」立夫回答。「難道就不會有人晴天走正門，雨天走後門的嗎？」阿非取笑木蘭，紅玉笑了出來，心裡頗爲他自豪。「那是什麼啊？我現在是在考試嗎？」立夫抗議。「當然不會有人這麼瘋狂。」「阿彌陀佛！」木蘭說。「可是你說二姐更喜歡走後門？」阿非說。「我說她晴天雨天都喜歡，不是只有雨天喜歡。」木蘭滿意的笑了，莫愁也為立夫感到驕傲。每一座精心規劃過的家庭園林都有一系列隱藏巧妙的驚喜，使每一個轉彎都成為令人興奮的謎題，每一扇門都是通往神秘的入口。當一行人穿過隔牆的一扇門時，卻突然發現自己站在一座岬角上，這面隔牆把它分成南北兩部份。南半部命名為「蜃樓」，是為演戲設計的舞台，台下約五尺處有片平台，以防演員落水。運河繞過小岬角的西側，在舞台正面往東西各延伸了約有五十尺長。

木蘭把暗香拉到自己身邊，指著池塘對面的廳堂說：「那裡就是暗香齋。」暗香把阿鑾放在地上，站在那裡，看著這不可思議的景象。直到這群人要離開了，她還站在那裡不動，透過一扇格子門望著那片春日陽光下的梅林。「來吧，」木蘭終於溫柔地說：「我們一會兒就去那兒看看。」暗香咬著嘴唇，抱起孩子跟上。他們來到北半側，看見紅玉獨自站在那裡，全神貫注地凝視著遠方，根本沒注意到她們來了。這時木蘭突然意識到，紅玉已經是一個十五歲的大姑娘了。遠處，阿非和麗蓮在橋後頭的亭子裡說話。「他們在那兒幹什麼？」木蘭問。「他說他要去迎接牛先生，」紅玉回答：「來，我們跟其他人走吧。」他們繼續走在鋪好的花園小徑上，周圍都是低矮的灌木。穿過假山裡彎彎曲曲的路，他們來到了「自省齋」。這是一座相當寬敞的住宅，當中用繃上藍綠色薄紗的格子門隔成一個個小隔間，稱為「碧紗櫥」，它實際上介於放大了的床和縮小了的房間之間，有木格擋風，有紗綢遮光，冬暖夏涼。裡頭的牆上有壁櫥，可以收納個人物品、臥榻，還有放置茶具、香爐或水煙筒的小矮几。在所有建築中，這是離花園最遠，最後方的一棟。從這兒可以看到南面的池塘，但周圍都是樹木和假山，看上去似乎和府邸其他區域完全無關。北面是一條窄窄的鵝卵石路，被一堵白牆隔開，牆上鑲著圓形古錢狀的漏明窗，是用屋頂瓦片做的，從外頭往裡看，只能看見遠處的果樹和岩石。東側有個花瓶形的小側門，可以通往其他封閉的院落，但姚先生建議他們往南走，到暗香齋看看。

爬上幾級大石階，他們到了一座小山頂。小山的平地上立著一條長長的樹皮化石，有十二尺多高。旁邊有棵松樹，樹枝低垂，彷彿要越過一堆岩石和矮樹輕拂水面。這兒離屋子太近，往下望只能看見彎彎的屋頂，但在西側可以看見塔樓形的戲台伸入池塘。附近一塊岩石刻著「夕暉返照」四字，表明這是觀賞夕陽的地方。眾人正看著，一隻翠鳥從樹上飛了出來，掠過池塘，留下微微的漣漪，也弄皺了水中的天空倒影。

他們又下了山，往西走，進了一條帶頂的走廊，它其實是一座密閉式的橋，因爲運河在這裡轉往南邊。這條窄窄的走廊有面向池塘的彩色玻璃窗，走廊通向一個寬闊的大廳，廳裡還有一座三十尺長的封閉門廊，正對著戲台，顯然是之前貝勒爺和家人坐著看戲的地方。堅實的牆離地只有兩尺高，窗戶是精心製作的，演戲時可以取下。取下之後，岬角上的戲台就像是立在參差不齊的岩石上，上頭懸著樹枝，像一座從水中浮出的魔塔，還掛著「蜃樓」的牌子。一段小小的石階通向水邊。一個泥塑仙人從戲台前的池塘中央升起，手裡拿著一幅橫向卷軸，上面寫著熟爛的四字祝福語：「吉祥如意」。這是唯一破壞了這兒的美、顯得俗氣的東西。「隔水聽笛韻和歌聲，更是迷人，是個好主意，」曾先生說。

就在這時，木蘭聽見水面傳來笑聲，彷彿漣漪一樣蕩漾開來。戲台西邊冒出一艘小船的船頭，接著是划著船的阿非和麗蓮一綠一粉的身影。翠綠色的波光映在他們臉上，麗蓮笑得很開心。「他們多高興啊！」老太太說。「屋子四面都是水，對孩子們來說可不是件好事，」姚夫人說，又對兩人喊：「當心啊！」「沒事兒，」阿非喊道。「這船剛修好。」「我還以爲你在等牛家的人呢，」木蘭喊道。「但是他們還沒來啊，」阿非回答。「他們來了，我就用小船帶他們到前頭去。」他把船划近門廊。「二哥小心，」紅玉焦急地對他喊道。「我知道，我知道，」阿非笑著回答。「你不知道從底下這兒往上看有多不一樣。你們好像站在塔上似的，」麗蓮說。「快回去等客人，」姚先生說，「要是沒有大人在，你們就不許再上船了。這個池塘很深的。」

寬闊的門廊和裡面的客廳都放了桌椅，看來可以在戲劇開演前或演出時用來擺設宴席。「要是我們在這裡等牛家，他們一到戲台我們就看得見。不過他們想找我們可就不容易了。」姚先生說。於是眾人在不同的桌子邊坐下。姚先生興致很高，轉身對年輕人說：「我來考考你們。你們看看眼前的風景。運河在西邊環繞著岬角，但山又在另一邊環繞著運河。我們看看誰能把『曲水抱山山抱水』這句話對得最好。」

這個對子很難，因爲有三個字是重複的，還必須有實景，而且平仄必須相反。現在年輕的一代，像是愛蓮和麗蓮，已經沒有機會參加了，因爲她們念的是教會學校。甚至連阿非也沒學會對對子。對對子是寫詩的基本訓練，必須從很小就開始。而且這時阿非和麗蓮還在外面沒進來。所以參賽的只有立夫、姚家姊妹和曾家兄弟，立夫第一個嘗試：「池魚穿影影穿魚」。「立夫就是貪吃，」木蘭說。「怎麼說？」「因爲你用了『穿』這個字，不就是打算把魚串起來帶回家煮了吃嗎？」「貪吃的是你自己吧，」珊瑚說：「是誰想到要吃魚的？」大家想了一會兒，莫愁說：「你可以把那個字改成『依』：池魚依影影依魚。」「好！」木蘭大喊。「眞可謂你的『一字師』了。但你也可以說：『池魚棲樹樹棲魚』。」「你有兩個『一字師』呢，立夫哥。」珊瑚說，她最喜歡當著立夫的面取笑他。「這句可不行，」莫愁說。「可這是眞的呀！」木蘭回答。「要是池裡的魚躲在樹影裡，不就跟棲息在樹上一樣嗎？」「你總是異想天開，愛用那些奇險的比喻。」莫愁說。木蘭這時說出了她自己的：「鳥歌鳴樹樹鳴歌。」「好，」姚先生說：「上聯寫景，下聯寫聲。」曾先生也默默地微笑同意，他本來就喜歡這種古老的文字遊戲。然後他對兩個兒子說：「你們倆就準備在蘭兒面前輸掉嗎？」「有她們兩個在，我們再努力也贏不了的。」蓀亞說。襟亞心裡想著「夜變爲晝，晝變爲夜」，他說：「要是我能湊得出來就好了：『通宵達旦……』

但這樣一來，「達」字就不可能再用一次了。

這時莫愁說：「這個怎麼樣？——『白雲遮塔塔遮雲』。」「不錯，」姚先生說：「上聯以橫向描寫風景，下聯是直向的。但這還不算貼切，如果塔是建在高山上，就更好了。」「爹，您沒看見水裡的倒影，」莫愁解釋：「底下的雲被塔的陰影遮住了。」紅玉始終沒有出聲，一直在琢磨她的對子。雖然她也在教會學校唸書，卻憑著天生的愛好和能力自學國文。「不知道這樣行不行，」她說。她的下聯是——「閒人觀伶伶觀人」。「這位是誰？」老太太喊了出來，爲這不同凡響的下聯吃了一驚。「她是我姪女兒，」姚先生說。「今年才十五歲。對得好！」毫無疑問，這次是紅玉奪魁了，她父親也很爲她驕傲。不僅僅是句子渾然天成、毫不費力，而且和眼前情景緊密貼合，字面外還蘊含了深刻的哲學，也就是看戲的觀眾看著戲，而表演的伶人隔著水，也看著在人生舞台上演出的觀眾。後來姚先生還把紅玉的對子刻在木匾上，掛在暗香齋裡。

讓大家驚訝的是，這時阿非突然出現在戲台上，後面跟著麗蓮。「外頭有耍刀子的，」阿非隔水興奮地喊道：「要我叫他們進來嗎？」「是一個姑娘和一個男孩。看他們耍刀眞是太精彩了！」麗蓮喊道。姚先生問曾老太太願不願意看，老太太說：「有何不可？耍刀子我是看過，但孩子們會愛看的。」姚先生同意了，賣藝人很快就出現在後門外的戲台上。阿非找進來的是兩個山東孩子，一個十三歲左右的女孩，和她約莫八歲的弟弟，由父母陪著。這些人是在街頭賣藝的，挨家挨戶地到處走，表演他們的技藝，每次收幾個銅子兒。他們的母親一雙腳裹得很醜，褲腳繫在腳踝處，背上綁著一個嬰兒。父親拿著一個小梯子和一只手鼓。女孩穿著一件袖子很寬的紫色舊襖子——這種式樣十年前就過時了。她裹著小腳，但動作很敏捷，臉上隨便地抹了一點胭脂。

眾人在河對岸觀賞時，看見阿非和麗蓮正在和表演耍刀那一家子神情自然地說話。「這些新派女學生見到人一點也不害羞。」曾夫人說。紅玉默默地聽著這句話。紅玉和麗蓮現在在同一所教會學校，主要以教學生說英語而出名。曾先生儘管對基督教和一切外國事物都有偏見，但在這件事上還是讓步了，把女兒們送進了基督教學校，因爲中國政府公辦的學校由於思想混亂，紀律已經完全崩潰。而在教會學校裡，至少還會教學生要尊重老師。曾夫人比她先生更瞭解時代的潮流，希望女兒們也能和其他人一樣現代。一旦進了這樣的學校，她們在國學方面便不可避免地被忽視了。但紅玉和麗蓮還是不一樣，在內心深處，紅玉一直是個老派家庭中的敏感姑娘，麗蓮則對新派的一切都覺得如魚得水。

表演開始了，是一種古老的滑稽鄉村舞蹈，只是看上去反而令人覺得可憐。父親敲著鼓，四口之家分成兩對，面對面站著。那是一首帶動作的短歌，有時女性走向前，有時男性走向前，還用手指著女人，唱著一段常見的副歌：得兒啷當飄一飄

得兒啷當飄一飄可以想像，如果合唱唱得好，這說不定是一首非常好聽的小曲兒；但這主要得靠表演的滑稽效果，而這一家，不管是女人和女孩賣弄風情的姿態、男人和男孩調情的樣子都太沒說服力。但小姑娘和她的小弟弟的聲音卻是發自內心的，很歡快，在春天的微風中格外好聽。

歌唱完，鼓聲又響了起來，小姑娘走到戲台下方的小平台上，開始朝空中連續拋出三把短尖刀，又熟練地接住。那片平台大約五尺寬，但從旁觀者的角度看，小姑娘就像是站在最邊緣，大家都為她捏一把冷汗。然而，小姑娘的眼睛一直堅定地望著空中的尖刀，同時平靜地又拋又接，顯然毫無困難。

她表演完，每個人都鼓起掌來，小姑娘對掌聲很滿意，微笑著退了下去。這時，父親上場了，向河對面的觀眾鞠了一躬。他指著前方的水，說他要展現一下自己的技術。他舉起手裡的梯子，把它穩穩地放在自己頭上，然後彎下膝蓋，準備讓小男孩爬上去。「不要啊！」紅玉大喊。「別怕，」水對面的雜耍藝人說。他動也沒動，只是說：「要是老爺太太覺得表演得好，就請多給幾文賞錢。」他的喉嚨發緊，聲音卻宏亮有力。

男孩上去了，很敏捷地爬到了梯子頂端。他雙腿夾著梯子，舉起雙手，碰到了塔頂。觀看的女人們都屏住了呼吸。小男孩開始在梯子上來回移動，有一次還把整個身體倒掛下來。這並不算什麼太了不起的技藝，因為男孩又小又輕，但效果很令人激動。男孩某次換姿勢時，腳碰到了屋頂下的雕飾，人摔了下來，但他的父親閃電似地把梯子從頭上扔開，用雙手接住了他。觀眾還沒來得及害怕，男孩已經安全

落地了。父親鞠了一躬，觀眾熱烈鼓起掌來。姚先生讓僕人給小男孩一塊銀元，老奶奶很受感動，也叫丫鬟賞他一塊錢，說做窮人家的兒子實在太不容易了。

看表演時阿鑾伏在木蘭膝上，木蘭懷裡抱著阿通。表演結束後，她注意到暗香不在房裡，便出去找她，結果發現她獨自坐在大廳南邊花園裡一棵梅樹下的石凳上。暗香又瘦又小，一身粉色衣服，坐在那裡仰頭望著剛結出滿枝小青梅的枝椏，陽光在她臉上映出交錯的陰影，辮子垂在一邊。她在想什麼呢？「暗香，在這兒做什麼呢？怎麼沒去看表演？」木蘭問。

她飛快地用指尖抹了抹眼睛，露出木蘭從未見過的燦爛笑容，回答說：「喔，我就是坐在這兒，想點事情。」「我知道你在想什麼，」木蘭說：「貝勒府裡的暗香齋。你看見上頭的匾了嗎？你應該認得自己的名字。」「認得，但是最後一個字是什麼？」「是『齋』字。」「那個字看起來像是頭上頂著鍋蓋，底下有個土灶，中間還夾著一團麵條。」木蘭笑了。「說不定這屋子真是爲你建的，早在這輩子之前。說不定你曾經是這裡的年輕少爺，殺了一個丫鬟，這就能解釋你這麼多年來受的苦了。」

暗香高興極了，又掉了眼淚。「好了，一切都了結了！」她說。「暗香——靜香——冷香——暖香，」木蘭說：「都是很美的名字。你現在幸福嗎？」「這一切都得感謝奶奶。如果不是您，我不會有今天。」「不是我，」木蘭說：「是你自己的福氣把你帶到這兒來的。我怎麼知道我爹會買下這座花園呢？你千萬別細想，不然越想越迷糊。冥冥中有東西在保護你，就像我小時候走散那時，有東西在保護我一樣。」「奶奶——」暗香想說什麼，但又吞回去了。「什麼事？」暗香皺著眉頭，抬頭直視木蘭的臉。「我想一輩子跟著您。」「怎麼跟？」「就像錦羅那樣。」「喔！」木蘭說。

這時，木蘭已經有了把暗香讓丈夫收房的念頭。雖然她是個現代女子，也擁有反對纏足和納妾的現代思想，但這些思想都只停留在抽象層面，顯然不適用於她目前的情況。爲丈夫找個妾的想法讓她很著迷。不知怎地，一個正妻若沒有個優雅能幹的妾在身邊，就像太子少了個覬覦王位的人一樣。「正妻」的地位只在有「副妻」存在時得以提升，因爲只有在有兩位副總統在時，總統職位聽起來才更高人一等，更值得擁有。「有妻無妾，猶如瓶花無綠葉。」木蘭曾經這樣對蓀亞說。「奇想夫人，我還當你是個現代女性呢！」蓀亞回答。也許只把這當成木蘭許多異想天開想法中的其中一個要好些。蓀亞覺得，她把妾當成了一種貴族的奢侈品，就跟她喜愛的玉雕小動物一樣。她有很強的交友能力，能和人建立一種親密、非正式的、一生同甘共苦的友誼。她一向很能欣賞其他女人的美。有些思想從藝術層面來說是得體的，儘管在社會上並不是。讀者們如果高興，儘可以說木蘭不道德。但這些事並不能用道德家爲我們制訂的規則來解釋。

蓀亞其實很好色，這她知道。他曾經去朋友那兒喝「花酒」，回來之後便把他見到的那些酒國名花說給她聽。她對那些交際花的興趣比蓀亞更高。在這點上，他說她「傻」，因爲他和她在一起非常快樂——這種完美的狀態，無疑是因爲她從來不限制他參加這種酒宴。

另外還有桂姐，一個完美的例子。木蘭可以像曾夫人一樣輕鬆地固守自己的妻子地位。她的位置不會有任何危險，尤其身邊還是暗香這樣的女孩。

當暗香說她想一輩子跟著木蘭時，木蘭還以爲她的意思是想當她丈夫的妾。所以當暗香說：「跟錦羅一樣。」的時候，她帶著一絲失望，只說了一聲「喔！」便沒再說什麼。

她和暗香、阿鑾一起站在一個直徑三四尺的古老大缸前面，缸裡有幾條大金魚。這時，她看見曼娘帶著兒子朝她走過來。「所以你們主僕兩個就躲著大夥兒，在這兒玩得很開心啊！」曼娘說。「嘿，我才沒躲，」木蘭回答。「牛家的人來了，」曼娘說：「我不想見牛老爺，所以走開了。他家的孩子都來了，太太和姨太太也來了。」「鶯鶯？她長什麼樣兒？」木蘭問。「她時髦得很，新式髮型、西式春裝配洋鞋，就跟那些摩登上海女人的畫片兒一樣。在屋裡，她穿一件淡粉色上衣，左肩上別著一朵牡丹。最好笑的是，她和懷瑜就跟新派夫妻一樣手挽著手進來，他妻子居然帶著孩子跟在後頭。我還有件事要告訴你。她老是那樣——讓我很生氣。」「誰？」「素雲啊。鶯鶯進來的時候，自然是由素雲介紹大家認識，她們走到我娘面前的時候，她居然說：『這是我鄉下來的阿姨。』要是這話是你說的，我不會介意，但這話她不該說。我想她還在氣今天早上的事兒。」「這太過份了，」木蘭說：「就算是開玩笑，也太無禮。我會制止她的。你等著。」木蘭迫不及待地想去看看鶯鶯，於是和曼娘來到一間側房，從梅花窗裡往外看。

牛家一到，男人和女人就自然地分開了。懷瑜和曾先生、姚先生及襟亞在外面，立夫和蓀亞在一個角落裡聊天。裡頭是女眷們坐在一起。姚夫人在和懷瑜的妻子交談，她身邊圍著四個孩子，莫愁在和孩子們說話。

鶯鶯曾經是豔名遠播的交際花，如今成了姨太太，但她的出現還是讓女眷們不太自在，因爲良家婦女對這個階層的女性有著天生的反感，但同時又好奇，很想看看她是個什麼樣的人。

鶯鶯和素雲坐在一起。她顯然是個極富性感魅力的女人，豐滿、白皙、活潑，肩上的牡丹花更增添了幾分青春的幻覺。她表現得十分從容，好像眞的不知道自己和良家婦女有什麼不同，也可能只是裝作不知道。說來奇怪，她臉上並沒有太多脂粉，但她說話時不斷揮舞的那條深紫紅絲帕子卻暴露了她的歌女出身。有時候她會開腿坐著，程度遠超過良家婦女可容許的上限。雖然她是姨太太，卻和時髦的正妻一樣穿裙。她那件淺粉色高領緊身上衣袖子只到手肘，露出了豐潤柔軟的手臂。木蘭看見她手指上有顆耀眼的四克拉鑽石。懷瑜的妻子在她旁邊，因爲連續生孩子而顯得瘦弱，像一幅褪了色的舊畫，而且似乎這時肚裡還有一個。鶯鶯一邊說話，一邊自在地揮舞著那條紫紅色的手絹，看上去很快樂。妻子在一旁看著，就像一隻遇劫瀕死、沉默而痛苦的動物。

然而孩子們似乎都圍著母親轉，用懷疑的眼光看著父親的新姨太太。素雲叫其中一個孩子過來，雙胞胎中的一個過來了。「到這兒來，」鶯鶯親切地說，伸出了手。那男孩對她直接表達親暱的方式很吃驚，往後退了退。但鶯鶯伸出她腴白的手臂一把抓住他，把他緊緊地摟在懷裡。鶯鶯想和這個四歲的小男孩玩，但他的孿生兄弟一喊他，他就立刻從她懷裡掙脫，跑回母親身邊。突然，鶯鶯站了起來，走到丈夫懷瑜身邊，懷瑜也裝出一副新派作風，立刻站起來，但曾先生和姚先生仍然坐著。鶯鶯和懷瑜走到窗邊，兩人一起站在那裡看水。懷瑜遞給她一支煙，幫她點上，她把胳膊搭在他肩上。「眞是不知羞恥，」曼娘低聲對木蘭說：「她做的事我們誰也做不出來。」她們走進女眷群裡。老太太看見暗香，指著她說：「蘭兒，這個漂亮姑娘是誰？你朋友？」「嗳，奶奶，她是暗香啊！」木蘭喊道。「喔，我如今眞是老糊塗了，」老太太說：「我老記不住人。她又穿得那麼漂亮，跟個官家的大小姐一樣。」這番話讓暗香非常高興，也讓她自信了不少。從那天起，木蘭便覺得她變得更沉穩，有時甚至會開懷大笑了。

一行人準備過去吃晚飯，男人們走在前面，女眷和孩子們又再次等著老太太帶頭。「阿宣，來我旁邊，」老太太喊來曾孫，然後一手扶著阿宣，一手扶著錦緞，開始往前走。木蘭注意到環兒攙著自己的母親，她覺得她從沒見過比立夫的母親更幸福、更滿足的女人。相比之下，她自己的母親被莫愁扶著，看起來像個悲傷的老婦，儘管她如今已經是貝勒花園的女主人。她現在精神上垮了，完全改變了她原有的性格，甚至連她從前的脾氣也消失了。

他們沿著一條用大塊古磚鋪成的路走到宴會廳，兩旁都是高大的樹木，春天的空氣裡飄著草木的芳香。

＊＊＊

宴會廳是一座古老的建築，寬約五十尺，深三十尺，廳前立著巨大的朱紅色木柱和一座高大的門，約有十八到二十尺高，底下是綠色的底座。門上一塊古老的匾刻著「忠愍堂」，這「忠愍」二字顯然是貝勒爺某位先祖的謚號。前方是一片寬闊的石砌庭院，西面有塊石碑，由石龜馱著。石碑上刻著雙龍，是為了紀念那位王爺的功績，由皇帝御賜的。正廳前種著兩片牡丹花，在春日的暖陽下靜靜綻放。

男人們正在端詳石碑，蓀亞和立夫過來了，同來的還有素丹的哥哥素同，素同和姚家人很熟。他是個在國外受過培訓的醫生，幾乎不懂中文，看起來有點格格不入。他穿著西服，體格很好，雖然不高，但肩膀寬闊，說起話來平靜有力。立夫發現他看的不是碑文，而是那隻石龜，還拿著他的西洋手杖戳石龜的頭。他天生沉默寡言，但眼光敏銳。立夫很喜歡他。

這時懷瑜轉過頭問姚先生：「您家三女兒什麼時候要出嫁啊？」「也許今年秋天吧，」姚先生回答。立夫兩年前畢業，現在在教書，因爲他堅持結婚前要自食其力賺一點錢。姚先生沒有反對，姚夫人也希望莫愁能在她身邊越久越好。

懷瑜對立夫說：「恭喜啊！久仰大名。佩服！佩服！您一定會爲國家做出一番大事的。」懷瑜喋喋不休地往下說，立夫有點尷尬。「現在正是我們國家需要您這種人的時候。我們有很多事情要做：發展產業、提升教育、開辦大學、改革社會、澄清吏治、貫徹民主原則。哪個領域不需要人才？」

立夫覺得這種用一堆標語狂轟濫炸的說話方式，跟大學畢業典禮上政客們的演講一模一樣，他對這種說話方式很熟悉。什麼「改革社會」、「澄清吏治」都是政客嘴邊的空話，這些話引起了他強烈的反感，但他只是禮貌性地應了幾句。

廳裡擺了四張桌子，曾家老太太坐在其中一張的首位，曾夫人坐她下首；曾先生坐在男客桌首位，懷瑜坐他下首。第三桌坐的是年紀輕些的女客，曼娘母親坐首位，懷瑜的妻子和素雲分坐在她兩邊，鶯鶯坐在素雲下首，算是維護了正妻的地位。其他人自然而然地找到位置，立夫、蓀亞和襟亞坐在長輩們那桌，立夫的妹妹環兒和莫愁在奶奶那桌比鄰而坐，木蘭和紅玉則坐在年輕女子那桌。四桌酒席分別由馮舅爺、木蘭、莫愁、珊瑚坐在桌尾，擔任東道主的角色，爲客人斟酒。

木蘭作爲她那一桌的女主人，立刻表示要敬曼娘的母親一杯。按照年齡，曼娘母親坐首位是很自然的事。曼娘坐在母親下首，正對著懷瑜的妻子、素雲和鶯鶯。曼娘的母親一開始不願意，過了好一會兒才答應坐上首位。她爭辯了很久，認爲應該由懷瑜的妻子坐首位。「我們是天天都見面的，」孫太太說：「今天應當由牛夫人坐貴賓席。」但最後她還是拗不過敬老的傳統，因爲懷瑜的妻子不管怎麼說都算是小輩。「這杯先敬孫阿姨，」木蘭說。「先敬新奶奶吧，蘭兒。」曼娘的母親說。「不，這可使不得，」木蘭回答。「首先，您是長輩。您走過的橋比我們走過的路還多。第二，您在這裡代表老太太那邊的人，對孫阿姨無禮就是對老太太無禮。無論人家怎麼說，我也不能讓別人說姚家的女兒不懂禮數。」木蘭站起來乾了一杯，素雲坐著沒說話，但很清楚這話裡的刺是針對她的。

吃飯當中，木蘭試著和鶯鶯說話，發現她近看比遠看更漂亮。木蘭稱讚了紅玉的對子，並且把對子念給鶯鶯和懷瑜的妻子聽，她們因爲晚到了，沒聽到比賽內容。

鶯鶯是個身段修長的北方姑娘，聲音渾厚而成熟。「我也能想出一個，」她說：「翻雲爲雨雨爲雲。」「雲雨」這個詞這時早已是對性交的一種詩意表達。這樣的一個委婉用詞，在歌樓裡用還可以，在這群人面前說出來就極爲不妥，事實上，這已經算是一種侮辱了。紅玉和木蘭聽懂了，紅玉紅了臉，木蘭看著她，什麼也沒說。「有什麼不對嗎？」鶯鶯大喇喇地說：「我們可是生活在新派時代。」但完全沒有人接話，鶯鶯這才意識到自己顯然在品味方面露醜了。

而在男賓這桌，懷瑜正在高談闊論，帶著一種完全相信這個世界的熱情。但他的世界很大程度上——甚至完全就是——政治界。這是個無比美好的世界。是，宋教仁是被袁世凱謀殺了，但這在高層政治中本來就是不可避免的事。國會被解散了，但國會成員都是傻瓜，很好收買的。我們需要的是一個強大廉潔的政府。不過呢，即將頒佈的憲法還是很好的——憲法是民主的基石啊。總理可能會辭職。要是把內閣改成只對總統負責，會讓政府更穩定。是的，三百五十萬元就可以輕易爲新的煤油特稅處提供資金。發行五千萬元的新債券對過端午節是有必要的……（立夫想，還眞沒有哪個秘密政治情況是他不知道，那個政府高官是他不認識的。）

他們吃完這場宴席，就像是先吃了一道三百五十萬元的煤油特稅頭盤，接著又吃了一道五千萬元的大菜，好幫助席上各位過端午節似的。懷瑜說起話來嗓門不小，清喉嚨和吐痰的聲音也大，有時碰上隔壁桌女眷們正好沒人說話，就像所有人都準備豎耳細聽某個重大的政治秘密，連僕人都覺得自己是在內閣大臣的晚宴上服侍。只有老太太還記得稱讚廚師精心烹調的鮮魚和鵝油捲子。晚餐快結束時，立夫已經忍不住氣。懷瑜還在說：「我們必須團結起來，支持我們偉大的大總統，報效國家。」「我才不要報效國家。」立夫突然冒出一句。懷瑜嚇了一跳。這樣的想法對他來說是無法理解的。因爲吃驚，他沉默了一會兒，又繼續說：「如果是我們的大總統老袁當皇帝，而不是滿人，老早就把國家治理好了。要是他早出生二十年，就可能當上皇帝，讓國家走上進步自由的道路。」「現在他還是可能當皇帝，」立夫說：「而且還可能讓共和國不復存在。」氣氛突然變得非常不妙。雖然這時是民國三年，但已經有謠言說袁世凱打算推翻共和國，自立爲帝。但沒有人敢公開討論這個謠言，即使是袁世凱最堅定的支持者也不敢。立夫是個堅定的共和政府支持者，從懷瑜說的「支持我們偉大的大總統」，立夫覺得，他肯定是在爲將來自己成爲保皇黨鋪路。

立夫丟出最後那句話之後，談話再也接不下去，這時姚先生站起身，打斷了晚宴。他把椅子往後一推，說：「感謝大家賞光。」

賓客也都站起來了。立夫的臉氣得涌紅。木蘭微笑著向他走過來。但莫愁也走近他，低聲說道：

「你爲什麼非要跟他說這些？」

「我就是忍不住，」立夫說。

第二十七章　聰明

晚飯後不久，老太太說她需要小睡一下，女性長輩們陪她一起去了前院，其餘的人便各自散去，在園內四處走動。懷瑜說他和家人有要事必須先走。對鶯鶯來說，這場宴會算不上成功。雖然她丈夫在談話中表現得很好，但她覺得自己並沒有被當成正妻接納，女人們對她的態度也不夠自然。

姚先生陪著懷瑜和他家人走到後門，送客之後，他轉過身，說了句令立夫非常驚訝的話：「你那話回得對。幹得好！」「爹，你怎麼能說這種話？」莫愁說：「懷瑜這樣的人，還是別冒犯他的好。」姚先生笑著說：「好吧，我想立夫在你手裡，比在我手裡要安全。」「聽到他說什麼支持我們的大總統和那些亂七八糟的屁話，你不生氣嗎？」立夫說：「幾百萬來幾百萬去的，好像政府是他管的似的。」「有什麼關係呢？」莫愁說：「他說他的，你聽你的，當作聽戲就是了。」「可就是這樣的官，正在毀掉國家。什麼共和國的光輝！」莫愁見立夫又激動起來，覺得自己好像騎著一匹純種好馬，知道有時候必須鬆開韁繩，讓他小跑一會兒。於是她換了話題，說：「他這麼公開炫耀他的姨太太，看來確實待妻子不怎麼好。」「我才不會像他妻子那樣，」珊瑚說：「需要有人當面告訴他別人對他是什麼看法。」

這時素雲過來了，留下她丈夫和曾先生以及素同在一起，他們正滔滔不絕地聊著曾夫人的胃痛問題。莫愁見素雲來了，便對立夫說：「他妹妹來了，說話當心點。」「好個能幹的賢良妻子！」珊瑚說：「你已經開始上任了。」「你不知道我哥哥的脾氣，」立夫的妹妹說：「他對自己的私事倒不介意，但和他無關的事情，反而激動得很。」「我知道，因爲流著楊繼盛的血吧，」莫愁說。「我對政治沒興趣。」立夫說。「但是你其實比我認識的任何人都感興趣！」他的未婚妻說。「我？不可能！」「立夫啊，」姚先生說：「我女兒比你還瞭解你自己，你聽她的話，包你平安。」

談話轉向了立夫的未來。雖然他不太瞭解自己，但他覺得自己既想當記者，又想婚後出國留學。他的麻煩在於他非常會表達，而且具有一種驚人的能力，能發現身邊的情況究竟是哪裡出了毛病，這就導致了一種不尋常的天賦，就是直言不諱，用極貼切的短句把含糊籠統的說法直接釘死。人就是這樣，當一個貼切的說法出現在腦海裡的時候，就非表達出來不可，不管是口頭或書面。也許立夫天生急躁，對邪惡無法容忍，尤其是虛假和僞善。但是，之所以對邪惡難忍到這種程度，也只是因爲比其他人更清楚地看到了邪惡所在之處而已。人們通常看到臭蟲就會把它捏死，這個捏死臭蟲的動作總是伴隨著某種滿足感。清除東西對孩子們來說是一種普遍的樂趣，即使是成年人，清理污漬或者用棍棒疏通堵塞的水槽，也總會帶來同樣的滿足感。

這時傳來孩子們的喊叫聲，當中有阿非的聲音；一隻知了形狀的大風箏在東北方搖搖晃晃地飛上天空，但孩子們的身影被前景裡開滿花的樹林和遠處的假山遮住了。不久，只見紅玉從樹林中緩緩走來，她穿著米白色的絲綢襖褲，身形修長而優雅。她不時停下腳步看花，然後再繼續往前走，沒意識到眾人正看著她。她對對子時的表現讓所有人都留下了深刻印象，包括姚先生在內，甚至連珊瑚都聽說了。「紅玉這姑娘眞聰明！」珊瑚說。「聰明太過了，」姚先生簡短地說。「你爲什麼不跟其他人一起放風箏？」珊瑚喊道。「我跑來跑去，覺得有點頭暈，」紅玉回答，她看上去確實臉色蒼白，氣喘吁吁。「是因爲天氣，」她說：「突然就熱起來了。」環兒說要陪她進屋去，但她說她沒事，只是有點喘不過氣來。環兒便帶著她到附近的石凳上坐下，「這兒有片不錯的遮蔭。別曬太陽。」環兒說。

紅玉從小身體嬌弱，動不動就受風寒，天一熱暴露在外又容易中暑。她因此養成了躲太陽的習慣，也因此總是臉色蒼白。她吃了太多藥、太多精緻特殊的食物，又讀了太多小說，更是損及根柢。她從十二歲起就開始喝虎骨木瓜酒，這通常是留給老年人強身健骨用的補藥。

那天早上她很早就起床，和爹娘一起來到花園，在其他人到達之前，她一直開心地和阿非一起忙碌著。接著，午飯時間異常的晚，接著又是興奮的對對子比試。晚宴之後，她逼著自己和活潑的阿非麗蓮一起四處走動，跟上他們令人喘不過氣來的步伐。當阿非想放風箏時，她也強迫自己跟上，打算參加，但很快的，突然暖起來的天氣就讓她撐不住了。「那邊都有哪些人啊？」環兒問。「木蘭、蓀亞和他們。」「你說的『他們』是誰？」「阿非、所有的孩子，和曾家姊妹。」這時眾人看見木蘭站在假山頂上，手裡拿著一隻風箏，顯然是想讓它從更高的地方放上去，還有人在底下遠遠地拉著風箏線。

對一個已經有了兩個孩子的體面家庭母親來說，這舉動實在令人驚訝。「虧你想得出來啊，姐姐！」莫愁說。

風箏飛了一小段，木蘭跳了起來，像是要幫助它升空。但風箏只是搖晃了幾下，便往下掉。

有幾分鐘沒看見木蘭的影子，換阿非拿著風箏爬上了假山，麗蓮跟在他後面，正和阿非搶著要送風箏上天。

紅玉打了個哆嗦，咳嗽起來。「你身子不舒服。我們最好進去，」環兒說。「嗯，我想我是該進去。」紅玉說道，於是珊瑚陪著她進屋去了。「你那小表妹身子太弱了，」立夫說。「她一到春天總是不舒服，」莫愁說。「去年春天還在床上躺了一個多月呢，但她也沒休息，老是讀小說讀到半夜。小說看太多，對年輕姑娘不好。但這還不是最嚴重的，她什麼都看不開，好勝心又強，這才是她的病根。你聽過人說『傻人有傻福』，可你聽過『聰明人有聰明福』嗎？人生在世，還是糊塗些好；活得容易點，對長壽也有好處。」「所以你同意鄭板橋的話？」立夫問。「是，」莫愁回答。鄭板橋是十八世紀的一位詩人兼畫家、書法家，他有一句名言是：「聰明難，糊塗亦難，由聰明而轉入糊塗更難。」「所以你已經轉了？」立夫說。「是轉了，」「那我們也一起去放風箏吧？」

當莫愁和立夫走到放風箏那兒，發現不但木蘭和她丈夫在，所有的孩子也都在，像是阿宣、博雅、阿鑾，還有紅玉的弟弟們。曼娘在屋裡，小喜兒照顧著阿宣，高興得不得了。莫愁問立夫，他覺得這群人裡頭誰最快樂，他和她意見一致，認為小喜兒是最快樂的。「她現在多大了？」立夫問。「二十吧，我想，」莫愁說。「那樣一個大姑娘，卻還是一派天真。」「誰知道呢？」莫愁表情微妙地一笑。他們走近木蘭，她喊：「你在這兒玩得真開心哪！我看見你放風箏了，姐姐，真丟臉啊！」「看我的鞋，」木蘭抹了抹額頭答道。「我從假山上下來的時候差點扭了腳。都是阿非的主意。他不肯讓他姊夫休息，非得把他拉出去陪他放風箏不可。」「你知道紅玉不舒服嗎？」莫愁問。「她不舒服？」木蘭回答：「我們一點都不知道。她一開始還在跟我們玩，我們也沒注意到她走了。」現在風箏高高地掛在空中，除了抓著風箏線，眾人也無事可做，線就讓小喜兒抓著。其他人進屋去的時候，麗蓮還在和阿非和其他孩子們玩。

木蘭說，晚宴之後，阿非就一直帶著麗蓮跑來跑去，給她看各式各樣的東西，包括剛裝上的電話，紅玉一直努力跟上他們。他們在電話旁邊站了很長一段時間，想到什麼號碼就打，對方接起來就掛，然後嘲笑接電話的人。「他們倆處得很好。麗蓮很活潑。他們的喜好相同，都喜歡摩登的東西——電話、照相機、電影院。麗蓮還背著她爹偷偷去看電影。紅玉就完全不一樣。」「她只喜歡中國的東西。但她比麗蓮聰明，」立夫說。「聰明百倍，」木蘭說。「比誰聰明百倍？」莫愁問，她剛從後頭過來。「我們在說麗蓮和紅玉，」木蘭低聲對妹妹說。「這樣不是有點可憐嗎？」立夫突然說。木蘭抬頭看著他。「你的意思是？」「那兩個，」「你的意思是那三個，」木蘭糾正他。「嗯，我想應該沒什麼大問題吧。」她沉吟片刻之後說。走到這裡路變寬了，莫愁上來，走在立夫右邊，木蘭走在他左邊。三人就這樣進屋去見了太太們，接著木蘭、莫愁和愛蓮進裡間去看紅玉，紅玉躺在床上，她母親坐在她身邊。環兒也在那裡和她說話。

過了一會兒，木蘭先回家去了。環兒和莫愁留在房裡，雖然她上的是公辦學校，卻一直把紅玉當成自己的小妹妹。她看見紅玉的臉依然因為興奮而緊張，她躺在那裡，頭和脖子靠在枕上，雖然她的下半臉是圓的，還是少女的臉，但看上去異常瘦弱，雙頰通紅，是種不健康的紅暈。「四妹，現在怎麼樣？」莫愁問道。紅玉在所有表兄弟姊妹中排行第四。「就覺得頭重腳輕，」紅玉回答。「看來我這春天的病又犯了。人就跟花草一樣，你們都這麼強健，這麼快樂。我想，當你們的樹木結實累累的時候，我只會像凋落的花瓣一樣，隨水漂流。」「才這樣年紀的小姑娘，說的什麼話呀！」莫愁說。紅玉顯然是詩詞和傷春悲秋的小說讀太多了。莫愁坐在那裡看著這個精緻的可人兒，頗受觸動，心裡很同情她。她伸出手把了一下她的脈。

「你靜下心來，四妹，」莫愁說：「我也讀過幾本醫書，我覺得你的病是因爲陽盛陰虛。人要健康，須得陰陽協調，彼此平衡才行。陽火太盛，身體下半部太輕，就會讓你覺得腳步虛浮。你需要的是滋陰。我想，要是你能持續服用珍珠粉，運用食物的寒涼暖熱，調節體液循環，很快就能好的。不要太依賴藥物，維持身體運作需要大量的穀物，多吃些粥和蔬菜。我們女人的根柢在腸，男人的根柢在位置高一點的心、肺和肝，這就是爲什麼我認爲女人應該多吃蔬菜，男人應該多吃肉的原因。但是陰陽原則不只是在物質上，也在精神上。男人有男人的工作，女人也有女人的工作。書讀太多，於我們有害。所有東西都裝進腦子裡，我們就得了陰虛。大地是陰，是女人。腳踏實地，我們女人不能逃避撫養孩子、打理衣食的工作。就算一個女孩天生聰穎，也最好是韜光養晦。讀歷史和詩詞是可以的，但不要太過較眞，否則我們讀得越多，離日常生活就越遠。你犯病的時候，我建議你別再讀小說了，去織點東西吧，對女人是有好處的。」紅玉默默聽著莫愁的勸告，被她的眞誠打動了。

莫愁繼續說：「我還有一件事想告訴你。看事情雲淡風輕，比什麼藥都強。通常一個人越是聰明，就越沒有耐心。我不是在奉承你，我可以公平地說，你的才華比我們姊妹都高。但正因爲如此，你自己要格外小心。你讀了那麼多才女美人的故事，當中有幾個人是結局幸福的？古人說：『紅顏薄命。』但我要說，毀了女人的不是那張臉，而是聰明的腦袋。後代子孫蓋棺論定時，也很難說究竟誰聰明誰愚蠢。人活一輩子，最好是隨遇而安，不要太過用心使力。如果你能學會採取這種心態，我可以保證，你的病一定會好。」

這時紅玉眼裡含著淚水。「好姐姐，謝謝你告訴我這些。以前從來沒有人這麼眞誠地勸過我。」

莫愁伸出手放在紅玉肩上，說：「吃點珍珠粉吧，珍珠是陰氣的精華，要長期吃，你會好起來的。現在睡一下吧。」說完之後，莫愁便走了。

＊＊＊

紅玉想睡一下，但是睡不著。莫愁的話對她來說就像一帖寧心的藥，她開始思索那些話的意義，它們似乎有很多啓發。這時她想起，其他人都來看她了，阿非和麗蓮卻沒來，於是便怎麼也睡不著了。她不停地回想著這一天的經歷，她套用了三國時代一位才華橫溢的軍師對另一位同樣才華橫溢的將軍的評價，自言自語道：「既生紅玉，何生麗蓮？」

她開始想她讀過的史上著名美人和浪漫愛情故事——梅妃、馮小青、崔鶯鶯、林黛玉、魚玄機、朱淑眞。在大部份故事裡，都有一個不解風情的蠢男人。阿非不蠢。她知道阿非愛她，因爲他們一直都在一起，是一起玩到大的。她早熟，阿非卻不是。他也不符合古代浪漫小說中詩意情人的形象。如果說她是小說中的才女，他可完全不是才子，他連對對子都不會。他說的是現代學校裡那些可怕的校園黑話。電話、電影、他和麗蓮開始會在話裡夾雜的英文單字——這一切都讓她覺得刺耳。

紅玉念的教會學校以教授英語會話出名，但她的中文實在太好，英文反而並不出色，因爲她的心思從來沒放在英語上。在她看來，英語的發音總是很可笑，而且她太敏感了，總是怕自己發音不正確。因此，儘管她閱讀理解英文毫無困難，卻從來也沒辦法把英語說好。臉皮太薄的人是學不好外語的。在學校裡，學生們用「密斯（Miss）」稱呼彼此，她卻是反對這樣叫的其中一人——她覺得這種叫法，就好像中文沒辦法用來稱呼女孩子，或者女孩之間沒辦法用中文稱呼對方似的。

最後，阿非總算是來了。曾家人臨走時，他因為想送木蘭和麗蓮，便一直在門口徘徊不去，雖然木蘭也提醒了他：「你最好快進去看看四妹，她病了。」

因此，大約又過了半小時，阿非才來。他站在門口喊：「四妹！」但沒有回應。紅玉一動不動地躺著，臉背著他。他又喊了一次，她還是不動。他躡手躡腳走進房間，坐在床邊的椅子上，靜靜地等著。紅玉雖然一直躺著沒動，卻沒有規律的呼吸聲，所以可能並沒有睡著。突然，她的肩膀抽動了一下，阿非聽見一聲低低的嗚咽。他立刻靠近她床邊，喊道：「妹妹，怎麼了？」嗚咽變成了強忍著的抽泣，她猛力動了一下，把臉埋在枕頭裡。他碰了碰她的肩膀，想把她轉過來，一邊說：「求求你原諒我，我眞的不知道……」

他話還沒說完，她就把他甩開，說：「別碰我。我可不像有些人，又能玩，又跟男孩子處得來。」

「那我就不碰你，」阿非說著，退開了一點。「看，我就坐在這兒。但是你一定得跟我談談。那時候我發現你走了，但是我不知道你病了。妹妹，求求你。」這時紅玉轉過臉來，答道：「你怎麼會知道？其他人都知道多久了，你才知道。」阿非一直看著她，表情充滿著愛和痛苦，直看到紅玉難為情起來。她原本完全不想和他說話，但現在他不再回應，卻顯得那麼懊悔難過，她也軟化了，對他說：「二哥，你瘋魔了一整天，我沒力氣跟上你。你都不累嗎？」

紅玉的話中隱隱透露關心之意，阿非遞給她一條手帕，她接過去，抹了抹眼睛，然後說：「你眞不該去划船。我好擔心你，太危險了。」「危險？沒什麼好怕的。明天我帶你去划，你安靜坐著就行，我幫你划。」「謝謝你啊！你很喜歡，是嗎？『你不知道從底下這兒往上看有多不一樣，』」紅玉說，故意用了麗蓮說過的話。「可是這是眞的，從船上看，一切都不一樣。」「是啊，而且『岸上的人好像站在塔上似的。』你很享受，是嗎？」「你好壞啊。」阿非說。「說眞的，我不適合和你一起玩。你爲什麼不能像大人一樣安靜地坐著談談事情，像立夫哥那樣呢？你知道我不喜歡吵鬧。自從我在什剎海看到那個淹死的小姑娘之後，我就怕水……。不過沒關係，等我死了，自然會有人和你一起玩，一個喜歡划船、放風箏、打電話，又愛運動的人。」阿非傾身上前，威脅要摀她的嘴。「你再說這種話，我就把你的嘴封起來！」他喊道。

她護著自己，然後他打算呵她癢，口裡說著：「你敢說？看你還敢說？」她開始求饒，說：「二哥，原諒我這次吧。我再也不敢了。」在這一刻，他們又回到了孩提時代，和兒時一樣玩在一起。阿非見紅玉笑得直咳嗽，便鬆了手，但紅玉又說：「好，我要去告訴密斯曾。」

他還是一如既往地想嬌慣她，因爲他把她當成自己的漂亮表妹和童年玩伴，儘管她有各式各樣的缺點和脾氣，他還是愛她。他欣賞她的才華，因爲她身子虛而對她特別溫柔。「死鴨子嘴硬啊，妹妹，你不贏是不會罷休的。」他說。「都是我嘴巴和脾氣不饒人的錯，」紅玉說：「我告訴你，在我們所有的姊妹裡，我最佩服三姐——她眞是睿智、眞誠，又穩重。」「可是她對人的容忍程度不如二姐，我更喜歡二姐，」阿非回答：「三姐看上去那麼穩重平靜，可她一開始罵我，我就怕她。我從來沒怕過二姐。

只是，妹妹，你那脾氣也該改改。」在他心裡，木蘭是最完美的，他很希望紅玉能跟她一樣。

「我自己知道，可是脾氣是改不了的，」紅玉說：「三姐剛剛來過，跟我說了些很好、很坦白的建議。」「她說什麼？」「她叫我事情要看開點。那是眞正的體己話。幸虧她先跟我談過了，不然我現在根本不會跟你說話。」「眞的！那我眞該出去謝謝她，」阿非說，很高興看到她又講理了。爲了讓她開心，他說：「妹妹，大家都稱讚你那對子，我眞爲你驕傲。那對子確實比其他人做的都好，連二姐也比不上你。但要是我當時在，有機會的話，我有個比你更好的。」「眞的？說來聽聽，」紅玉說。「嗯，就是……『妹我愛你你愛我』。」

她大笑起來。「你眞丟死人了！」她說：「平仄全錯了。你上的是現代學校，連對對子都不會。要是在古代，你連洞房都進不去……我講個故事給你聽。據說宋代詩人蘇東坡有個妹妹，嫁給了會說英語的秦少游。」「眞是胡說八道！」「你就別管這個了。新婚之夜，新娘子要新郎對對子，對不上就得睡在外頭院子裡。那是個有月光的夜晚，於是她關門的時候就對新郎說——『閉門推出窗前月，』秦少游對不出下聯來，因爲他上的是現代學校。他搔著頭，在月光下的院子裡踱來踱去。新娘的哥哥見他這樣子，很同情他，於是朝院子裡的一只水缸扔了顆石頭。」「那是幹嘛？」阿非問。「嗯，他刻意給他提示下聯——『投石驚破水中天。』」「妙啊！」阿非喊道。「等等。但是秦少游沒看懂提示。你知道他最後是怎麼進去的嗎？」「怎麼進去的？」「嗯，他棒球打得很好。所以他掄起一根球棒，砸開了門，就進去了。」阿非臉紅了。「嘿，宋朝的人不打棒球的。」「我發誓這絕對是眞的，他連英語都會說了呢。詩人的妹妹問他：『你的對子呢？』他回答：『達令，我們現在在學校都不學對對子了，我們只學棒球！』」「你怎麼能這樣，特地編了個故事，就爲了取笑我！」阿非說，又開始呵她癢。她立刻答應聽話，因爲她最怕癢了。這時紅玉的母親進房來，見他倆在一起愉快地說著話，也很高興。

紅玉告訴她：「三姐建議我吃珍珠粉。」

她母親說：「要是眞的好，我們也吃得起。」「是眞的珍珠磨的粉嗎？一劑要多少錢啊？」阿非問。「少說也要一百五到兩百塊錢吧，」他姨媽說。「只要四妹身體能好起來，」阿非說：「花錢有什麼關係？我去跟我爹說。」但是馮太太說：「也沒急到這樣的地步。」於是他又坐下了。

阿非看著躺在床上這位漂亮的表妹，她的臉那麼蒼白，輪廓細緻，因爲愛和興奮發著光。一種青春的、奇特的激情第一次抓住了他，這和他之前對她的那種兩小無猜的愛完全不同。即使她母親在場，紅玉還是看見他呆呆地盯著她看。「你瘋了嗎？你看我的眼神像在看陌生人！」紅玉說。「不，」她的表哥回答：「我只是在看你。你會一直這樣讓我看嗎？你叫做紅玉，你看起來就像是眞玉刻出來的，但是是軟玉、暖玉。等到你開始吃珍珠粉之後，恐怕就要跟夜明珠一樣了。」紅玉聽了這話，臉泛起紅暈，開心地笑了，卻只說了：「你啊！」「看看這孩子，」紅玉的母親說：「他有時候是有點任性，但心地是很好的。我看著你們倆一起長大，兩天好三天不好的。如今你們也大了，兩個人都應該表現得更好一點。你，紅玉啊，不要放任自己的孩子脾氣。還有阿非，不要老拉著她到處跑。她天生好靜。讓她安靜躺上幾天，我們可以讓她慢慢恢復，她會好起來的。」

第二十八章　掌控

懷瑜的宅邸在東交民巷附近的蘇州胡同，以前是外國人住的，現在已經現代化了，有電燈、抽水馬桶和電話。院子每一邊的房間都以封閉的長廊連接，這樣一來到了冬天，想從一邊到另一邊，就不用走到外頭的空地去了。東邊是書房，和北邊的主屋相連，主屋是懷瑜的妻子和孩子們住的地方。鶯鶯在西邊有個獨立的院落，稍微靠後一些，從妻子房間的庭院後方穿過一道四扇綠門就能到。她的院落中央有座噴泉。他們剛搬進這座大宅不久，懷瑜給妻妾的屋子擺的家具數量和樣式都是一樣的。第二進主院的東邊是飯廳，全家人都在那裡吃飯。

睡覺的問題比吃飯更微妙。第二進中庭是懷瑜的書房和主廳，並不常用。那兒還有一間小臥房，之前住這兒的人拿來當客房用，裡面還有衛生間。但懷瑜從來沒在那兒睡過。大家都知道，每月初一十五，他都睡在妻子房裡，其餘時間則睡在二姨太那兒。妻子和最小的雙胞胎同睡，懷瑜說他睡覺需要安靜。這安排是懷瑜決定的，所有人都很滿意。懷瑜的妻子名叫雅琴，自己的地位能獲得名義上的尊重，她已經別無所求。當初知道丈夫要娶鶯鶯時，她就做了最壞的打算，願意接受「無條件和平」協議。只要她身為正妻和孩子母親的地位不受影響，她願意放棄一切。

但鶯鶯從姚家的聚會回來之後就很不高興。這是她在親友圈裡初次亮相，卻讓她深深感到自己身為小妾的地位不如人。妻子不但在宴席上座位高她一等，而且整場聚會中，其他女眷都只和妻子及孩子們說話，對她這個姨太太多少有些冷淡。木蘭姊妹對她很有禮貌，但也算不上熱絡；而且在鶯鶯說出那糟糕的下聯之後，木蘭也不再跟她說話了，於是她完全被丟回素雲身邊。吃完這頓飯，她對自己很不滿。歌女向來自立，獨來獨往慣了，對於大家庭要求適應的複雜社會關係很不習慣。她下定決心，絕不讓這種事再次發生。

於是一到家，她就直接回到自己院落裡，在床上躺了一下午。懷瑜問她怎麼了，她也不回答。到了日落時分，她說晚飯要在自己房裡吃。他也決定任她去，等她自己覺得好點再說。

僕人們聽說二太太不舒服，都趕過來問安，廚子還費了好大的勁準備了一道特別的菜送到她房裡。懷瑜一個月前回到北京住進這座宅子時，把牛家的僕人老梁也帶來了，老梁三十五歲，是個精明人，懷瑜讓他當門房。老梁是在北京長大的，立刻敏銳地意識到這個職位的發展可能。他和其他僕人都知道老爺的新姨太在煙花界極有名氣，他們現在有兩位太太要討好，儘管新姨太太要更重要一點，不過她們不久之後自然會在家務上取得權力平衡。老梁建議二太太應該在自己房裡裝支電話分機，這個周到的想法立刻讓他博得了她的歡心。

爲了要進鶯鶯的院落服侍，老媽子們你爭我鬥，最後鶯鶯考慮各種因素，選中了老梁的妻子。老梁家的剛來侍奉鶯鶯那天，她對她說：「我看你也是個聰明人，應該明白我爲什麼把這個好差使給你。要是你和你丈夫對我忠心，將來有什麼好處，少不了你們一份兒。」一起進來的除了老梁夫妻，還有他們的小兒子，他負責跑腿，買水果、香菸和雜物，手腳很麻利。還有司機，他替鶯鶯開車的機會比正妻多得多，因爲大太太很少外出。鶯鶯還帶了她的貼身丫鬟薔薇，她已經跟著鶯鶯好多年了，因此總是擺出一副重要人物的神氣在家裡走來走去。只有大太太的老女僕丁媽依然對她忠心耿耿。

於是那天下午稍晚，僕人們便在鶯鶯的院落裡忙亂起來。鶯鶯被伺候得妥妥貼貼，薔薇負責傳達命令，誰也不敢違抗她。廚子一向高傲，也親自過來，站在門外等著薔薇吩咐。只有丁媽沒出現。

鶯鶯派人去把老梁叫來，他來了，但只敢站在臥房外，她叫他進來，他膽怯地往裡走了幾步，跨過門檻，看見鶯鶯躺在床上，床帘半掩，他沒敢抬頭，只是正正地站著，眼睛望著地板。「老梁，」她開口說：「我有幾件事要跟你說。如今來見老爺的訪客是越來越多了，你知道，以老爺現在的身分，不能人人都見。以後不管誰來，先讓我知道，我來決定見不見。另外，你們得做一套適合我們這種身分的下人制服。有客來的時候，應當有專人負責茶、水和手巾。這一切就交給你了。無論大小事，都應當有個領頭管事的人；不然一有什麼事情需要做，你交給我，我交給你，那就全亂套了。我們不能再這樣下去了。」「是的，太太，」老梁回答：「您說得是，我也是這麼想的。下人這麼多，人多口雜，卻沒個管事的。您說到要做制服，就在昨天，我想買幾個花盆，卻發現很不容易。只要丁媽不肯向大太太要錢，我就什麼辦法也沒有。」「我眞不知道情況有這麼糟糕，」鶯鶯口氣嚴厲地說：「要是你聽我的吩咐，你覺得有誰敢攔著你嗎？」「沒有人敢，太太。只要您發下將軍令，什麼事我都能按您的意思辦成。這屋裡我只認一位太太。」

鶯鶯笑著說：「老梁，你眞會說話。我希望你說到做到。我想要個忠心的下人，我是不會虧待自己人的。」「承蒙您看得起小的，」老梁回答：「要是您願意用我，就只管差遣。您只要試過一次，就知道老梁值不值得您信任了。」「意思是，如果我命令你去殺人，你也會殺？」鶯鶯笑著說。「不，太太，那我可不敢。」「過來，」鶯鶯面帶微笑。老梁小心翼翼地走了幾步，然後就猶豫著不敢再往前，但她要他再靠她的床近一點。她把他從頭到腳打量了一番，說：「要是我發下將軍令，讓你當所有下人的頭頭，你要怎麼報答我？」老梁像接了聖旨的將軍似的立刻跪下，噗通噗通地磕著頭，說：「要是太太賞識我，我這輩子就有依靠了。還有我老婆、我全家，都會爲太太效犬馬之勞。」「起來吧，」鶯鶯說：「我會跟老爺提這件事。這會兒我也沒什麼特別的事兒要你做。不過呢……」她用白皙的手對他做了個手勢，要他上前，還低聲說了幾句話，他不得不更靠近些。這帶著陰謀詭計的氣氛讓老梁很興奮。「你知道那個丁媽，她也是這宅子裡的老人，現在開始擺架子了。不過她是大太太的人，我不想插手。」接著鶯鶯便低聲告訴老梁要做什麼。

晚飯之後，懷瑜來看了鶯鶯，問今天是不是該去大太太那邊過夜，因爲今天是十五號。「你知道，要是你病了，我可以明兒晚上再過去補上。」「你去她那邊吧，」鶯鶯說：「我也不是眞的病，我在這兒也被照顧得挺妥當的，還是讓我稍微靜個一晚上吧。」「你在生我的氣嗎？」一會兒之後，懷瑜問道。「不，不是生你的氣。坐下，我想跟你談談。你會聽我說嗎？」「當然，達令。是什麼事兒？」「我剛來你家的時候，」鶯鶯說：「很期待這裡跟其他官員家一樣，是個平和、井井有條的家。但這幾天，我卻發現家裡亂得厲害。有些下人聽這位太太的，有些聽那位的。一旦眞有什麼事兒要做，反而沒人做了。正如聖人所說，治國必先齊家。每個下人的職責都要規定清楚，而且應該有個領頭管事的人。」

「哦，是這事兒啊？」懷瑜鬆了口氣。「你知道雅琴是管不了家的。家裡一直都是這樣。要我把所有下人都交給你管嗎？」「不，你誤會我了。我才沒那個時間在下人身上費心。我只是希望有人能負責管其他人，比如說老梁。不然你在這頭下令，那頭就抗命。我覺得老梁是個好人。」「那就隨你的意思辦吧！」懷瑜說。於是隔天早上，他便交代由老梁負責總管家務，要所有男女僕人都聽他吩咐，並且由他掌管日常開銷。結果，妻子這邊便開始出現一些令人不快的小事。如果她打發人來叫人，她要叫的那個人總是在忙，如果大太太不想等太久，丁媽就得自己去打水、沏茶，甚至自己出門買東西。

丁媽既生氣又不解。她跟了大太太六七年，幫著太太把孩子們拉拔大，也協助主子克服了許多困難，對太太來說，丁媽就跟她母親一樣。也因此，她一直是家裡最有權勢的僕人，太太總是會聽她的話。過去向來都是由她帶孩子們去公園，聚會時幫忙點菜，突然之間，她這些權力都被剝奪了。還有那個薔薇，她在家裡到處走來走去，好像丁媽不存在似的，而且還開始要她做事。丁媽變得整個人帶刺，跟薔薇吵了好幾次架。大太太很困惑，不知道怎麼辦才好。

一天，丁媽來到女主人面前，當著鶯鶯的面哭訴。那天她不得不出門去買樣東西，經過大門口時抱怨了幾句，老梁聽見了，就給了她一巴掌。「太太，我在這兒做不下去了。」丁媽淌眼抹淚地說：「他們都在對付我，老梁夫妻倆和薔薇一塊兒討好二太太。其他人看老梁有權勢了，說話可以直通二太太的耳朵，當然也想討好他。司機心甘情願給薔薇跑腿，卻什麼事都不幫我。您看看，我們現在成什麼樣兒啦。眞就像俗諺說的，一朝天子一朝臣。」牛太太叫老梁來解決爭端，他並不是一個人來的，還帶著他老婆和薔薇。「太太，」老梁說：「家裡頭下人這麼多。自從老爺讓我當總管以來，每個人都做好自己分內的工作，只有丁媽不聽我的話，因爲她仗著自己比我早來。我跟她說話，她理都不理。我們都是一樣服侍老爺太太的，為什麼她可以例外呢？」

「當下人頭頭就表示你可以打人嗎？」丁媽哭了。但她還沒來得及說下去，薔薇就說：「你最好還是閉嘴。要是我把所有的事都抖出來，話可就不好聽了。」「如果要算帳，最好一次全弄清楚，」老梁家的說：「哦，事情可多著呢！我們不在乎她怎麼說我們，但她說的是我們的二太太。」「是啊，我聽見她說二太太是隻狐狸精。」薔薇說。「我沒有，」丁媽說。「你說了。廚子也聽見了，」薔薇說。「要是你想辭工不幹，我們也可以一起辭，」老梁說。一直靜靜聽著的鷺鷥這時說話了：「你們都反了。丁媽是這裡的老人，你們應該讓著她點。丁媽，我不知道他們說你說了那話是不是眞的，只是我是不是狐狸精，與你有什麼相干？你的眼睫毛給米湯糊住了。你們之間說什麼做什麼我不管，別把我扯進去就行。」

接著她轉頭對懷瑜的妻子說：「姐姐，這件事太離譜了。今天我不跟丁媽計較，事情就這樣算了。但是我們不能任由家裡這樣爭執吵鬧下去。每個家庭對管事的人都得尊重。要是讓丁媽管事，我想她是得不到所有下人尊重，也服不了人的。那麼，如果她想在這兒待下去，就得同意其他人的意見，給這個家一點安寧。姐姐覺得呢？」

妻子聽了這話很驚訝，但也只能說：「你們都聽見剛才二太太說的話了。誰也別提辭不辭工的事兒了，大家都要努力和睦相處。」

老梁打了丁媽一耳光，沒被要求道歉，丁媽卻不知為什麼反而成了做錯事的一方，在大家眼裡，這次算是讓她逃過一劫。老梁這群人大獲全勝。

當妻妾兩個把這件事告訴懷瑜時，懷瑜覺得鶯鶯眞是慷慨大度，他狠狠罵了丁媽一頓，說她多嘴多舌，說話惡毒。從那天起，丁媽的處境立刻變得岌岌可危。老梁對她冷嘲熱諷，態度輕蔑。有時都快到晚飯時間了，卻打發她出去買東西，等她回到家，就發現其他傭人已經把晚飯都收掉了。有一天，老梁又打了她一巴掌，然後說：「去告訴太太呀，為什麼不去？大不了大夥兒一起辭工嘛。」

丁媽哭著進來，對大太太說：「我在這屋裡再也待不下去了。」「丁媽，你不能走。孩子們都那麼依賴你，」妻子說。「已經沒有辦法了，」丁媽心意已決：「我寧願砸了這八塊錢一個月的飯碗，去做三塊錢一個月的工作，求個清靜。但我實在擔心你，我走了之後，你的處境會更糟的。」她拉起衣襟抹眼淚，太太也哭了，孩子們聽說丁媽要走，也跟著哭成一團。

丁媽一走，老梁家的就推薦了她的表姊來伺候大太太。大太太和孩子們開始感覺到周圍的敵意，甚至不敢在新來的李媽面前說話。她丈夫和孩子們的關係也越來越疏遠，孩子們私下裡討厭鶯鶯，母子間的秘密話題讓他們聯繫更加緊密。這些竊竊私語實際上成了雅琴和兒子們眞正的樂趣所在，讓他們樂在其中，而且永遠銘記。孩子們不但害怕，也開始討厭起父親，因為他忽視了他們的母親。當父親和鶯鶯一起去天津的時候，他們就會恢復成自然的自己，這是他們最快樂的時候。

和男人打交道，鶯鶯是訓練有素的專家。就算在她身體不舒服的時候，也能表現得非常風趣。而在事情跟她無關的時候，她也能裝得病懨懨的。處在某種不舒服情緒中時，也正是她最有效率的時候。在聚會上，她可以是個成熟親切的女人，一面跟官員唱反調，一面又用親切隨和的態度對待他們。她可以只因為換了服裝和表情，就變成了一個弱小、害羞、容易受傷、天眞無邪的小女孩。這兩種角色男人都喜歡，但鶯鶯知道第二種對男人來說更有吸引力，尤其是對懷瑜。大致上，這兩種不同的角色可以由兩種不同的髮型裝扮來象徵；當她把頭髮梳高，穿上裙子和高跟鞋，她就是社交場合裡風情萬種的妖媚女郎；但當她在家裡梳著辮子，穿著背心、短褲、拖鞋的時候，又顯得像個十八歲的少女，一副只能討好人似的無助樣。

有天晚上，她正處於這種孩子氣的情緒裡，躺在床上，紅背心的領口敞開著，正在吃梨，看起來似乎在擔心什麼。她懶洋洋地嚼著梨，似乎有話要說，卻又不想說。她手裡拿著啃了一半的梨伸出床邊，不吃了。

她躺在柔軟的枕頭上，懷瑜看見她豐腴白皙的手臂，摸起來那樣細膩柔軟，她的辮子垂在一邊乳房上。他聞到她的體香，知道自己渴望她勝過世上所有東西，於是他試著向她求歡。但她轉過身去，說：「別這樣。」「怎麼了？」懷瑜邊說邊把她手裡的梨拿走。她蜷在他懷裡，一言不發地躺著，眼睛眨呀眨。這一刻的她完全沒了她引以爲傲的獨立性，只像個可愛的小孩子，非常安靜。「你在想什麼？」他困惑地問。「就只是想而已。」她懶懶地回答。「你生我的氣？怎麼了？」

她稍微坐了起來，說話的神情，和懷瑜在聚會上看見的幾乎不是同一個女人。她用一種溫柔、懇求的口氣說：「我不是生你的氣，不過說穿了還是同一件事。你沒當過人家的妾，不知道當妾是什麼滋味。那天在曾家的宴會上，所有人對妻子都是百般殷勤，做妾的卻沒人搭理，看我的眼神像在看什麼新奇的動物似的。妻子和妻子結黨，就跟官官相護一樣。如今我意識到我錯了。再沒有什麼比得上一夫一妻，雙宿雙飛的。」「你要我怎麼做呢？」懷瑜說：「雅琴畢竟是我孩子的娘，你不會要我休了她吧？」「我沒要你休掉她。天地良心哪！但是誰不想跟別人一樣平起平坐呢？我不能再在別人面前丟臉了。你願意聽我的嗎？」「你希望我做什麼我就做什麼。」她的手指玩弄著他外套上的扣子，似乎並不急著說出自己要什麼。她的手在他胸前來回撫摸。他見她這麼安靜，這麼煩心，把她摟得更緊了。他的男子氣概得到了滿足，說：「達令，你要我做什麼我都做。我是這屋裡的主人，我只想讓你高興。」

那一刻，鶯鶯知道自己已經完全征服了他。她抬起頭，看著他的臉，說：「我知道自己想要什麼，但是我不知道你做不做得到。」「告訴我吧，告訴我。我什麼都答應你。」她坐起來，也叫他坐起來。「好了，坐在那兒別動，等我說完，」她說。接著以她那一行最拿手的說話方式，一種揉合了女性的溫柔和堅定決心的口氣，以一種自然而然的步調，把她的男人帶往她要他去的方向：「大老爺，我之所以選擇嫁給你，是因爲我相信你是個可以依靠終身的人。我們在一起，可以走得更遠。但是你知道，這條路對我並不容易，爲了不讓我自己受到更多羞辱，只有你滿足了三個條件，我才會繼續跟你在一起。你能答應我嗎？」懷瑜想知道是什麼，「我得先知道是什麼條件才能答應！」

「我要你答應我，別問，你答應了我就告訴你爲什麼。」「嗯，你說吧。」鶯鶯開始說：「首先，至少在社交場合，我就是你唯一的妻子。我不能忍受和那個女人一起出去。第二，在家裡，得讓我掌管所有金錢和下人。我每個月會給雅琴一筆錢維持家務。一個家裡不能有兩個主子，弄得有些下人聽這個太太的，有些又聽另一個的。只要她不找我麻煩，我也會公平對待她。」「第三呢？」「別打岔，等我說完。第三，我隨時可以用汽車，怎麼用隨我自由。這樣一來，我們玩樂走動就更方便了，你很快就會發現我對你有多重要。現在，答應我這三個條件，我再把其他的告訴你。」

「我的好太太，」懷瑜輕鬆地笑著說：「謹遵指示。對我來說，答應這三件事不難。第一件很簡單，因爲她本來就不喜歡在公開場合露面。用車是小事，我又沒打算把你關在家裡。至於第二件，管下人這件事，你已經在管了。但是控制了錢就等於控制了我，不是嗎？」「別怕嘛。你答應嗎？答應了我再說。」「爲什麼你想管錢？」「管錢能讓我開心，就只是這樣。」「我答應，不過這是家裡的政治了。要是我全答應了，我有什麼好處？」「我會讓你開心的。全都答應了？」「全都答應，」懷瑜說。

鶯鶯給了懷瑜一個長長的吻，因爲她知道自己抓住了一個男人，爲了完成她的野心，這個男人已經成爲她強大卻順從的工具。「你是個聰明人，」她說：「說眞的，你會發現，我，鶯鶯，可以和你一起做些事，也可以爲你做一些事。打從我十六歲起，我就想結婚。但是我遇到的男人，不是又胖又老的有錢蠢貨，就是只想尋歡作樂的傻小子。如果我只想要錢，想過得舒服，我老早就結婚了。有時候我也會遇上不錯的年輕人。我十八歲時瘋狂地愛上了一個人，但是他不敢娶我，他答應會和我結婚，結果卻不告而別。我想他其實已經結婚了，家裡有隻母老虎在。我不能吃，不能睡，一直想著他，直到死心。後來，我就心一横，開始朝那些願意爲我花大錢、給我買珠寶禮物的肥蠢老頭投懷送抱，放棄了所有結婚的念頭。我給了他們想要的東西，讓他們付出代價。你們男人眞是奇怪的動物。一個姑娘越不喜歡一個男人，這人就越是要追。可當我把所有關於愛情的傻念頭都丟開之後，我發現跟男人打交道越來越容易了，我也變得越來越受歡迎。但是畢竟，歌女還是得考慮未來。我想總有一天我會攢夠錢，找個賣油的嫁了，安定下來過個小日子，領養幾個孩子。但你也知道，開銷實在太大了，我攢下來的錢左手進右手出。我實在沒辦法一面減少開支，一面維持吸引力，而要是我繼續擺排場，就得欠債，我只好從那些有錢的老蠢貨那兒弄點錢過五月節和中秋。然後你來了。我想，我應該可以和你一起做點事，我希望我沒選錯人。現在我提的這些條件全是爲了你好。我們要在這世上出人頭地，就得一塊兒前進才行。家裡不能有麻煩和後顧之憂。家裡頭先齊心，然後才能在外頭打贏。第二，你知道我進你家門不是來享受安逸生活的，如果是，我也不會開別的條件了。官場上的人要升官，靠的都是女人，不是姊妹、妻子，就是姨太太，這點你我都清楚。政治就是一種社交應酬。這種事我熟練得很，有幾個人就是從我枕頭上跨進官場裡的。要說例子，你不就是透過局長三姨太的五哥弄到這份工作的嗎？我可是能直接去找那位三姨太的。這就是我追求的東西，在社會人脈上幫助你，我沒辦法一邊在家裡忍受下人找麻煩，一邊在社交場合扮好你夫人的角色。我不能辜負我的名聲，要是你當上了北京或天津市長，變得有錢有勢了，能得著好處的，還不是你的妻子兒女！」

懷瑜聚精會神地聽完這番話，對她欽佩不已。「了不起！你居然什麼都想齊全了。我的心肝兒，你這麼迷人，又這麼睿智，我想我是鴻運當頭了。」「可我還有第四個條件，聽著！」鶯鶯用指頭指著他，說：「除了我之外，不能再有別的女人。」「有了你在我身邊，我也不需要別的女人了，」他堅定地說。從那天起，鶯鶯就經常和丈夫一起搭車出去，妻子不同行。她的名氣、社會經驗和機智讓她很受官員和官員姨太太們的歡迎，大家都很想和她交上朋友。在家裡，她成了一家之主，比起妻子，下人們更想討她歡心。妻子如今成了管家婆，指揮廚房和家務，但一切都得聽鶯鶯的命令。

幾天後，素雲來拜訪鶯鶯。「你應該在家裡裝部電話，」鶯鶯對她說：「我現在沒電話可活不下去。要是有電話，我們聯絡起來就方便多了。有時候你錯過了上好的牌局，大夥兒就能立刻給你打電話，我們晚上也可以經常一起出去了。」「這用不著你說，」素雲回答：「誰不想要有部電話呢？但是我不像你，是自己家的女主人。我什麼事都得公婆同意，要是我提出這種想法，肯定會被打回票的。你知道嗎，現在眞的是那隻小狐狸精當家了。」鶯鶯知道她指的是木蘭。

「我眞羨慕你啊！你這麼自由，想跟丈夫去哪兒就去哪。要是你在一個大家庭裡過日子，就會知道那是怎麼回事了。」「那你們怎麼不搬出來呢？」「我也想過，但事情沒那麼簡單。老大和老三總在一起密謀什麼，我一走近，她們就會突然閉嘴。除了我自己的丫鬟之外，我沒人可以說話。還有我那個蠢丈夫！他爲全家人掙錢，還被人罵，可是蓀亞整天啥事都不幹，卻受人尊敬。也想過把家產分了，像你一樣自個兒住在小房子裡，可是襟亞不敢，說不能這樣。」「你不能讓他們把財產分了嗎？」「公婆都還健在啊。我怎麼能這樣做呢？」「哦，你頭腦還眞簡單哪！讓他們主動分家，讓他們高高興興地把你弄出去呀。」「但你知道這不可能。如果可以，我萬分樂意。我還有家庭義務要顧，你不瞭解大家庭是什麼樣子。」「嗯，要是你很想做什麼事，就去做吧。這不過就是讓你知道自己想要什麼。你不能浪費年輕的生命，爲了履行對別人的義務而讓自己痛苦。」「眞希望我能有你的勇氣。首先我得先爭取到我那個沒用的丈夫。」「你是個女人。要是連自個兒的丈夫都對付不了，笨的是你自己。」

鶯鶯放低了聲音說：「看看我在這兒都做了些什麼。我已經叫你哥哥讓我全權控制這個家。現在你就看著會發生什麼事吧，不然我就不是鶯鶯了。」「我來就是爲了要談談我老公的事。我相信靠你和我哥哥的力量，可以把我那寶貝老公往前推個幾步。萬一發生了最壞的情況，我們又離不開那個家，我們就得想辦法在天津或別的地方給他找個工作，這樣我就能擺脫那個人間地獄了。」「別擔心，我可以安排。有個石油部門正在籌備，用的是美國資金。美孚石油在山西有個探勘計畫，你哥哥自己也在做這個，說不定他能給你先生找份差事。」「可他又不是工程師，」素雲說：「他懂什麼石油啊？」「喔，你還眞傻！」鶯鶯笑了出來。「工程師做的都是骯髒活兒。你以爲你哥哥懂石油？」「只要能離那隻狐狸精遠遠的，我什麼都願意做，」素雲說：「你也看見她向曼娘母親敬酒的時候是怎麼羞辱我的了，那張嘴啊！不知道爲什麼，我老是找不到話回敬她。她知道怎麼討好公婆，用家裡的錢在下人之間賺名聲。下人揩油她都知道，可就是一句話也不說。」「我看姚家那兩姊妹都不是好對付的。她妹妹也厲害。看起來安安靜靜悶葫蘆似的，可是比起木蘭，我更怕她。我一見到她就有這種感覺。」

電話響了，鶯鶯接起床邊的話筒，說：「喂……陳少奶奶……喔，是你啊！今晚有牌局……好的，我去。」她放下電話，說：「你瞧，多方便啊！是陳家五少爺的夫人打來的，說今晚有牌局。你最好跟我們一塊兒去。」陳五少爺是局長三姨太的五弟。「我沒你那麼自由。我得先問問婆婆答不答應。」「這就是關鍵了。你只要堅持出門，出不來就鬧它個翻天，很快他們就會高興地讓你離開那裡了。」「我眞希望有你那麼勇敢，」素雲說。「你會有的。」鶯鶯說。素雲帶著新觀點和更堅定要贏得自由的決心回家了。她跟婆婆說晚上要出去，令她吃驚的是，婆婆很爽快地答應了，一點麻煩都沒有。

就這樣，素雲和鶯鶯一起出門的情況越來越多，有時候帶著丈夫，有時沒有。素雲尤其喜歡坐鶯鶯的車，夜裡很晚才回來。這部車給目前依然在使用馬車的曾家人留下了深刻的印象。

素雲不敢開口要他們買車，但她提出了電話的問題。她有個好例子，懷瑜家就有電話，他們爲什麼不能也裝一部呢？但曾先生討厭電話這種破壞家中隱私的西洋新東西。不過在這個問題上，素雲意外得到了木蘭的支持，因爲姚家也有電話。當木蘭把這想法當成自己的意見提出來時，曾先生沒說什麼。電話裝好了，木蘭不停地和莫愁、阿非和她父親通話，但沒和母親講電話，因爲她只有在別人幫她撥通電話時才用。素雲和鶯鶯每次一聊就是半小時，所以不管什麼時候，只要有電話找素雲，僕人們都知道是鶯鶯打來的。

沒過多久，懷瑜就在新設的石油管理部門弄到了一份新工作，舊職位依然保留。他也在那裡爲襟亞找了份差事，薪水是五百元，外加每個月六百元的社交費用。這個差事實在太好了，於是曾先生就讓襟亞和懷瑜一起去了山西，在太原的石油探勘局工作。

素雲的丈夫不在家，這是個離開的好機會，於是她要求到天津去待一陣子看望父母。她很感謝鶯鶯給了她全新的自由，還爲她建立了很多新人脈。鶯鶯也經常離開家到天津去住，但是她不肯待在牛家。牛老爺也沒想過要控制一個像鶯鶯這樣的兒媳婦，而且她聲稱，她丈夫的一切成功都歸功於她的社交，他也從來沒靠過父母。她說，她在天津有更多社交活動要參加，對應酬來說，飯店要方便得多，隨時可以得到完整的服務。這種事並不罕見。生活在外國租界的中國丈夫常常有套便宜的房子當成家，卻在飯店裡享受奢華的款待。一般人租飯店房間打一晚上麻將；作家爲躲開家裡哭鬧的嬰兒，租個小房間寫文章；商務代理人在飯店房間裡設辦公室談生意；政治掮客在飯店房間裡訂協議、收賄賂；還有些妓女有固定的房間接客。飯店裡總是熱熱鬧鬧、生氣勃勃。人們可以在那兒喝茶、吃麵、喝咖啡、吃烤麵包、吃西餐、吃中菜、抽大煙、找女人，不分晝夜。那裡的抽水馬桶、搪瓷浴缸和鋪滿白磁磚的浴室總是那麼漂亮，熱水總是那麼充足。飯店就是外國租界本身令人眼花繚亂生活的一個縮影。

素雲完全無法抗拒天津飯店裡的生活。她每天每夜都去找鶯鶯，在飯店裡花錢如流水，讓素雲深深著迷。摩登生活多好，你床邊就有電話，睡的是柔軟的黃銅彈簧床，床頭還有鏡子，還可以躺在一塵不染的白沙發上，享受源源不斷的冷熱自來水，而且服務生只聽命令，什麼都不會問。自由眞是太棒了！

第二十九章　蜜月

莫愁在姊姊的協助下精心籌劃她的婚禮。她想在北京飯店辦一場現代婚禮，但也想在家裡舉行傳統儀式和一般的入洞房。新娘子要穿白色禮服戴白色頭紗，也要立夫穿西式禮服。紅玉和愛蓮當伴娘，素同和阿非當伴郎，阿鑾當花童，麗蓮演奏孟德爾頌的《婚禮進行曲》。看來紅玉對婚禮的興奮不亞於新娘。那天她看上去光彩奪目，引起了許多關於她和阿非的議論。婚禮結束後，這對新人會在飯店房間過夜。之後，新娘將和丈夫一起去日本留學。

立夫本來想去英國，但姚夫人身體越來越差，姊妹倆商量了很久，決定莫愁不該去那麼遠的地方。每次她一提到出國的事，她母親就會哭著說她活不長了。她那麼虛弱，看起來又那麼可憐，莫愁妥協了，決定去日本。

照顧母親吃飯吃藥一直是莫愁的工作，夜裡還必須有個老媽子睡在她房裡陪她。之所以會變成這樣，是因爲有一次，姚夫人聽說有個通靈的女人能召喚死去親人的靈魂附身，便搭了馬車去見那個女人，結果回來時情況比之前更糟了，還在銀屏靈位前上了香。原來那女人和往常一樣，雖然對委託她的人一無所知，卻總能說出正確的稱呼。姚夫人想和兒子說話，來的卻是銀屏的魂，還笑著稱呼她「太太」。姚夫人想停下來，但那通靈的女人已經進入了恍惚狀態，止不住地繼續往下說，說話的樣子和口音和銀屏驚人相像，姚夫人嚇壞了。銀屏叫她要好好照顧她年幼的兒子博雅，因爲他長大會成爲大人物。「可憐可憐我這老婆子吧，」姚夫人懇求：「我發誓我不是故意要害你的。我也只是想讓我兒子和你在一起會幸福啊。」「別擔心，」銀屏的鬼魂說：「他跟我在一起。我在這裡太孤單了，閻王爺可憐我，才讓我化成一匹母馬，把他帶到這裡來。」「我還能活多久，你知道嗎？」「我不知道，太太。可是我聽一個小鬼說過，說這個家裡會先死一個人，然後就輪到你了。」姚夫人差點暈了過去，回來之後在床上躺了好幾個星期。從那時開始，她的病情不斷惡化。她請了尼姑爲她念經拜廟，姚先生雖然不信這些，還是允許她去做。她的心思放在來世的部份比現世更多，因此變得極其仁慈，極其虔誠。但即使住在王府花園裡，也沒能讓她更快樂一點。

立夫去日本留學的經費用的是莫愁的嫁妝。事實上，婚禮費用也是姚家承擔的。立夫的積蓄連辦一場小規模的儉樸婚禮都不夠，他也不喜歡他們正在籌辦的盛大婚禮，但木蘭和其他人都堅持，這麼辦對她妹妹才公平。

莫愁很實際。當她被問到嫁妝問題時，她說她不需要太多東西，寧願要現金。她父親當時手頭上現金不多，但說除了婚禮要花上幾千元之外，還會再給她一萬塊錢。「爹，您怎麼能這樣？」木蘭說：「我結婚時有五萬塊錢嫁妝呢。而且立夫哥和妹妹還要出國留學好幾年。」「立夫沒問題的，」她父親回答：「莫愁比你儉省得多。你妹妹用一千塊能做的事比你用兩千做的還多。你那時我是在拿你的錢胡來。」「這樣不公平！」木蘭說。結果父親給了莫愁一萬五千塊現金，外加一家位於蘇州的茶葉舖子，約值五千塊錢。再加上幾千元嫁妝和婚禮費用，總共要花費三萬元。莫愁很滿意，有這樣一筆現金，她能做的事比價值兩倍於此的珠寶古董更多。

立夫和他母親現在住在莫愁位於馬大人胡同的老宅裡，洞房就是姊妹倆小時候睡的那個房間。莫愁和立夫已經太熟了，所以也和木蘭一起去準備新房。新娘床是張雕花上漆的舊床，四周有床杜和抽屜。床頭的第三根欄杆有點鬆，木蘭還記得自己小時候是怎麼把它扭來扭去弄著玩的。她站在床前，在最末一個抽屜前徘徊不去，那抽屜上畫著一對鴛鴦，當時讓她幼年的想像充滿樂趣。她還記得自己訂婚那天晚上，莫愁在另一張床上睡得很香，她卻睡不著，想著妹妹比她有福氣。如今她的預言成眞了。

這時傅先生住在北京，最近剛接受了審查機構的一個審查委員職務，又從退休後住的天津回來了，他從民國成立之後一直在那裡編輯古書。傅先生夫妻倆都積極地參與了婚禮前後的安排，傅先生還親自主持婚禮。在立夫要求下，他送給這對新人一副喜幛，讓他們掛在洞房裡作爲紀念。讓傅先生吃驚的是莫愁說：「傅伯伯，要是您願意寫，請寫：『陰陽相輔，鸞鳳和鳴。』」「爲什麼要寫這種陳腔濫調？」傅先生問。「我就是想要這個，」莫愁說：「雖然很常見，但還是好詞兒，不是嗎？」婚後莫愁和丈夫在家裡住了一段日子，接著才動身去日本。她是在這座大宅裡長大的，但不同的是，現在她是這座大宅的女主人了。這裡的每一塊磚、每一級台階、每一個角落她都很熟悉。這裡還有她的夫婿、她的婆婆和環兒，大家住在一起，過著一種「小家庭」的生活，這簡直是太理想了。她的舅舅和舅媽住在西南角那個院落，那裡本來是姚先生的書房。

自從那天在花園裡的談話之後，紅玉就喜歡上了莫愁，那是一種屬於成熟的、有思想的女孩的愛，之後她們又有過幾次關於「韜光養晦」的交心傾談。有一天，紅玉對她說：「說到急躁，我想立夫哥和我一樣急躁，他也是爭強好勝的人。但是三姐，他有你引導他，多幸運啊！」立夫也變得很瞭解紅玉。某天，立夫對莫愁說了句奇怪的話：「宇宙萬物應該是六行，而不是五行。紅玉其實是屬玉的。她骨子裡就是玉，既純潔又高傲，既堅硬又脆弱。」莫愁回答：「做玉有利有弊。玉永遠不會被玷污，冷硬卻易碎。上好的玉應該有溫潤的光澤。你知道她是怎麼拒絕討好我爹娘的嗎？」「她會做眞正的自己。不過我還是很佩服她。」立夫說。然而，在立夫和莫愁影響下，紅玉也漸漸學會了克制自己，成了一個更加成熟、遇事考慮得更周詳的姑娘。

讓馮太太最著迷的，是立夫對她的態度，那麼熟稔，卻又極爲自制。馮太太是個在舊式傳統中長大的女人，非常注意自己的行爲。和大姑住在一起的時候，她從來沒讓自己逾矩過，儘管她們熟得不能再熟了。但和立夫一家同住的情況又不一樣。這是一種難以定義、她也無法理解的新東西。立夫的母親總是爲兒子破壞規則的行爲道歉，而馮太太也總是回答，她完全沒意識到他哪兒破壞規則了。禮貌和許多其他事物一樣，是屬於精神上的，雖然立夫打破了所有的規則，卻從來也沒有不禮貌過。他只是按照自然行事。就這樣，兩家人相處和睦，也彼此喜愛。

事實上，立夫受岳父姚先生影響甚深，他反對尊儒，尤其是儒家的克制和禮法。姚老先生讓他讀《老子》和《莊子》，老子有一段話深深地印在他的腦海裡：

> 故失道而後德，失德而後仁，失仁而後義，失義而後禮。
>
> 夫禮者，忠信之薄，而亂之首。
>
> 前識者，道之華，而愚之始。是以大丈夫處其厚，不居其薄；處其實，不居其華。故去彼取此。

莫愁很高興能在家裡度蜜月，她開心得不想離開，幾乎希望能在那裡就此定居，開始過她喜歡的家庭生活。她自己並不怎麼想旅行，不管是去日本或其他任何國家。在他們結婚的第一個月，立夫看到了令他驚奇的事。他長這麼大一直都和女人——他的母親和妹妹——住在一起，但現在他第一次看見了一些很女人，或者說很妻子的東西，一個屬於莫愁的形象，她就是默認了這裡是她的家，除了她之外，誰都管理不來。在他看來，她似乎有種難以言喻、來自內心深處和本能的喜悅，喜歡天天給廚子下菜單、打理洗好或待洗的衣服、每天早上修整花草、帶著她的女紅籃子坐在她房間窗邊一個陽光充足的角落裡做針線活。這代表著安寧，也代表著莫愁對人世的幸福夢想。這裡會成爲一個整潔有序的家，對立夫來說就是這樣。

爲了婚禮和出國，他開始改穿洋服，這件事產生了巨大的影響。突然間，他對自己的衣櫥失去了掌控能力。他向來獨立，很習慣自己照顧自己，現在卻連自己的襯衫、領帶、鈕扣、手帕和襪子在哪裡都不知道了，他感到極度無助。決定他的衣服該放在哪裡的不是別人，就是莫愁，而且收拾和打開行李之間放的地方還不一樣。正在找襪子的立夫不耐煩起來，莫愁就會笑著說：「別急，悠著點。」然後自己去拿他要的襪子。襪子聞起來有樟腦丸的味道。立夫以前從來沒見過這種東西。樟腦丸對他年輕的妻子有種奇特的魅力，她用起樟腦丸來簡直可以用揮霍無度形容——衣箱、手提箱、衣櫃裡到處是樟腦丸，還做了小袋子，掛在或藏在每個地方。

立夫的鞋子對莫愁的吸引力更大。之前迪人爲了去英國買了幾雙上好的外國皮鞋，於是她知道了好鞋應該是什麼樣子。婚禮之前，姊妹倆和立夫一起去買鞋，由她們決定他該穿的款式和品質。婚禮結束之後，莫愁對那雙鞋不滿意。某天又把他帶到鞋店裡，給他買了三雙英國製的皮鞋，花掉了驚人的一百二十五元。「你爹說你儉省，我才不信，」立夫說。在前往日本的航程中，年輕、美麗又摩登的莫愁爲他們交了很多朋友，如果立夫獨自出洋，是絕不可能交到這些朋友的。但有一次，他自己坐在甲板的折疊椅上，在心裡記下了這些話：他完全掌控不了自己的衣櫥了。

他現在知道了，女士的衣服必須用特殊的絲巾包起來，即使在翻箱子找東西，也是絕對不許碰的。

莫愁有很多這樣的素色絲巾。

所有西服和洋裝都有樟腦丸的味道。

構成男人性格基礎的是他腳上那雙鞋。

咬指甲是不禮貌的。

搶在女士之前上車也是不禮貌的。

現代社會對女士的種種尊重，對男士來說是種麻煩。最後，他相信這些事其實都不重要，反正他愛莫愁，只是他不瞭解女人。

之後，立夫發現了一件更不得了的事，莫愁就像一隻水母一樣，她纏繞著他，溫柔而靈活地調整著自己的輪廓，以滿足他的願望和突發奇想，保護他不受外界侵擾。莫愁無限的耐心、無限的適應力和無私令他震驚。他的舒適和幸福就是她的準則，他覺得這個女人好像把她的一切都押在他和他的未來上。

本來立夫很可能會長成一個孤僻、書生氣十足的人，比起在城市，他更喜歡與森林、動物和窮苦農民爲伍，說不定還會對富人發起一場大起義，結果卻發現一個有錢又富麗堂皇的家憑空落在他身上，還有了個保守務實、打算給他安全感和舒適生活的妻子。他覺得自己被賄賂了，儘管他從來就不甘心過有錢人的生活。他從來沒有恨過富人，因爲他一直都很幸運，但他也一直對這個他和他母親從來不屬於的階級保有兒時的輕蔑。他瞧不起餐桌禮儀，對飯前必須洗手梳頭感到厭煩，堅持在公共場合咬指甲，以及他妻子一直試圖消除的某種粗野，都充分體現了他這一點。「別把兩隻手都插在口袋裡。」她會說。「爲什麼不行？」他會問。「那樣不禮貌，不好。」「爲什麼不禮貌？」「沒有爲什麼。就是不禮貌。」他會爭辯說：「除非你給我個好理由，否則你永遠不能說服我不要雙手插口袋。既然你給不出理由，就表示你是錯的，我是對的。」

然而，他還是漸漸地不把手插在口袋裡了，因爲這是她希望的，而他在乎她。眼神清亮的莫愁有時堅持，有時讓步，但總會耐心地等待，尋找合適的時機說話。立夫有種一觸即發的特質，對壓力有立即反抗的意識，聰明的莫愁很清楚這一點，施壓總是控制在不引起他反抗的程度。因爲莫愁可以等。每次她讓步，他都知道被打敗的其實是自己。她越瞭解他，就越明白，只要不引起他反抗，最後什麼事她都有辦法讓他做，她就這樣慢慢地把他塑造成自己想要的樣子。

立夫現在花的錢是莫愁的嫁妝，他和她一樣節儉，把錢看得很淡。然而婚後第一年，她從來沒讓立夫覺得那是她的錢，而彷彿那是屬於兩人的錢。立夫開始覺得，娶個有錢的妻子畢竟不是壞事。有一次他對她說：「如果我是襟亞，就會立刻和素雲離婚。」他的意思其實是，莫愁如此與眾不同，他眞的很欣賞她，很愛她，但他認爲她並不需要這種明明白白的恭維。因此，她從來沒有因爲用她的錢幫助他而得到公開的讚揚，他也從來沒有直接表達過他的感激。

因爲她高於他的智慧把他的生活變得太輕鬆了，有時立夫會覺得，自己只是個笨蛋，儘管也許是個聰明的笨蛋。她成熟，而他不成熟。因此，他越來越接受她的觀點，聽她的建議，輕視自己的推理，尊重她的常識。他非常重視她，珍惜她，覺得她就像大地一樣，永遠那麼可靠，那麼堅強。

然而，在他靈魂深處某個地方，他依然記得他是個窮人的兒子，並且因爲這個事實和自己的獨立而驕傲。他痛恨有錢人的行爲，痛恨以素雲爲代表的社會女性虛僞價值觀，痛恨以懷瑜爲代表的政客僞善與狡詐。這種痛恨是永恆不變的。

* * *

他們抵達京都才六週，木蘭就來了一封信，說母親病勢惡化，現在已經不能說話了。在收到珊瑚的第二封信後，莫愁決定立刻回家，雖然她非常不願意離開立夫。她不能不回去，因爲這就像是她的天職。這麼多年來，只要母親生病，都是她在照顧，她不能把這個工作留給珊瑚、木蘭或任何人，而只能留給她自己。

這把他們的計畫全打亂了，她不知道什麼時候才能回到立夫身邊。他說他可以自己照顧自己，莫愁對此並不懷疑，他卻突然意識到自己對他這個年輕的新娘有多依賴。她說，如果她沒辦法離開家，就讓他暑假時回來找她。

臨別時刻，她哭了，因爲她實在忍不住。她最後叮嚀的事情是：「好好照顧自己，吃好點，不要想著省錢。什麼時候需要錢了，就寫信告訴我。」

她發現母親的病情比她想的嚴重得多。她用手指著自己的喉嚨和胸口，卻說不出話來，看起來很可憐。他們詢問過素同，也讓他徹底檢查過，可是他也說不出她是哪裡出了問題。僕人們一致認爲她是撞了鬼——大概是銀屏的鬼魂。迪人對母親的詛咒成眞了。現在她完全無法忍受銀屏的孩子博雅出現在她眼前。她似乎很怕他，儘管他是她唯一的嫡長孫。這孩子聽人說他母親是鬼，非常難受，他很生氣，想保護她，想對抗所有人。他已經知道自己是這姚家的孫子，是這座王府花園未來的主人，他長大後一定要變成一個偉大的人，爲母親報仇，把她的肖像掛在忠愍堂正中。他恨透了他的祖母。這些想法常常讓這個孩子神情嚴肅。

如今，兩個女兒都嫁出去了，母親病了，王府花園成了一個沉悶孤獨的地方。這裡至少有十個可以居住的院落，但住不到一半。於是他們決定把老宅出租，讓馮舅爺夫妻和孔太太帶著家人搬到花園來住。這樣一來，莫愁就得同時照料母親和婆婆，但她住的院落離母親近些，立夫的母親和妹妹住在另一個院落。姚先生和阿非住在自省齋，紅玉的院落就在莫愁的前方，隔著院落白牆的花格窗就能交談，兩人因此友誼日益深厚。

***

初夏，就在立夫放假回來之前，莫愁生了個男孩。這次生產十分艱辛，莫愁足足花了二十個小時才生下來。原本家裡認爲，讓莫愁在家裡生比送去醫院要方便，但事實證明，這差點要了莫愁的命。木蘭在她生產時趕過來，親眼目睹了妹妹受的罪，有時她覺得莫愁都要耗盡最後一絲氣力了。她在爐子上熬著一壺高麗蔘，是給她強心用的。一切結束之後，幸運的是母子均安，只是莫愁的臉色白得像張紙，在床上躺了幾個星期才完全康復，這段期間木蘭一直在照顧她。

立夫回到家，發現姊妹倆都在他房間裡。莫愁躺在床上，身邊是她的兒子，她微笑著歡迎丈夫。立夫當著木蘭的面彎下腰吻了妻子。「你一點都不曉得妹妹經歷了什麼可怕的事，」木蘭說。但莫愁現在很開心，她讓他看孩子，說：「這是你兒子。我拚死命才把他生下來的。」她讓他坐在他床上，握著他的手，說：「我覺得身體好像被架在刑具上，但這很值得。我覺得我的靈魂和身體都被淨化了——經歷過這些可怕的痛苦，我所有的罪過都得到了赦免。」她說。「你有什麼罪過嗎？」木蘭笑著說。「她已經說了，她還想再來一遍。」

「我眞的還想再要一個小夫，」莫愁說。她告訴立夫，她會給他們的兒子取名叫小夫。「這名字聽起來像是掃大街的，或者腳夫，」立夫說。「我可沒想到這個。我不會有這樣的聯想，對我來說，小夫就是小夫。還是你有什麼建議？」「叫他肖夫，但『肖』要用仄聲字，不要用平聲，」木蘭建議。「是『孝順』的『孝』字嗎？這名字有人用過了。」「那就用『小』或是『肖』，取『有其父必有其子』之意，」木蘭說。「這個字好多了。畢竟，像父親一樣就是孝順，」莫愁說。「這『肖』『孝』兩字可能有關連。」立夫說。一個四十多歲的老媽子端了杯桂圓茶進來，莫愁說：「這是陳媽，我們剛請的。」陳媽給了立夫一個大大的笑容，說：「老爺，歡迎回家。您眞不知道太太受了什麼樣的罪呀。她還躺在床上這段時間，我會照顧您的。」

陳媽出去之後，莫愁說：「這女人非常了不起，有禮貌，對誰都像母親一樣慈愛，爲人正派得不得了。你什麼都不用吩咐，自從她來了以後，院落裡每件事都井然有序。她跟我說話的樣子，就好像我是她孩子一樣。」

莫愁開始跟他們說陳媽的事：「她的故事聽得我夜裡睡不著，如今我才知道當娘是怎麼回事，立夫，你以你娘爲傲，但這位是個偉大的母親。」「革命時她和她兒子失散了，」莫愁說了下去：「她不知道他在哪裡，也不知道他是死是活。我們雇她的時候，她說她什麼都做，但是有個條件，就是她每個月必須放一天假。『爲什麼？』我問，她說：『我要去找我兒子。』所以我就答應她了，她就這樣來了我們家做事，到現在也有兩三個月了。她工作做得極好，好像這兒就是她家一樣。到了夜裡，她就一直縫呀縫的，給她丟了的兒子做衣服，雖然她也沒辦法把衣服送到他手上。她給我看了她做的衣服，一大堆啊，她把所有積蓄都花在這上頭了。她說，她兒子現在應該二十歲了，他是十六歲時在北京東北的昌黎縣他們村子裡失蹤的。革命的時候，他被一群記者帶走，被迫替士兵搬運行李。我看到她在她十七歲時爲他做的一件棉襖，做得好厚實。十八歲時做了一件大點的，到了十九歲又做了件更大的。這些衣服她都當心地包好，定期拿出來曬。她說她清楚地知道他每年應該有多高，袖子應該多長。現在她正在給他做一套藍色的棉布夏裝，等她找到他的時候就可以讓他穿，或者一知道他人在哪兒就寄給他。每個月到了那一天，她很早就會起床到我房裡來，臉上充滿了希望的光彩，說今天她休息，要去找他了。到了晚上，又拖著疲憊的雙腿、垂頭喪氣地回到家，胳肢窩底下還夾著一包衣服。她就在城裡頭到處走，東城、西城、北城、南城，有時候還會走到城外去。」

「但是，爲什麼她認爲她兒子在北京呢？」立夫說。「就只是因爲別的地方她去不了。她主要跑南城，因爲那裡士兵多。她說，如果他在那裡，就算在成千上萬人裡，我也認得出他來。革命結束之後，她在村裡等他回來等了一年。然後她放棄了她的農舍，說她要去京城，因爲那是士兵必經之地。她到處走來走去，攔下年輕的士兵端詳他們的臉，他們都笑了，問她想幹什麼。這聽起來根本是沒希望的，可我也不敢跟她說，因爲我不想剝奪她活下去的希望。只要她活著一天，她就不會放棄。」木蘭聽得眼裡都是淚水，立夫嘆了口氣，說：「戰爭就是這樣，讓夫妻分別，骨肉離散。」「想想那孩子！」木蘭說：「有了這樣一位母親，卻又失去了她！我眞想知道他是什麼樣子。」「她從來不提他。她不跟任何人談他的事，」莫愁說。「說不定他只是個可憐的傻瓜，只有在他母親眼裡是可愛的，」立夫說。「不，我有種感覺，他一定是個非常好的男孩子，」木蘭說：「那個母親的臉看起來那麼高貴，個性又堅強。」「她會去廟裡拜神嗎？」立夫問。

「不，奇怪的是她不信佛。她總是說『心誠則靈』。你可以從她身上看出來，從來也沒見過比她更整潔的女人，她的頭髮和衣服總是那麼乾淨。她說：『皇天不負苦心人』。有時候我幾乎都要相信，即使已經過了四年，她也會找到他的。」「我們得對她好點，」立夫說：「讓她覺得眞的是待在自己家裡。」「你等著看吧，」莫愁說：「她會像對待兒子一樣對待你，關愛你，她待我就彷彿我是他女兒似的。但你也只能假裝自己是她兒子，因爲血肉之親，不能出借，也不能替代。兒子就是兒子。」這時肖夫哭了起來，莫愁轉過身，用自己的奶餵他，覺得安寧而幸福。這一刻如此美麗，如此自足，如此豐富，她眞希望能永遠這樣下去。

那是個完美的夏天，立夫常常在黎明時分就在妻子溫暖的體香中醒來，走到外頭花園涼爽的夏日清晨空氣中，覺得眞想擁抱這片大地，擁抱這個存在的自己。莫愁也起得很早，起來後先餵孩子，然後去給父母請安。她父親也是早起的人，翁婿兩個早餐前經常在高高的樹下一起散步，淺色長袍的下襬都被草地上的露珠弄濕了。但正如詩人陶淵明所說：「衣沾不足惜，但使願無違。」

木蘭、蓀亞和曼娘常常一大早就帶著丫鬟和孩子們過來，在花園裡待上一整天。中午吃一碗精白糖和紅棗煮的綠豆湯當午餐，之後包括珊瑚、紅玉、阿非和環兒在內的一群人，就在迴水榭的露台上休息，閒聊一下午。莫愁忙著照顧孩子和其他事務，要再晚點才會和他們一起喝茶，姚先生通常午餐之後會在自省齋小歇一下。

木蘭已經在教女兒阿鑾讀寫了。這孩子很輕易就學會了方塊字，暗香也被那些圖畫似的文字迷住了，開始自己學認字。常常在大家說話的時候，暗香會把環兒拉到一邊，請她給她上課，她學得非常快。

有時曾夫人會過來，桂姐也會帶著女兒來。由於流產之後老毛病未癒，桂姐變得越來越胖。姚夫人通常都躺在床上，但睡不安穩。她還是沒辦法說話，她會在房裡的一尊佛像前坐很久，燒香，默默祝禱。他們曾經請來一位西藏喇嘛念了一場《陀羅尼經》，想驅除邪魔，但徒勞無功。她吃飯、咳嗽都一如往常，但失去了說話的能力。有時她的嘴唇會動起來，但也只是在顫抖，做著毫無意義的動作，卻一絲聲音也發不出來。

木蘭提議，要是讓陳媽去服侍她們的母親，說不定對她會有很大的幫助。對莫愁來說犧牲極大，但她按照木蘭的建議做了，母親的情況立刻改善了很多，因爲陳媽懂得她們的母親要什麼，可以和她說話。之後的幾年中，陳媽成了姚夫人不可或缺的忠實伙伴，只有在她外出找兒子那天，才由珊瑚或莫愁替代她的位置。

夏天結束了，立夫回到日本繼續他的學業，莫愁依然留下來陪伴母親。

第三十章　枷鎖

丈夫不在家，素雲覺得和婆婆住在一起既困難又孤獨，於是便盡可能待在天津。襟亞已經安排好，從每個月一千一的薪水和津貼中拿出六百元寄回北京家裡。素雲堅持這是她丈夫的錢，所以也就是她的錢，於是素雲不在家的時候，曾夫人就會悄悄地把支票寄給她。素雲偶爾回北京，會去鶯鶯家住個一兩夜，她發現自己在那兒的時候總是很開心，經常受邀出門打麻將。

曾先生本來就討厭看見兒媳婦和一個聲名狼藉的前歌女廝混，聽說她們倆在天津時經常同進同出被人看見，他很後悔爲兒子撮合了這門親事。「你怎麼不阻止她呢？」桂姐對他說。「她只會給家裡製造更多麻煩。江山易改，本性難移，」他回答。然而，素雲卻覺得自己爲這個家做了極大貢獻，她推著丈夫前進，爲他建立人脈。「要是我們沒這樣抓著他，他現在還只是個內政部的小職員而已，」她對鶯鶯說。「這才剛開始，」鶯鶯說：「袁大總統的六姨太還能替我們做點大事呢。」這位六姨太是洪鈞的親戚，也是眾妻妾中大總統最寵愛的一個。素雲看見銀行家和退休官員坐著豪車，住著價值數十萬元的現代別墅，他們的妻子、情人和女兒穿著時髦的摩登晚禮服，在劇院、飯店舞廳和夜總會裡逍遙，她知道，那才是屬於她的地方。

自從鶯鶯掌握了懷瑜的銀行帳戶之後，她就透過懷瑜一個姓金的好朋友，開始玩政府債券和金條的投機買賣。這類操作的消息素雲聽多了，對很多債券發行的名稱和利率也很熟悉。有一天鶯鶯接了通電話，知道自己一夜之間賺了九千塊。「你怎麼不進場試試看呢？」鶯鶯說：「你也有自個兒的錢啊。只要聽我的，輕鬆賺個四五千不是問題。」「要是虧了呢？」素雲問。「不可能虧的。老金是交易所裡消息最靈通的人，他還替六姨太買進賣出呢。」「我的私房只有一萬左右，我不想拿這筆錢冒險。襟亞一分錢也沒存下，你知道他在家裡是沒有決定權的。」「噢，你這個笨蛋，」鶯鶯笑著說：「你不是說過想搬出來自己住？你的機會來的。我有個主意。你就用那一萬玩，賺了，錢是你的。要是虧了，告訴襟亞，讓他跟他父親要錢。如果他反對，那就更好了，那時你們就要求分家。與此同時，你還有機會給自己賺點錢，絕對不會有風險的。」

於是，素雲開始積極參與交易。第一個月結算時，她賺了一千五百塊。「真棒！我們跟男人一樣，也掙錢了，」素雲說。「怎麼說你都是財神的女兒呀！」鶯鶯說。於是當天晚上，她們就在鶯鶯飯店房間裡舉行了盛大的慶祝會。金先生是個白手起家的人，頭腦清醒，又是社交高手，大一唸完就退學了。他的經驗讓他學會交際，對遇到的每個人都要隨和。他會開玩笑，會跳舞，對城裡任何地方都熟，而且總是樂意爲女士效勞。他煙癮極大，手裡拿的煙不是一包，而是五十支一聽裝的，他發誓說這聽煙早上剛開，這時已經少掉一半了。

女士們都喜歡他，喊他老金。他那兩條腿似乎永遠不會累，也總是興致勃勃。他可以安排晚餐、預定房間、規劃郊遊。女士們要是夜裡無聊無事可做，就會打電話給老金。只要透過電話就可以找到他，不管這時是夜裡幾點，他都會離開妻子，到她們的房間來。「喂！是吳大帥啊！有什麼我能爲您效勞的？要我馬上過去？好的。」因爲在電話那頭，鶯鶯一直被稱爲吳大帥。接著，每個人都會興高采烈，又輕鬆地度過一個愉快的夜晚。在老金面前，素雲完全是另一個人。她的傲氣、她的社交姿態，她那些矯揉造作的舉止都不見了。她家惱人的過去，以及她對丈夫溫吞、愚蠢個性的憤怒都一去不復返。她又變回了一個只想找樂子的年輕女孩，而且是在老金的陪伴下找到的。老金曾經對一個當眾批評素雲太傲慢的朋友說：「先生，您實在是冤枉她了。她心思比任何女人都單純，很容易討好的。您要是沒見過這些社交界女士們私底下的樣子，就沒辦法瞭解她們的心。她們也是一般人。有時看完電影帶她回家，那時候的她看起來好累。她是我認識的人裡頭最孤獨的其中一個。你也不能怪她想找樂子。你該看看她好的那一面，也就是她在夜裡那一面。」

確實，素雲在這個玩樂情人的面前是毫無遮掩的。她又成了一個孩子，和這個快活的朋友一起玩，在重新找回她失去已久的童年快樂同時，她也找回了一些幼時天然的甜美。只要有快樂，就能讓一個人再次變得有人味。在這一點上，似乎只有老金懂得她。

當鶯鶯讓懷瑜承諾他不會再有別的女人時，並沒有說她自己不會有別的男人。這不算不公平，因爲他一如往常，答應得太過爽快，而她又太瞭解他，她要他答應，只是要他跟別的女人交往時不可以讓她知道，這點她是容忍不了的。於是，這兩位女士經常和老金一起出現在舞廳、電影院和飯館裡，這事自然也傳到了曾先生耳裡。她們還在電影院和舞廳裡見了許多趁週末來享受一下的北京官員，一些穿著長袍的「大帥」，還有些戴著西洋禮帽、拄著外國手杖、穿著中式服裝、看上去很怪異的禿頭滿人，他們在一二十年前都是有名的滿清官員，如今他們的名字卻顯得如此遙遠，彷彿過時。當鶯鶯低聲告訴她，這位是以前的欽差大臣吳某某，那位是大名鼎鼎的閩浙總督，但這時看起來，也不過就是一群老少混雜的人罷了。而素雲此時已經得知自己不會有孩子，反倒放心。

她寫信給丈夫，說她很開心，說老金是個很好的人，還說她在交易所掙錢。這把襟亞嚇壞了，擔心會出什麼亂子，悶悶不樂了一整天。他對和他一起在太原的大舅子說：「我在這個連像樣的旅社或戲園子都沒有的荒郊野外拚命工作，掙著辛苦錢，我太太卻在交易所裡，開心地拿我的錢去玩股票。」「別擔心，」懷瑜安慰他：「那兩個女人照顧得了自己的。老金是我最好的朋友，是個正人君子。」「不，我得阻止她。大哥，你知道，我相信人的命運有好有壞。玩股票對你來說不算什麼，因為你運氣一直很好。可是我偏偏不是那種幸運的人。打從我出生以來，我就覺得我一直噩運當頭，吉星從來沒眷顧過我。我不是要針對你妹妹，但是你看看我的婚姻，我能從這當中得到什麼呢？看看我弟弟，和木蘭玩得多開心。發生在我身上的事總是不對勁，要是讓你妹妹繼續搞投機下去，我恐怕就完了。」他的預言應驗了。兩個月後，他收到消息，說妻子虧了一萬塊，這錢是從他岳母那兒借的，他必須把這件事告訴他父親，想辦法還出這筆錢。

他勃然大怒，回信說他拒絕讓他父親承擔這筆損失，還說他很快就會回來跟她算帳。

＊＊＊

那年九月十七，老太太過世了，襟亞和素雲不得不回到北京。老太太走得很安詳，那天早上，誰也沒發現，她的頭從光滑的皮枕上滑了下來。

襟亞回來的時候瘦了許多，皮膚曬得黝黑，穿著一件西洋外套和卡其色短褲，這是他和美國工程師合作時養成的習慣。他瘦瘦的腿穿著厚厚的羊毛襪，看上去幾乎撐不起來。他母親見他這麼瘦，整個人都變了個樣，非常傷心，但他說他身體好極了，也喜歡上了山西的高山。他講了自己的冒險經歷，像是在山路上從驢子身上摔下來，和工程師們一起去的偉大旅行，以及他在他們營地裡做的第一頓飯。總的來說，這次經歷對他似乎有好處；接觸大自然和單純的農民，讓他對人生產生了前所未有的全新看法。他說，工作還在進行中，但據那些工程師說，那裡有石油的可能性似乎不大。

兄弟倆一年不見，剛碰面時非常興奮。為祖母服喪的最初幾天，虧損一萬塊錢的事暫時沒有提出來。但素雲已經和自己的丈夫談過了。他不能理解她為什麼非做投機生意不可。他遇見的那些山裡的姑娘，她們的美貌、挺拔的身姿、獨立的性格，和她們毫不造作的謙虛，都讓他留下了深刻的印象。見識了這樣的女子之後，素雲在自己闖出的麻煩中哀求憐憫的樣子，只在他心裡起了反感。「我跟你說過，別碰投機生意，」他說，口氣比以前所有對她說話的時候都堅定。「嗯，你也有自己的私房錢，既然你自己玩虧了，就自己補上。」他的口氣令她震驚。「你這是什麼話！」她說：「我是要替你賺錢，虧了倒要我自己補上！你良心給狗吃了。」「好吧，你自己去跟爹說。我跟這件事一點關係也沒有。」但接下來的幾天裡，她說服了襟亞，讓他相信，叫她獨自承擔損失是極不公平的事，並且認為分家的時候到了，因為他是家裡唯一賺錢的男人，承擔了所有責任，卻沒有任何特權。利用這個機會逼大家解決問題是個好主意。於是襟亞同意和父親談談。

老太太過世以及隨之而來的葬禮費用，讓曾先生有機會評估一下家裡的情況。這時他得了一種奇怪的消耗性疾病——糖尿病，太醫稱之爲「消渴」。他覺得腹內如火燒，又渴又餓，卻沒有胃口，臉色一天比一天差。他水喝得越多，就尿得越多。白虎湯、人蔘湯都無濟於事。他雙腿無力，總是躺在床上或長榻上。當他尿裡出現漂浮物時，醫生告訴他，這是消渴症裡頭相當嚴重的一種，他的腎臟系統已經受損了。身爲一個讀書人，他知道這就是漢代浪漫文人司馬相如也得了的著名疾病，康復的希望不過十之一二。醫生告訴他飲食要清淡，夜裡不要和桂姐同房。因此，在生病這段期間，他一直非常沮喪。

一天晚上，曾先生躺在客廳的長榻上，想和兒子們談談，全家人都來到他面前。「襟亞，蓀亞，」他開口說：「你們的奶奶過世了，父母也老了。感謝祖先庇佑，我們家這幾年過得算安穩。等到我走了，也不會有哪兒愧對祖先。雖然我沒能留太多錢給你們，但至少夠你們不餓肚子。我們在錢莊裡的現錢只有十萬不到。這筆錢是我多年來在你娘幫助下辛辛苦苦攢下來的，我沒向百姓拿過一分錢，拿的都是我身爲京官應得的錢財。也許和滿清時代其他的官員相比，我可以說自己腐敗，但和共和國這些官比起來，我得說，我已經太清廉了。」這句諷刺現代官員的話讓孩子們都笑了出來。「現在，除了現錢之外，我們家只有這棟房子，一家值一萬到一萬五千元左右的綢緞莊，和一塊鄉下的土地，因爲稅賦太重，這塊地沒辦法給我們帶來任何收益。我想讓你們知道這些事。家裡開銷大，這場葬禮又至少要花掉幾千塊。」他還想繼續說，但先停下來喘了口氣。

素雲看了襟亞一眼，他猶豫了一會兒，鼓起勇氣說：「爹，我有話跟您說，請不要生氣。」「什麼事？」父親用他帶著傲氣的京腔說。「是這樣的，我不在家這段時間，我媳婦兒在天津證券交易所裡虧了一些錢。」這是木蘭和她夫婿第一次聽說這件事，她們很快地看了看素雲，素雲眼睛垂得低低的。

「什麼？」父親驚叫道。「她買賣政府債券，虧了錢。」「混蛋！」父親吼道。「誰叫你玩這種東西的，『買空賣空！』你就這麼沒有見識？」他的京腔聽起來完全是衙門裡審案的大老爺，襟亞覺得自己像個受審的罪犯。

無人接話，空氣裡出現一陣緊張的沉默。「虧了多少？」最後父親問。「一萬，」襟亞說：「她本來以爲可以安全地替我們賺點錢的。」曾先生從鬍子裡啐了一聲，轉過頭對素雲說：「誰叫你去做投機生意給我們賺錢的？」「爹，」素雲強硬地說，她已經做好了徹底決裂的心理準備，「這次只是運氣不好罷了；交易所裡消息最靈通的人給了我建議，這人也幫大總統的六姨太買賣股票。」「他叫什麼名字？」「他姓金。」曾先生坐了起來，那根長長的煙筒磕在地上。「你這個年幼無知的蠢貨！我早就想跟你談談了；現在既然我兒子也在，你最好也放明白點兒。不要自欺欺人，以爲我不知道你在天津和那個鶯鶯還有姓金的幹的什麼勾當。外頭的人已經在笑話我們了。你在這裡有個家，但你在我家卻待不住，這還算了，你還非得跟年輕男人眉來眼去不可，讓你丈夫和我家成了別人的笑柄。」

素雲的臉漲得通紅，襟亞又驚又氣，他喊道：「爹，您在說什麼啊？」「你也不妨知道一下。全城的人都在談論這件事呢。你打算怎麼辦？」素雲現在準備要捍衛自己了。「爹，您老是聽那些流言蜚語。我沒做錯什麼事。如今是現代了，和男人出去也沒什麼好奇怪的呀。」「閉嘴！」父親吼道。「要是你不知恥，我還是知道的。所謂的現代女性，每一個都是王八！」在當時，「王八」是北京話裡最髒的話。最初，這個詞的意思是「忘八」——恥是八德當中的最後一個。但後來這個詞和「王八」（也就是烏龜）扯上了關係，就成了一個低級的辱罵用詞，官員經常用它來形容罪犯和下人。這時全家人在狂怒、喘著氣的父親面前默默地坐著。素雲被這樣的辱罵刺痛了，羞愧地蒙頭大哭起來。桂姐把生病的老人從榻上扶起來，攙著氣喘吁吁的他進了裡間。他才一走，素雲立刻不哭了，站起來走出了客廳。曾夫人坐在那兒生悶氣，襟亞不明白發生了什麼事情，但心裡難受，覺得自己在全家人面前丟盡了臉。

曾夫人命令所有丫鬟都退下。「兒子啊，」她說，「這關係著我們全家人的名聲。不管謠言是眞是假，你都應該想辦法阻止。要是我早知道牛家的女兒是這個樣子，絕不會替你說這門親。要是你的媳婦兒再不檢點一點，說不定要送掉你爹的命。」

突然間，襟亞像個孩子一樣崩潰了。他哭得那麼大聲，彷彿他多年來精神上的痛苦——這些痛苦他從來沒說過，也沒有辦法告訴任何人——如今都在他母親面前化爲淚水傾瀉出來。看到兒子這樣，作娘的也哭了，她像撫摸小孩子一樣摸著他的頭，說：「冷靜一下。我知道這對你來說很難。我會跟你爹講，叫他拿錢出來把虧空補了。要是你想待在家裡，可以辭職。我們不需要你跑那麼遠去賺錢。」

蓀亞和木蘭也上前安慰他，蓀亞說：「哥哥，我們會求爹給你錢的。」木蘭說：「哥哥，你最好現在就去素雲那兒，試著讓她平靜下來，跟她說家裡沒有解決不了的事。畢竟一家人就是一家人。別太往心裡去，就當這事兒過去了。」「外頭的人議論她在天津做的事，是什麼事？」襟亞問道。「我們不知道，」木蘭說。「爹一定是在外頭聽來的。你最好現在就去找她。」於是襟亞走出客廳，腦子裡充滿了各種衝突的想法和情緒。他發現素雲在床上哭，想安慰她，但她一句話也不說。

突然，一股怒火擊倒了他。「我覺得你根本不需要哭成那樣，」他說：「怎麼不想想我呢？你對我做了什麼？我像戴了綠帽子一樣被人恥笑！爹罵你是對的，你把你自己和我都弄成了傻子。看看你屾娌，爲什麼人家在家裡就待得住，你就不行？」

他帶著一種嚴重受傷的感覺，留下妻子走了，到外頭找弟弟談家裡的經濟情況。「也許我是個蠢哥哥，」他說：「但今天的事，也不全然是你二嫂的錯。你們都不跟她說話，她才不得不去找鶯鶯。」「哥哥，」木蘭說：「說話要憑良心。沒有人想對她另眼相待。二嫂有多難討好，你也是知道的。」「我想說的是，」襟亞沉吟片刻，說：「她在這個家裡永遠不會快樂。我告訴你們，老實說，她更希望脫離這個家，獨立生活。現下有奶奶的葬禮要辦，不久之後我又要走了。爹娘都老了，如果你們同意，我們可以請爹把財產分了，我們搬出去，摩擦會少得多。」蓀亞看著木蘭，木蘭說：「年輕夫妻哪有不想自己過日子的？但父母還在呀。只要爹娘還在世，沒有人願意拆散這個家的。這種事不該做。」「但是，」襟亞繼續說，「還有投機買賣虧錢的問題。讓你們去承擔部份損失也不對。順帶說一句，蓀亞，你爲什麼不去找點工作做呢？如今我一個月就掙這麼多，每個人都在花家產。要是我把我賺的錢全給家裡公用，素雲會不高興；但如果我不這麼做，你們說不定又認爲我自私。」「沒事兒，」蓀亞回答：「你沒必要這麼想。這些都是現代的想法。我們之前從來也沒有這樣的問題。這事兒會有什麼影響？不都是一家人嗎？一榮俱榮，一損俱損。但我瞭解二嫂。以我和木蘭來說，你可以把你掙的錢全留下，我們只花爹的錢就好。」他們還沒談出結論，但就在他們說話時，小喜兒跑過來，嘴裡喊著：「二少爺，二少爺！您在哪兒？二少奶奶上吊了！」

他們趕緊跑過去，發現素雲躺在地上，房裡一團混亂。素雲因爲在家中所有的女人面前挨罵，覺得丟臉，於是她站上一張凳子，把一條腰帶綁在高高的床柱上，把脖子套進去，然後踢開凳子。腰帶斷了，她摔在地上。冷香聽見了碰撞聲，衝進房間，見到發生的事，便尖叫著求救。一個老媽子趕來，發現她暈了過去，但還有氣。桂姐來了，但曾夫人和曼娘躲了起來，嚇得直發抖。後來發現素雲並沒有死，曾夫人和其他人才過來看她。眾人把她搬上床，二十分鐘後她才呻吟起來，但依然閉著眼睛，完全不理會周遭發生的事。

錦羅對木蘭說：「那腰帶沒眞斷。我看見的，是繩結鬆開了。」

木蘭看著她，說：「你最好什麼也別說。要是她眞死成了，說不定她家的人會說是我們逼死她的。」

＊＊＊

不管她自殺的意圖是眞是假，素雲都得到了部份勝利。他們分家了，但僅僅是帳目上分開。她沒能達成離開這個家生活的直接目的。這個家族的三個支系，包括代表平亞的曼娘，每一家只能得到兩萬元和一些土地；曼娘的兒子是長孫，分得了綢緞莊，將來供他讀書之用。桂姐的兩個女兒愛蓮和麗蓮，各有五千元嫁妝。北京這棟宅子沒有分，只要父母健在，大宅就不會分割，但未來賣屋所得將由襟亞蓀亞平分。剩下的錢父母自己留著。在曾夫人懇求下，曾先生從公用的資金中撥出一萬元補貼襟亞的虧損，這表示由三家平均分攤這筆開支。

每一家都可以花自己的錢，或者在父母的建議和同意下進行投資。木蘭很喜歡這樣的安排，她和蓀亞開始認眞考慮如何運用屬於自己的那一份，心裡暗暗地感謝素雲。

襟亞為參加奶奶的葬禮請了一個月的假，但因為妻子的事，他整整待了五個星期；在第五個星期結束的時候，他收到一封電報，說太原的美國代表問，為什麼一個祖母的喪禮要持續五週，要他最好立刻回去。

他動身那天，他和弟弟說了一些話。「我現在把錢抓得緊緊的；她沒辦法拿這筆錢去玩，」他對蓀亞說。「我一個月給她四百塊錢，應該夠了。一個女人為什麼一個月要花上三四百，我實在搞不懂。」「怎麼不能呢？打一晚上麻將，花個五十塊不算什麼的，」蓀亞說。「她同意嗎？」「不管她同不同意，都得知足了。你以為我去當奴隸，只是為了讓她有錢玩這些嗎？我在自己身上花錢都得精打細算，你們知道這是什麼滋味嗎？我們不像你們倆。她恨我，我知道。喔，婚姻是個枷鎖，枷鎖啊！」他長嘆了一聲，那聲嘆息像是從他身體最深處發出來的。他摸了摸自己的領圈，彷彿那就是個象徵性的枷鎖，木蘭和蓀亞都為他感到難過。突然，他很直接地對木蘭說：「要是我有個像你這樣的妻子，工作再怎麼苦，就算把錢都花光，我也不會介意，至少我也從當中獲得了一些樂趣。但現在，我能得到什麼樂趣呢？」「二哥，」木蘭說：「你現在明白為什麼我和她處不來了吧。不過我們會再試試看，努力讓她在家裡更自在，但這還是得看她的回應。當然，她現在是有點羞愧，不過她很快就會克服的。至少我不會翻舊帳。」襟亞一直坐著，像在聽，卻什麼也沒有聽進去。「要是我——我——」他結結巴巴地說。「什麼？」木蘭問。「我受夠她了。」他喊出來。

「我受夠所有有錢人家的千金了。要是我——要是我有機會再婚，你們知道我會娶什麼樣的姑娘嗎？」他幾乎是自言自語了。「在山西，我看過好多可愛的農家女孩，不管我娶了當中的誰，那姑娘都會感激涕零的。」「你不是在開玩笑吧？」蓀亞說。「你不相信嗎？嘿，一個月三百塊，甚至一百塊，五十塊，就可以讓一個貧苦的農婦幸福到發瘋。她會把我照顧得無微不至，對我忠誠，她會非常滿足，整天幹活。像這樣每天爭吵不休的，這不是生活。」「你不是想跟她離婚吧？」木蘭不安地問。「離婚？她什麼時候準備好要離，我就離。現在這情況，跟離了婚有什麼不一樣嗎？但這事兒先別讓她知道，你們知道我想娶什麼樣的姑娘嗎？」他的口氣聽起來彷彿已經恢復了自由身，快樂無比。

「我會娶一個貧苦人家出身的女孩子，比如說，一個因為饑荒逃難來的姑娘——一個從小被賣了當奴婢，整天吃不飽飯的姑娘。之後又被賣給別人當姨太太，被大太太虐待。然後，第三次嘛，」蓀亞停住了。「然後，第三次被賣，」木蘭幫他編完了故事，「這回她跑了，跑到五台山上的一座廟裡當了姑子，徹底對這人世死了心，然後她遇到了一個和美國工程師一起旅行的年輕人，兩人墜入愛河，決定再婚。」「就是這樣！就是這樣！」蓀亞興高采烈地叫道。「要是有這樣一個姑娘做妻子，該有多好啊！我會像對待皇后娘娘一樣對待她！」他離開前的最後一句話是：「要離開這兒我真的很高興。說不定五台山上真有個尼姑在等著我呢，誰知道呢？」暗香和阿蠻一直站在旁邊聽著這場對話，蓀亞並沒有注意到她。他走了之後，木蘭望著暗香，看了她很久，彷彿她突然頭腦遲鈍，一時之間沒辦法把一大堆至今毫不相干的想法串起來。

最後，她笑著對她說：「暗香，你願不願意去五台山當尼姑啊？」

暗香低下頭，用筷子餵了阿蠻一口飯。

＊＊＊

木蘭努力盤算著該怎麼用他們的錢。她的想法是，讓蓀亞用這筆錢找個工作做。她對蓀亞說：「你能做什麼？」「什麼也不能做，奇想夫人。」「那你想做什麼？」「我們沒必要把整個情況再重複一遍。我學的是當官，現在我不肯當官，所以我什麼也做不了。」「蓀亞，」她說：「這次拜託你認眞點。要是我們把這筆錢存到銀行裡，按七厘的利息，一年一千四百元的收益，要是我們還得付房租，這筆錢是沒辦法維持生活的。但最重要的是你得找點事情做。我是富商的女兒，但我有些很平民的抱負。你想聽聽看嗎？」「當然想。」「嗯，我想當個平凡老百姓。不碰政治，沒有名氣，沒有權力。就只是個普通生意人的妻子——錢夠過日子，沒有太大的煩惱。這裡開家茶館，那裡開個布莊，再開一家小飯館，你我都確定能在那兒找到最好吃的東西。等到老人家走了，我們可以找個簡單的、帶個小花園的房子住，那裡不會有人想傷害我們，你要是有時間，我們可以一起去划船。你知道，我還沒親眼見過杭州。那兒在我心裡就像個夢一樣——我老是聽娘和紅玉提到它。杭州的鯉魚頭很有名的。我們可以在湖邊蓋一棟房子，說不定我還能學點畫。我們的孩子會在那裡長大，我會自己教他們。這對生活來說，應該不算太苛求吧？」「奇想夫人，你這可是苛求得很哪。你眞以爲我們會有這種福氣嗎？」「說眞的，我對你的要求並不多。老天爺讓我們遠離了權力和光環！也許你會驚訝，不過我眞的可以當一個平凡生意人的妻子，還可以給你做好吃的蔬菜湯！」「那，要開什麼店呢？」蓀亞問。

「我爹有很多家店，我們說不定可以跟他提議，跟他買一家茶館或者藥鋪。什麼店都行，甚至扇子店，或者杭州有名的剪刀店。什麼都可以，只有當鋪除外，那個我受不了。」「要是你偏偏就繼承了一家當鋪呢？」「我會把所有的貨都退了，關門大吉！但是其他的店我都喜歡，店裡的人看起來好忙。」「這全是你的想像，奇想夫人。你是在有錢人家裡長大的，這就是你覺得小店看起來好詩意的原因。」「但現在你可以開家店了，不是嗎？」「開是當然能開，但是，要開什——？」「我們去跟我爹談談嘛。」

木蘭和蓀亞去見了姚先生，他想了一會兒，說：「你們想要的話，可以試試我在杭州開的一家店。不過你們又不能帶著父母去南方生活。何不接手華太太的古玩店呢？那家店經營得不錯，去年賺了五千塊呢。」「眞是個好主意！」木蘭說：「不過那家店是舅舅的。」「這事兒可以安排。」「您覺得舅舅會願意退掉他的股份嗎？」「爲了我的女兒女婿，他會願意的，」父親自信地說。「她也賣古書嗎？」「大部份古玩店都賣，不過華太太的店不賣。」木蘭越想著古玩店，這個主意就越讓她著迷。這是份悠閒的工作，顧客不多，而那些會來的人本身就跟古董一樣，他們會在那裡閒逛，聊上一個下午。她在那兒會碰到畫家和學者，要是她再增加一個古書部門，遇到的學者會更多，也能培養和他們的友誼。

事情辦妥了。馮舅爺說，因爲這家店利潤不小，所以他會保留目前股份的四分之一，而由於是自家人，所以他將四分之三的股份以一萬五千元的價格賣給蓀亞。蓀亞回去和曾先生談這件事，他欣然同意。於是馮先生帶著他們去和華太太商議，華太太非常自豪，因爲有錢的姚家女兒要成爲她的合夥人了。

巧的是，蓀亞和木蘭在店裡的第一天，就在那裡遇見了老畫家齊白石。他坐在一張藤椅上，打著呼嚕，大肚子上下起伏，鬍子也跟著上下起伏。木蘭以爲他是店裡的老店員，或者是華太太的親戚，低聲問了一句：「他是誰啊？」「他就是偉大的畫家齊白石啊。」其實齊先生並沒有睡著，他閉著眼睛，用低沉的聲音說：「可別把我賣了，我不是這家店的東西。但是只賣一晚上是可以的，賣價是兩斤酒加一碟子醬羊肉。」木蘭帶著她低沉卻悅耳如音樂的笑聲說：「齊先生，久仰大名。」「多美的聲音！多美的聲音啊！」老畫家說，眼睛依然閉著。「我想把這樣的聲音畫出來。」他慢慢睜開眼，一看見木蘭，便坐起來，急著找拖鞋。「你是誰？」他問。還沒等木蘭自我介紹，他就繼續說：「沒關係！我一直想畫一個有你這樣聲音的女子！」木蘭喜出望外，說：「眞的，您今晚願意賣嗎？我們今晚想用兩斤酒買下您，你說去哪兒就去哪兒，正陽樓還是致美齋都行。」木蘭邀請了這位大畫家之後，反倒被自己這種不按常理的自來熟口氣嚇了一跳，但這種方式對這位老畫家正合適。於是，他們先在店裡聊了一下午，晚上又和華太太、齊先生兩人一起慶祝了新合夥關係。蓀亞就這樣開始了他工作的第一天。

第三十一章　自尊

曾先生在母親的葬禮上慟哭並不只是形式，而是發自內心的反應。他爲母親和自己的病痛傷心，也爲素雲的醜聞和她企圖自殺的事情難過。這個國家的困境，加上他所熟悉的舊中國的一切正從他的腳下崩塌，凡此種種，都加深了他的悲傷。

素同偶爾會來看望他們，不久前他曾經勸說過他，說他患的是「糖尿病」，而且西醫已經有種可靠的科學藥物，叫做胰島素。曾先生從來不讓西洋藥物進入他的身體，只有奎寧除外，因爲奎寧已經普遍到有了中文名字，算是獲得了中國人的承認。女人們比較實際，因爲她們沒有龐大且不可動搖的思想體系要捍衛，他的妻子和桂姐都建議他試試胰島素。他曾經嘲笑「糖尿病」這個概念和名字，直到木蘭查了醫書，告訴他中醫可以辨識出尿中的甜味。當時他回答：「這些事兒我們當然都知道。」但是，儘管中國醫書裡有各式各樣的治療方法，卻並不具體。素同提供的建議，並不是以專業的西醫身分提出，而是以曾家朋友的身分說的。他說得那麼有把握，曾先生終於讓步了，同意一試。

但他的自尊心受到了極大的傷害。其實在這之前，他的自尊已經被許多事情慢慢消耗侵蝕了。他被迫從安全的官場辭職，幾乎成了個被社會遺棄的人。他不得不屈服於妻子的壓力，讓自己的女兒去教會學校學英語，而他對英語一無所知，也不在乎。他把新派公立學校的失敗歸咎於舊觀念的崩潰，他稱現代爲「無君、無父、無師」的時代，這三者是人類生活中權威和秩序的三個象徵。他沒有能力檢查女兒們在地理、科學和歷史方面是不是進步，她們的國文也被忽視了。她們從來沒碰過毛筆，用鋼筆寫出來的字歪歪扭扭，令人厭惡。而現在素同竟向他保證，當東方束手無策的時候，西方可以治好他！素同穿著西服，中文說得很彆腳，要是不用奇怪的外來化學名詞，他甚至難以解釋這種疾病。當他表達碰上困難的時候，他總是會說：「中文裡沒有這個詞。」然而，曾先生還是沒辦法不尊重他，因爲他這個人冷靜穩重，只要是和中國文學無關的話題，他都能極有見地地侃侃而談。

這時，國家又面臨外患的威脅。

袁世凱打算稱帝時曾經找過曾先生，問他願不願意入朝當官，當時爲了恢復君主制，已經組織了「籌安會」。但曾先生看到共和思想的力量，意識到有危險，便想稱病避開袁世凱的邀約。當大總統邀請他參加一次私人茶會時，他接受了，打算趁此機會讓總統看看他病得多重。正是在這次，和公婆同去的木蘭有機會見到了袁世凱，袁和她父親長得非常像，令她大爲吃驚。他身材矮小，眼睛下方也有臥蠶，臉上流露出堅定的精神和自制力。袁世凱見曾先生面色蒼白，身形憔悴，便不再強邀他入新朝做官，讓曾先生鬆了一口氣。

中國政府被迫接受了一項有史以來最大的政治恥辱，袁世凱政權因此蒙上汙點。在脅迫之下，袁世凱狡猾地暗示日本支持他的稱帝野心，接受了二十一條要求，這不僅使中國的鐵路路權和採礦權被剝奪，甚至會允許日本警察監管中國的部份地區，並且在讓他們得以在所有的民政、軍事、警察、金融和教育機構任命「顧問」。中國將因此被奴役，淪爲一個「被保護國」。這時日本人已經開始談論「東亞同文」——這意味著一個亞洲商人的共同市場，一個被日本刺刀征服、被日本金融家、製造商和其他金錢獵人佔領的廣闊大陸。中國的工薪階層將成爲外國拜金主義者的經濟奴隸，這些拜金者都來自同一個國家，這個國家最近才否定了亞洲文化中最好的東西，並且染上了現代世界最大的兩項罪惡：商業貪婪和傲慢的軍國主義。

曾先生沒有辦法推斷那麼遠的事情，但他確實能理解外患和中華民族被奴役的威脅。早在民國四年，他就已經清楚地看到了這些事情。一戰爆發時，日本利用歐洲的混亂佔領了德國租界青島，接著又強行佔領了一條鐵路線，將控制範圍擴大到山東的心臟地帶；在《二十一條要求》中，山東顯然是日本要吞併的最大也最近的一塊。

曾先生是土生土長的山東人，對這一切可說是深惡痛絕。當他看著母親按照傳統，穿著華麗的、符合她身爲前滿清大臣妻子身分的命婦官服和裙裝下葬時，他覺得自己的整個舊世界都和她一起埋進了這個棺材。他哭得很傷心，數度暈厥，桂姐和僕人不得不扶起他，把他帶進臥室，讓他躺在床上。他在床上待了好幾天，不住地呻吟。

他嚴格守喪三個月，前幾星期甚至連藥都不肯吃。桂姐和曾夫人輪流服侍他，曼娘和木蘭不能進他的臥室，只能幫忙準備湯和茶水，坐在門簾後的凳子上待命，瞭解他的情況。沒人要素雲過來一起服侍，所以她也就沒來。

曾先生躺在那裡，精神和身體都崩潰了，他終於屈服，開始定期試用胰島素。素同的來訪對他來說一直是種安慰，他的食慾和健康狀況都改善了，最後，他竟然開始熱情地說起這個治好他的現代奇蹟，對西方世界的怨恨也減輕了不少。

幾個月後，他的病便好得差不多，可以四處走動了。到了春天，他決定將母親的棺木遷葬，葬到山東的祖墳去，這是他母親生前就準備好的。

無論如何，他都急著要離開首都，因爲袁世凱稱帝的計畫已經公開化，叛亂也開始了。

蔡鍔將軍①爲了讓袁世凱放下戒心，佯裝沉迷歌樓，之後偷偷溜出北京，逃到雲南，於民國四年聖誕節在西南省分雲南宣布起義。《二十一條要求》與袁世凱的倒台息息相關。到處都流傳著機密情節和陰謀論，甚至在北京也是如此，曾先生決定應該暫時離開一陣子。第二年夏天，袁世凱復辟失敗，這個心灰意冷的人，下台沒多久就死了。

曾先生從山東回來後不久，因爲自己從死亡邊緣被救了回來，十分感激，某天便以他當官時慣有的神氣對素同說：「我讓你當我女婿。你救了我的命，我要把女兒許配給你。」

他連要許配的是哪一個女兒都沒提，素同也不敢問。「曾伯父，」他說：「能和您府上結親是我的榮幸。」素同認爲他指的必然是愛蓮，因爲他見過她，也跟她說過話，認爲她是個良配；幸運的是，果然是她。

曾先生非常高興，甚至連素同婚前就帶女兒出門也沒有表示反對，毫無問題地接受了他們的現代生活方式和自由。他決定等她一從學校畢業就舉行婚禮，那是民國六年的夏天。

＊＊＊

那一年，木蘭趁著愛蓮婚禮的機會，和丈夫有了一趟她渴望已久的江南之旅。素同的母親住在上海，因病不能北行，所以決定在上海舉行婚禮。因為曾先生的身體還承受不了旅途和婚禮的雙重壓力，便由桂姐帶著女兒去。蓀亞主動提出願意代父親出席，木蘭則抓住機會去看看上海和杭州。

阿非聽說姊姊要去江南，他說他也想去。這個建議是紅玉向他提的，覺得要是兩人能一起去，那就太好了。這對表兄妹關在這座花園大宅裡，天天見面，園中的春意和這對少年男女的春心，讓他們陶醉在一種近乎狂熱的愛情中。阿非的母親忙於拯救自己的靈魂，整天關在自己房間裡，根本沒注意到這件事；失語讓她更侷限於自己身體上的需要。奇怪的是，她依然一如往常地抽著水煙，水煙筒發出的汩汩聲和煙嘴處的吐氣聲，是她所能發出最接近清晰的聲音。沒有人知道她腦子裡在想什麼，因為她不會寫字。姚先生雖然不相信紅玉是兒子理想的妻子，但因為她的聰穎和嬌弱之美，還是待她極好，也支持她。再說他也明白，要是讓另一個人嫁給阿非，肯定會讓嬌弱卻衝動的紅玉送掉一條命。紅玉的父母自然是鼓勵這樁婚事的，因為阿非是姚家財產的繼承人。所以這對年輕人幾乎沒有受到任何限制或阻礙。

前一年秋天，紅玉病了，在床上躺了快兩個月，這使得阿非待她更加溫柔，從那時開始，她就不再上學了。大家懷疑她有肺病。疾病讓她出現了一種奇怪的不安，她急切地想抓住生命，從當中榨取最後一點幸福。讓她羨慕健康的人，讓她見到葉子被風吹進她房裡也要為之感傷。她叫阿非出去收集最美的

①蔡鍔（1882－1916），原名艮寅，字松坡。清末民初政治家、軍事家。曾響應辛亥革命，後來發動反對袁世凱復辟帝制洪憲帝制的護國戰爭以維護憲政，被譽為護國大將軍與軍神。

紅葉，把葉子夾在床頭櫃上的書頁裡。她還養成了對自己和房間的極度苛求，對偶爾會跑進房間停在瓶花上的蟲豸異常恐懼。她還要求伺候她的老媽子只穿新衣服，凡此種種，她母親都慣著她，任她愛怎麼做就怎麼做。到了今年春天，她身體好多了，又感到有新的渴望，想回兒時的家去看看。只要去了杭州，和阿非一起在西湖划船，就能實現她幸福的夢想。

由於阿非也在同一時間開始放假，便獲准和姊姊及紅玉同行。素同提前一星期回去籌備婚禮，他妹妹素珍在學校關閉前不能離開，所以要和她同班的曾家姊妹一起走。莫愁覺得自己沒有旅行的必要，說她的孩子還太小，受不了旅途的炎熱，而且立夫就快回家了，所以莫愁沒有去。

一群新派青年歡聚一堂，在六月底離開了北京。麗蓮和其他人都理所當然地以爲阿非和紅玉會訂婚，因此保持距離，紅玉一路上都很活潑。木蘭陪著紅玉坐在同一個隔間。紅玉不肯吃藍皮特快車上的外國食物，阿非便不停地進進出出幫她點特製的炒飯。她甚至讓他開她的行李箱幫她拿東西，能爲她提供這樣親密的服務，他也享受得很。「你把四妹伺候得眞好，」木蘭說：「你跟大哥一樣，都是女孩兒的良伴，只是他體貼的地方不對。今天上午你已經擦了三四次窗台，我看過會兒你就得拿掃把來給她掃地了。」「其實我已經掃過了。」阿非笑著招認。紅玉啐了她一口。

木蘭實在不是個稱職的監護人。阿非幾乎所有時間都待在她們的包廂裡。紅玉開始表現出某種女性的矜持，但在木蘭面前，紅玉就會自然地和他說話，彷彿木蘭不在場一樣；要是他的紅領帶歪了，紅玉就會伸手幫他調整好，帶著自豪的微笑抬頭看著他；領帶調好之後，她白皙細緻的手臂還會特意在他的胸前停一下。「你們還吵架嗎？」木蘭問。「我每次都照她的意思做，還能怎麼吵？」阿非說。「好不要臉！」紅玉說。接著她轉向木蘭，說：「如果不是我每次跟他吵架都讓步，他會弄得更糟，可他自己都不知道！」「我的老天爺！」阿非說。「每次吵架都是她贏，她居然還說她讓步了！」「我對你說過什麼眞的很難聽的話嗎？」紅玉問。「沒有，妹妹，」阿非承認。「嗯，我只希望你們兩個能永遠幸福地在一起，」他姊姊說。於是當天晚上，同坐一個包廂的紅玉發現可以對木蘭敞開心房，暢談阿非和她的愛情。她一直擔心木蘭會利用自己對父親的影響力去幫助麗蓮，但現在他覺得木蘭是願意幫她的。

因爲紅玉既覺得快樂，卻又不快樂。她已經十八歲，阿非也十九歲了，但姚先生夫婦還沒有提起過訂婚的事。在這種情況下，紅玉覺得事有蹊蹺，儘管阿非父母這種奇怪的健忘自然不是她能談論的。他們也從沒有過任何暗示。

紅玉正如一個年輕女孩可能有的那樣，幸福地沉浸在愛河中。阿非如今已經是個高大英俊的青年，家境富裕，未受溺愛，對她全心全意，而她住的地方又離他那麼近。在一個女孩子正極度渴望有人愛和被愛的時期，很少有女孩能在這樣理想的環境中找到愛。但是，爲什麼不管姚先生或姚太太都不提訂親這件事呢？他們喜歡她嗎？還是他們只是在忍耐她？因爲紅玉是個有才華、也因此想法很獨立的女孩。她把愛全傾注在阿非身上，靠的是自己的魅力和才能，而不是那種別有用心地討好別人的人。她太年輕、太驕傲，也太自主了，不會使小計。無論在父親或母親面前，她表現的都是她的本色。她唯一做不到的，就是假裝喜歡她不喜歡的人，而她並不喜歡阿非的母親。雖然她喜歡姑父，卻又有一種致命的執拗，越發要在他面前顯得毫不順從，就因爲她若不如此，別人就會懷疑她在刻意奉承未來的公公。她對他的愛是一種純粹、自發、眞誠的感情，不涉及大人們與之相關的種種盤算。她對阿非的愛是堅定不移的，有時在長輩面前也有太露骨的時候；在討阿非父母歡心這方面，她做得還不夠。然而，正因爲訂親的事遲遲沒個準，她心裡還是有點不安。

「我也不知道爲什麼我這麼怕失去他，」這時她向木蘭坦白，「每次我和他在一起，都覺得我們的幸福好完美，我想，這太美好了，不可能是眞的，不可能永遠。」「那是因爲你愛得太深了，」木蘭說：「愛情是永恆的傷口，無法癒合。當一個人愛上另一個人，就會失去一些東西，失去她部份的靈魂。她會四處尋覓她靈魂丟失的那一部份，因爲她知道，不找到，她就不完整，不能安息。只有和所愛的人在一起時，她才能再度完整；但只要他離開，她就會失去他帶走的那部份，只有再次找到他，她才能安心。」木蘭說得那麼懇切，紅玉覺得她所表達的，已經不僅僅是一般意義上的愛情哲學了。她停了一會兒，在這段沉默中，坐在上鋪的紅玉眞想看看木蘭此刻的表情。「要是一個人遇不上她的愛人，或者愛人死了，該怎麼辦呢？」最後她問。

「靈魂的事，誰知道呢？」木蘭回答。「也許她的那部份永遠不會回來，也跟著變成了靈魂。陽間和陰間的存在似乎彼此沒有往來。但是，如果戀人中活著的那個和其他人結婚了，陰陽的平衡就會以某種方式恢復，無法癒合的傷口也會被替代品治癒。但永遠不會和原來一樣。」莫愁就從來沒對紅玉說過這樣的愛情體驗，也許是說不出來；紅玉也從來沒聽其他女孩說過這些話。木蘭接著提到素丹。她已經離婚了，靠離婚協議拿到的錢住在北京，她不肯參加哥哥的婚禮，一個人孤單地生活著，不願意見人。

「可是她和她丈夫在婚前也是非常相愛的啊，」紅玉說。「喔，不，那不是愛情！」木蘭斬釘截鐵地說。這話讓紅玉很吃驚，她想到自己的事，又想到這位表姊，覺得腦子裡一片混亂，最後迷迷糊糊地睡著了。婚禮結束之後，新娘子和新婚夫婿一起走了，木蘭在上海瘋狂採買了一大堆玻璃絲襪之後，和蓀亞、阿非、紅玉、麗蓮和母親一起去了杭州，搭火車只要四小時就到了。他們在湖邊的老房子裡度過了美好的五天。那兒在岳王廟附近，一邊面對大路，另一邊朝著湖，所以便在湖邊一個安靜的角落建了些房子，並且圍出了部份的湖做爲池塘。

杭州這個城市讓木蘭目眩神迷。它沒有北京的富麗堂皇；然而它柔軟、誘人而精緻。因爲它是個湖城，又有高山環繞，到處是寺廟和古塔。見識過北京，再看杭州，就像在一場豐盛的晚宴之後喝了一杯上好的杭州龍井。在北京的美景中，木蘭一直很喜歡高粱橋和什剎海，因爲這兩個地方最富鄉村氣息，令人聯想起江南。而這裡就是杭州，就是江南，這就是南方的溫柔細緻。頤和園裡的昆明湖，是豪奢的慈禧太后以人力建成，本來就是西湖的一個小模型，而這裡就是西湖。雖然頤和園裡的湖也很壯觀，但和西湖相比，就彷彿影子與實物，一個人偶和一個活生生的年輕美人。西湖素來稱爲西子湖，西子是孟子也提過的著名古代美人，總令人想起善變的江南女子，天氣晴朗時微笑，雲霧繚繞時便皺眉；而且當它處於後者的氛圍中，也就是湖水籠罩在薄霧裡的時候，反而更加誘人，就跟西施一樣。覆滿垂柳的神奇島嶼彷彿漂浮在灰濛濛的濕氣裡，讓人辨不出是山昂首去迎接雲，還是雲探頭去撩撥山。

木蘭如今才知道，人長一歲，便多一歲的智慧。除了大自然美景之外，杭州也一直是詩人和每人嚮往的地方。它的傳統比北京更古老，因爲在蒙古人建都北京之前，杭州已經是南宋的首都了——它的傳統和文學相關的部份更多，而非政治歷史。這裡的兩道長堤分別由唐宋兩代的偉大詩人白居易和蘇東坡建造，也以他們的姓氏命名。千百年來，詩人和名妓在杭州生活、宴樂、過世、下葬，他們的故居和墳墓隨處可見。木蘭決定，等父母百年之後，她要搬來這裡，他們也該獨立了。她安寧、儉樸的鄉村家庭夢想將在這裡實現。

木蘭對父親的店鋪很感興趣，他們花了幾天上午和店掌櫃們交談，掌櫃們也都盡其所能地殷勤招待他們。其餘時間，他們都過著田園詩般的懶散生活。晚上，湖面上起了一層白霧，他們會坐上小船，享受湖上柔軟的清風，聽著遠處的年輕男女在船上唱情歌。

一天下午，他們來到掌管婚姻的月老祠，在神前抽了幾支籤，上頭寫著關於婚姻運的籤詩。這些詩都印在廉價的木片上，用詞平庸，措辭老套。桂姐好玩地給麗蓮抽了一張，籤詩是這樣寫的：

枝頭花開笑迎春，
梅李芳鄰猶爭妍，
且看蜜蜂忙終日，
爲誰辛苦爲誰甜？

「誰信這些東西，」蓀亞說：「和尚們搞這些，全是騙錢的。」但紅玉也因爲好玩去抽了一籤，詩云：

閨中畫眉思郎意，
階前牡丹喜映紅，
眞作假來假作眞，
芬芳過後盡成空。

紅玉眉頭一蹙，把籤詩一把撕了，對阿非說：「你抽一個。」「爲什麼？」阿非答道：「爲什麼還要花幾個銅子兒讓那些禿驢有機會冒犯你呢？」於是便不肯抽。但木蘭忍不住想知道籤詩在說什麼，以及詩裡「芬芳」這個詞的意義，這兩個字讓她想起了暗香。

那天晚上在湖上，紅玉悶悶不樂，但阿非和蓀亞和往常一樣情緒高昂。麗蓮和母親都沒把籤詩當回事。紅玉說，她看見遠處有一艘船，船上有一對青年男女，她聽到他們談天的聲音，接著便看見他們突然隱入霧中，一點痕跡也沒留下。當地傳說明末有對戀人一起投湖，到了月夜，人們便偶爾會看見一艘幽靈船，載著這對戀人出來賞月。這對戀人從未變老，身上穿的還是明代的服裝；那位男子總穿淺藍色衣服，頭戴文人皀巾，雲髻高聳的女子總是身著紫衣。她會在船上吹笛，因爲根據傳說，她曾經是個歌女。

但除了紅玉之外，誰也沒看見那艘船。

＊＊＊

在杭州時，他們收到了立夫發來的電報，他已經從日本回來，正在上海停留。蓀亞回了電報，要立夫過來和他們會合，但他回電，說他要盡快回去見家人，於是他們便叫他在上海等他們，到了第五天，一行人便啓程回去。

立夫在車站迎接他們，人瘦了點，但看上去很健康。那天晚上，他們在一家餐廳爲他接風洗塵。

「你都學了些什麼呀？跟我們講講如何？」木蘭說。「喔，就是些關於細胞的東西，像是細胞怎麼生長，還有些關於甲蟲的事，」立夫對自己選的生物主修只是一語帶過，因爲他和別的研究生不一樣，並不願意多談自己的研究。他問道：「辮帥張勳發動政變是怎麼回事？」「我們也不知道，」蓀亞說：「這件事我們只在報上讀到過，家裡那邊一定很刺激，聽說南河沿大街被燒光了。」「我看今天早上的報紙說，一切都結束了，基督將軍②的士兵已經佔領了天壇。」沒想到對於北京近日的情勢，立夫比其他人更清楚。辮帥確實發動了一場政變，讓滿清小皇帝再次登基，但這龍椅也僅僅坐了十天。立夫知道，袁世凱死後，實權掌握在段祺瑞③手裡，復辟失敗意味著令人痛恨的親日「安福派④」即將掌權。他談到政治時，比談論他研究的生理學更有說服力和熱情。

七月坐火車回北京是很熱的，於是他們決定在山東曾家停一下，去看看那座聖山，泰山。立夫、阿非和紅玉都沒見過泰山。木蘭想在山頂上看日出，於是他們決定在山頂過夜。他們到達泰安時約莫是上午十點鐘，休息兩小時後，轎夫來了，催他們午飯後馬上出發。

在中國，要說哪座山登頂道路最寬闊平整，石階建得最好，上坡路走起來最舒適，非泰山莫屬。

在官方資金和私人捐款協助下，寬闊的石砌路面一直維持在良好狀態。兩千年來，皇帝們一直尊崇這座聖山；幾百年來，詩人們歌頌它，在岩石上留下銘文；歷史用遺跡豐富了它；民間傳說和朝聖者的傳奇用口耳相傳的故事妝點它。這條山路有方便的休息處和地標，從孔子登臨處的一天門開始，經過中途的中天門，直到山頂的南天門都是如此。

他們雇了七頂轎子，另外又多雇了兩個腳夫把他們過夜的床褥搬上山。天空灰濛濛的，是個陰天，大家都覺得格外愉快，尤其是轎夫們。千百年來被流水磨光了的巨石，在路旁的溝壑中橫七豎八地亂躺著，大半浸在水裡的巨石，像極了巨大的水牛或河馬。

木蘭從來沒和這樣一群快樂的同伴一起登過泰山。這就是她小時候見到的那座山，也是她和蓀亞為之爭吵過的山。這是立夫第一次來，木蘭從他臉上就看得出他的熱切。

從岱廟往上，景色變得更奇峻，更令人興奮，山路兩邊都是青翠的雪松，遠處山峰上的其實就像伏著的怪獸。他們經過水簾洞，只見頭頂一道飛瀑，瀑布落下時，形成一道銀色水幕，水花把一行人都濺濕了。轎子在歇馬崖停了一會兒，蓀亞、立夫和木蘭便在附近四處走動，回頭望著他們來時那條蜿蜒小路。溪谷裡的溪水實在太誘人，阿非脫下鞋襪，下溪涉水玩，男人們紛紛跟進，木蘭、麗蓮、紅玉和桂姐則在岸邊閒逛。「下來呀，」阿非對她們喊道。紅玉根本沒想過要去溪邊，但麗蓮看著她母親，問她能不能去。「下去吧，」木蘭說，因為她自己也想去。「要是你下去了，那我也去，」麗蓮說。「下來吧，奇想夫人。水很涼快的，」蓀亞說。木蘭坐在一塊大石頭上，笑著脫下鞋襪，露出很少見天日的白皙裸腳，輕輕地浸入水中。「木蘭，你瘋了，」桂姐笑著說。「這水好極了，真舒服，」木蘭說：「要不是你是小腳，我也會把你拖下水的。」麗蓮也加入了他們。

②馮玉祥（1882—1948），民國軍閥，本屬直系軍閥，第二次直奉戰爭中倒戈奉系。後與奉系關係破裂，敗退西北，自成勢力。馮玉祥軍旅一生，擅長見風使舵，八次臨陣倒戈，故民間有「倒戈將軍」之稱；又因篤信基督教而被稱為「基督將軍」。

③段祺瑞（1865—1936），中華民國政治家，曾出任國務總理、參謀總長、邊防督辦、臨時執政等，一九一六至一九二〇年掌握實權。

④安福俱樂部，又稱安福派，民國初年政治組織，成立於一九一八年三月八日，源於「中和俱樂部」，因俱樂部場所設在北京安福胡同，故名安福俱樂部，成員稱為安福黨人。由皖系軍閥段祺瑞的親信心腹徐樹錚所籌劃組織。該俱樂部操縱了第二屆國會議員選舉，故該屆國會稱為安福國會。

蓀亞過來，領著木蘭走到淺水處，木蘭一面笑，一面一瘸一拐地走著，一度還差點摔倒，幸而很快就被丈夫拉了起來。逗樂的轎夫們哈哈大笑。立夫捲起褲腳坐在溪中的一塊大石頭上看著他們。他覺得能這麼做眞是不平常，因爲這時距離摩登女孩敢於公然在海灘上泡水，還有好長一段時間呢。其中一個轎夫喊道：「泡個水，泡個水吧，小姐！只有你們這些城裡小姐才怕水。」「立夫，」木蘭說：「你應該給莫愁拍個電報叫她來，這樣我們就可以在這裡住上一星期了。」但立夫只是笑了笑。這時轎夫跟他們說，如果想在日落前到山頂，現在就得出發。蓀亞覺得木蘭把腳擦乾的時間花得也太長了。

立夫走上岸，看見她光滑小巧的白皙腳踝，她一點也沒打算遮掩，反而抬起頭，低聲對立夫說：「扶我起來！」他照做了，他這位帶點孩子氣的美麗大姨激起了他幾分好奇。木蘭毫不扭捏做作，那徹底的自然舉止反倒美化了難爲情的局面，他覺得，她眞是個奇特的靈魂，卻與他的信仰不謀而合。紅玉站在那裡看著他們，想起了木蘭說過的，關於愛情的話。「您夫人多大年紀了？看起來眞年輕！」一個轎夫問立夫。「她不是我太太，是我親戚。」立夫回答。木蘭聽了，第一次有點臉紅。他們坐上轎子，繼續上山。很快他們就經過了柏洞，那兒確實是一片古柏林，樹葉密密地靠在一起，亭亭如蓋，遮天蔽日，彷彿身在山洞。據說嘉慶帝在這裡種了兩萬兩千株柏樹，造出了這片森林。木蘭眞希望自己能在那片林子裡走一走，但他們已經浪費太多時間了。

過了中天門，他們來到了快活三。他們問這名字的由來，腳夫們解釋說，在一段陡峭的上坡路之後，這段約三里長的路相對平緩得多，自然讓登山的人覺得快活。從那之後，展現在他們面前的景色更加壯麗，更高處山上的松林在風中搖曳，聽起來像海浪在遠處咆哮。過了十八盤，便看見了南天門，它像座塔一樣矗立在近乎垂直的懸崖上，石階是從崖上鑿出來的。這時轎子只能斜著抬，前面的轎夫靠在石階右邊，後面的轎夫便靠左。

到了南天門，他們下了轎子，沿著天街走到玉皇頂，那是這座山最高處，他們要在那裡過夜。一個大約十七八歲的小道士出來迎接他們，蓀亞要了七人份的晚餐。他們都站上了一片石砌的平台，台上有一塊巨石從中冒出來，這是泰山的極頂石。當他們走進正廳等晚飯時，立夫問蓀亞：「你累了嗎？我們應該去看看秦始皇的《無字碑》。」「我現在只想著一樣東西，就是我們的晚飯。」蓀亞回答。「來吧！離這裡才幾步路而已，」立夫說。「來嘛！」木蘭也鼓勵他來。「我們剛剛經過天街的時候，我轉過身，看到我們背後的夕陽，好壯觀呢。」但蓀亞太胖了，剛才走了一段就讓他氣喘如牛，他說他只想坐下來好好放鬆一下。桂姐在指揮僕人鋪床，麗蓮和紅玉在幫她。於是立夫便和木蘭、阿非一起出去了。

現在他們已經在雲層之上。木蘭站在無字碑上方的平台上，手搭著弟弟的肩膀，凝視著遠處灰色的山丘，以及紫綠相間的山谷，山風吹亂了她的長髮，看起來彷彿山中的精靈。一股變幻莫測的魔幻色彩席捲了大地。木蘭向西望去，只見一片描金灑銀的緋紅雲海，像是夕陽以一定角度映照在某個老人頭上。立夫走下台階，站在那塊黑色的方碑底下。這塊碑有二十多尺高，兩千年歷史，上面長滿了乾燥的褐色苔蘚。他抬起頭，看見木蘭精緻的側影，襯著精心調過色彩的斑爛天空，簡直美得出奇。「看見了嗎，立夫？」木蘭指著西邊的雲彩說。「看見了，」他回答。她走到石碑底下。這是建長城時秦始皇立的碑。當他征服了整個中國，建立自己的帝國之後，他登上泰山祭祀聖山，這是只有皇帝能做的事。沒人知道這塊石碑上爲什麼沒有碑文。有人說，當時秦始皇是突發急病，他死的時候碑文還沒有完成。一個更合理的解釋是，石匠們不願意讓專制暴君的紀念物永存於世，沒把碑文刻到該有的深度，於是隨著時間過去，這些文字便漸漸消失了。

木蘭走到立夫站著的石碑前，凝視那塊布滿苔蘚的石頭，陷入沉思。她伸手剝掉一些乾苔蘚，立夫說：「別碰！」「這塊碑眞大，」木蘭說。他沒應聲。「而且好古老，」木蘭說。又是一陣沉默。木蘭也沉默了。他們三個就這樣坐在旁邊一塊石板上，像那塊碑一樣無言以對，彷彿他們也化成了無字碑。

最後，立夫打破了沉默。「這塊無字碑說得太多了。」

木蘭看見他夢幻般的眼神。在那塊無字碑上，他讀到了長城建造者的榮光，他帝國的迅速瓦解，歷史的進程——十幾個王朝的消亡——可以說，這就是幾世紀本身的完整圖表。在這座山西沉的落日中，那塊沉默的大石和它的陰影伸進了她和他的心裡——它是時間堅毅的挑戰者。「你還記得，」立夫說：「秦始皇因爲怕死，派了五百童男童女到東海去找長生不老藥的事嗎？如今這塊石頭尙存，他早已經不在了。」「石頭之所以能存留下來，是因爲它沒有凡人的激情。」木蘭神秘地說。黑暗很快包圍了他們。曾經如同一片黃金羊毛般的雲海，現在只剩下覆蓋大地的沙灰色表面；漫遊的雲朵厭倦了白天的旅行，來到他們面前的山谷棲息過夜，留下高高的峰頂，就像黑夜海上灰色的小島。大自然也是一樣的，白天勞動，晚上休息。這是一種帶著恐怖氣息的寧靜。

五分鐘前，木蘭的心還很激動。如今她平靜下來了，卻感到莫名的悲傷，外在的興奮已經沉入翻騰的丹田深處，頭腦難以察覺。她拖著疲憊的雙腿走上台階，想到了生與死，想到了有情人世和無情頑石的生活。她意識到，這只是永恆時間中一個轉瞬即逝的片刻，但對她來說，卻是值得紀念的一刻——一個圓滿自足的眞理，或者更確切地說，是融合的過去、現在和未來，自我與非我的完整幻象。而這個幻象也是無可言說的。連喋喋不休的哲學家也不知所措，無法表達這一刻的意義。由於無法找出另一個詞形容它，於是作家們稱之爲「體驗」。

但對人來說，黑夜並不像它對岩石、植物和不會作夢的動物一樣意味著安寧。對木蘭來說，民國六年七月十六日這夜，在泰山山頂，是異常激動人心的一晚。晚餐只有四道菜：煎蛋、蘿蔔湯、藕片、香菇燉豆腐，主食則是清粥和一種叫饃饃的農家饅頭。由於旅途勞頓，山上又冰冷刺骨，眾人分外覺得餓，所有的菜都吃得精光。遠處寺廟傳來的鐘聲讓這頓晚餐特別得彷彿畢生未曾吃過。飯後，他們喝了杯極釅的山茶。蓀亞和立夫聊了聊他在日本的見聞，然後便各自睡了。

蓀亞鼾聲如雷，木蘭卻是盹了片刻便醒來，醒後不久又打盹。那杯不尋常的茶讓她頭腦一直醒著，但腿和五臟六腑都在熟睡，她也不知道自己是夢是醒。她覺得自己在半夢半醒間一直試圖解開一個巨大的疑團，這個疑團就是上帝。正當她掙扎著解謎的時候，一陣山風吹響了她臥室的窗戶，又把她吵醒了。但蓀亞依然在打鼾。

朦朧中，她彷彿剛要睡著，又被說話聲驚醒，她看見一道淡淡的光線從窗板縫裡透進來。她搖著蓀亞，說：「天亮啦！我們可不能錯過日出。」「去他的日出！」蓀亞說，一翻身又睡了。但木蘭再也睡不著了。她聽見廚房裡各式各樣的嘈雜聲，像是火爐裡燒柴的劈啪聲，水杓碰著水罐的叮噹聲。她起身踮著腳尖走到隔壁房間，看見桂姐還和兩個小姑娘一起睡著，就叫醒了她們。她回到自己房間，點上油燈，開始梳頭。她看了看錶，現在才兩點五十分。

她打扮停當，又等到自己快要朦朧睡去，這才聽見廚房裡的僕人來敲門。「老爺，太太，要是想看日出，這會兒就得起身了。」木蘭再次叫醒了蓀亞，打開房門，一陣冷風吹了進來，聞起來和別處的空氣截然不同。她看見立夫已經換好衣服，站在院子裡朝廚房裡看。「你眞早啊，」木蘭說。「我已經起來一個小時了。天太冷，我睡不好。大家都起來了嗎？我們得快點。」木蘭回房間添了一件羊毛衫。蓀亞這時剛下床。「喔，日出啊，日出！」他說，顯然對這件事毫無共鳴。「可是這就是我們上這兒來的目的啊！」他妻子說。早餐很快就備好了。「天還黑著，各位出門前先吃點熱東西。」僕人說。木蘭要了些熱酒，她和蓀亞都喝了，但立夫沒有喝。他們吃了點熱粥暖身，便往日觀峰去。紅玉還在咳嗽，阿非拿了條毯子給她裹在身上。

這時在東海那邊的地平線上只有一片白光。接著，一抹淡紅漸漸滲進那片白，四周的山峰也開始看得見了。在北邊，他們看見一條蜿蜒的白色帶子，旁人告訴他們，那是流向大海的河流。

這時雲層裡還沒有動靜。然後，當粉紅逐漸變成金色，雲朵彷彿收到了信號，開始從夜裡的睡眠中醒來，伸伸懶腰，打打呵欠。上層的雲開始移動，它們一動，底層便染上了一片半透明的紫色波紋。雲層一起向東移，在天上堆成一座金色宮殿。下方的山頂現在更清晰了，而沒有被雲遮蓋的大地還靜靜地沉睡在黑暗中。大約一刻鐘後，地平線上開始出現一條細細的金線；又過了幾分鐘，兩道耀眼的光芒射向天空，宣布太陽要來了，雲層重新鍍上金色，遠方的海面也亮了起來。山風加快了它的速度。突然，地平線上升起一片濃烈的鮮紅，大家都大喊：「日出了！」歡迎這壯觀的勝景到來。「出來一半了！」

「看那閃閃發光的海面！」「現在全出來了！」巨大的圓盤彷彿從地平線上一躍而出，看日出的人們臉都亮了起來。木蘭看了看錶，這時才四點一刻。「看哪！」紅玉說。「那雲！」因為晨曦的指尖碰觸了連綿山峰上的雲，雲便彷彿聽從了太陽，對山風做出了微妙的反應，動了起來。它們一動，就沿著山谷往下走，像巨大的白龍一樣舞動著，山谷的視野越來越開闊。大地甦醒了。

他們在清晨冷冽的空氣中站了半個小時。「我好冷。」麗蓮說。「我現在沒事了。」紅玉一面說，一面拿下身上的毯子交給麗蓮，阿非幫她裹在脖子和肩膀上。「這次我們看見了大地沉睡，也看到了大地甦醒，」木蘭熱切地說。「太值得了，不是嗎？」「對對對，很值得，」蓀亞回答。「不過我只想再回去睡一覺。我的腿還在痠呢。」他們回程時碰上了另一群要來看日出的人，聽說他們已經錯過了日出，非常失望。清晨似乎靜得出奇，只聽得見他們的腳步聲，和晨風拂過他們衣裙的沙沙聲。「多安靜啊！」木蘭說。「連鳥兒的叫聲都聽不到。」「我們位置太高了，鳥兒都在底下的山谷裡睡覺呢，」立夫說，然後又補上一句：「真可惜莫愁沒看見，她會喜歡的。」他們去看了摩崖石碑，那是唐代時刻上文字的一塊巨石，接著便回屋去了。在南天門過夜的轎夫已經到了，希望他們早點出發，這樣那天他們還能再做一趟生意。

＊＊＊

他們休息了一陣，吃了點東西，一小時之後開始下山。到山腳下大概只需要一個半小時。胖胖的蓀亞坐上了轎子，紅玉和桂姐也是，但大多數人還是喜歡走下山，每個人都拄著一根手杖穩住自己的腳步。果然正如立夫所說，他們越往下走，就越能聽見山谷裡鳥兒的啁啾聲。

不知道爲什麼，木蘭和立夫自然而然便走在一起，一路聊個不停。這不只是因爲立夫剛回來，也因爲他們有很多話可以聊。兩人都身形輕盈，健步如飛，於是他們不得不常常停下來，等待其他人趕上。

到了快活三，蓀亞下了轎，和他們一起走了一段路，木蘭從中天門開始坐轎子，坐到回馬嶺。但到了那裡之後，她又下來了，和立夫兩人走得很快，沒多久就把大家甩得遠遠的。現在只剩他們倆了。這美好的一天，木蘭和立夫一起下了山，她心情從來沒有這麼好過。她對妹妹的愛，以及她對立夫的信任保護著她，同時，她也很高興能有這種和他單獨同行的獨特經歷，所以誰也沒提出要等其他人。他們抵達柏洞時，覺得涼爽的樹蔭彷彿在邀請他們，於是他們決定休息一下等待其他人。

立夫搬動了一個老樹樁，木蘭用手帕在一個樹根上給自己鋪了個位置。她簡直太高興了，結結巴巴地想說點什麼。最後她說：「嗯，這比去看圓明園遺址好多了，是吧？」「喔，對，我們說好了要一起去看的。」立夫說。「你還記得！」木蘭笑著說。「我一直都記得，」他回答。「人生眞奇怪啊，不是嗎？」木蘭手托著臉，沉思著說。這是個沒辦法回答的問題。「你指的是？」他問。「嗯，就只是奇怪……我從沒想過我們會有這麼愉快的旅行，但我們現在……這些樹。」她抬起頭，四處看了看。「還有——我不知道——那日出，讓這片土地看起來那麼人性化——它從內心淨化了你，讓你想善待每一個和我們分享這片土地的人……而且你回家了，每件事都在意料之外。」立夫站在那裡，凝視著坐在樹根上和他說話的木蘭，雖然她只是自言自語，在柏樹下輕聲、自在地喃喃說著，她低沉的音調和林間沙沙的風聲交織在一起，分外動聽。微風吹亂了她額前的一綹頭髮，她用手指往後一拂，但風又把頭髮吹了回來，還帶來了柏樹林的芬芳。「你不會說日出也是不可預料的吧？」立夫說：「那可是天天都在預料之中。」「我會這麼說的，」木蘭回答：「日出也是出乎預料，你回來也是……你知道——我在山上見了你三次……第一次那時我們還小……如今我們姊妹都當媽了，你也當爹了，而我娘啞了。」立夫開始詢問木蘭母親、妹妹以及那個初生男嬰的事，她告訴他，她母親得了一種奇怪的病。

不一會兒，紅玉的轎子出現在他們上方，後面跟著步行的阿非和其他人。木蘭站起來，有點遺憾這一刻如此美好，又如此短暫，但又覺得，這一刻本身就已經是一種圓滿。大家都進了柏樹林稍事休息，沒過多久，蓀亞和桂姐也到了。於是他們再度出發，不到一小時就到了出發地，這段旅途非常愉快，誰也沒想到他們這麼快就到了山腳下。

當天晚上，他們就搭上了火車，返回北京。

這次旅行給木蘭留下了永難忘懷的記憶。讓她意識到，只要在立夫的身邊，總是能感到快樂滿足。他們一起在山上看了日落和日出，不知怎麼的，這讓她在平地的生活也有了不同。立夫黑暗的身影靜靜地站在秦代無字碑前，在黎明時行走的姿態，在柏洞裡短短幾分鐘的談話，都充滿了精神意義。她不知道那意義究竟是什麼，也無法用語言表達，但她知道，透過那些存留於心的輝煌時刻，她比以前更清楚地看見了人生。

第三十二章　激進

立夫一到北京，便看見到車站接他的莫愁，一身白衣，年輕、清新、美麗的她，一手牽著他們兩歲的孩子，另一隻手歡迎他，那靜靜緊握他的手傳來的力量告訴他，歡迎他回到充滿堅貞愛情的家，除此之外，再無更多外露的感情。他妹妹也來了，她告訴他，她已經轉學到北大，自從所謂的「新文化運動①」之後，這所大學就改成了男女兼收的學校。

到家之後，他先去看他母親，她沒怎麼變；接著又去看他生病的岳母。老婦人坐在那裡，抽著水煙，煙管子咕嚕咕嚕地響著，儘管她自己還是一點聲音都發不出來。但老天已經夠善待她了；她的頭腦遲鈍了，興趣也縮減到僅限於某些簡單的身體需求，除此之外，她顯然沒有什麼煩惱，也不再焦躁不安。除了她還病著，這個家算是平靜無事，由珊瑚和莫愁兩姊妹負責管理。姚先生一如既往，對他很親切，翁婿兩個聊了很久，直到僕人來喊他沐浴，莫愁已經把洗澡水都準備好了。

回到自己的院落，他發現自己的房間既乾淨又涼爽，在明亮的夏日裡顯得有點陰暗。他的箱子已經搬到外頭的院子裡，衣服也都拿出來曬了。他的孩子站在一旁，用一種敏銳卻疑惑的目光打量了他好一段時間，然後才走到他跟前。立夫注意到這孩子剛洗過澡，頭上身上都纖塵不染。

他的書原封不動地放在書桌上，但在這些書旁邊，他看見幾本打開的英文書、幾本翻得有點爛了的

《新青年》②，以及北大學生發行的《新潮》③。「怎麼？你在學英文啊？」他對妻子說。「我正在跟環兒學，」她說：「我沒什麼事做，還去大學旁聽陳獨秀和林琴南的課，他們簡直吵得不可開交——你知道，就是爲了《新潮》雜誌的事兒。你的洗澡水要涼了。」立夫去洗澡。「立夫，想聽件新聞嗎？」莫愁在房間那頭說。「什麼新聞？」立夫在浴室裡說。「有趣的新聞。」「什麼有趣的新聞？」「你還記得曼娘的丫鬟小喜兒嗎？你還說過她是最天真無邪的姑娘。嗯，去年她懷了個孩子，跟一個僕人，現在已經嫁給他了。」莫愁聽見立夫在裡頭笑。「我還是要說她天真無邪，」他說。立夫洗完澡出來了。「我跟你爹談過你娘的病了，」他說：「我建議，試試嚇她一次，用一種突然的，讓她不得不尖叫或喊叫的東西，或許可以治好她。但這一定得是個快樂的震驚才行，不然情況可能會變得更糟。」「我們真的不知道該怎麼做才好了，」莫愁很不確定地說。

立夫拿起一本《新青年》。「這雜誌我在日本每期都讀，」他說。「簡直像一場席捲全國的風暴，」莫愁說：「我們讀著這上頭你來我往的《通信》，聽著教授在各自的教室裡痛罵對方，真的好有

① 新文化運動，是一九一五年開始的一場宣揚民主與科學的文化運動，包括白話運動（即文學革命）、反孔非儒思潮、整理國故、引進各種西方思想，比如德先生（民主）、賽先生（科學）、馬克思主義、實用主義等等。新文化運動以《新青年》雜誌和北京大學為主要陣地，陳獨秀、胡適、蔡元培是主要發起人，吸引了許多當時的新派知識分子參加。

② 《新青年》（La Jeunesse）是新文化運動的核心雜誌，一九一五年九月由陳獨秀在上海創辦。起初名爲《青年雜誌》，一年後改爲《新青年》，一九一七年搬到北京，《新青年》和北京大學成爲新文化運動的主要陣地。

③ 《新潮》（The Renaissance），創刊於一九一九年一月一日，由北京大學學生組織新潮社出版發行。一九二一年停刊，共出版十二期。

意思。」因爲北大現在正是文學革命的風暴中心，這場革命圍繞著「寫作時以現代白話取代古文」的議題展開。在以古文爲準繩的世界裡讀到現代白話文，一開始就像看見一個老粗新郎闖進貴婦沙龍搶婚似的——究竟是粗魯、無禮、令人毛骨悚然，或者直接、有趣，讓人心滿意足，端看觀者的自由心證。大老粗新郎們先用滿是泥沙的靴子踩了地毯，然後開始把地毯鋪開，女士們被絆倒了，尖叫起來。這些粗魯土氣的入侵者中，有個叫陳獨秀的是幫派頭頭，對女士們最是粗暴，還有另外一個人用骯髒褻瀆的語言幫著他罵人，讓聚在外面的革命群眾歡樂不已。

蔡元培校長是位溫文爾雅、彬彬有禮，連一隻蒼蠅都不忍心傷害的老紳士，他的寬容和自由主義政策，把大學變成了敵對團體的家園，在裡頭自由地唇槍舌戰。那時的北大是眞正有活力的北大，因爲它擁有眞正的自由。翻譯《柯南．道爾》和《撒克遜劫後英雄略》的翻譯家林琴南，是古文派的領軍人物。顧頡剛④這位睿智的老哲學家兼東方文化的忠實支持者，則是古文派的另一位健將。

林寫了一封長信，稱白話文是「引車賣漿之徒所操之語⑤」，並將這場革命比做一場洪水，彷彿放任野獸進入人類社會。《新潮》的領導人有陳獨秀、錢玄同、胡適、劉半農等人。錢戴著一副巨大的眼鏡，既怕女人也怕狗，他寫信回應說古文派全是「選學妖孽，桐城謬種⑥」。胡適教授是剛從美國回來的年輕人，他以典型盎格魯撒克遜「體面」而「紳士」的學術態度，聲稱這不是革命，而是進化的一步，他以西洋的最新學說爲這場運動提供聲望。陳、錢兩位教授都是留日的，所以沒那麼禮貌，他們提供的是強烈譴責和公然謾罵的革命彈藥，震驚了老人，逗樂了年輕人，也引發了文學騷動。

古老的中國徹底震驚了。既是革命，就必須使人們震驚。只對語言展開攻擊是不夠的，接下來的目標便是對詩歌形式、貞潔、守寡、家族制度、道德雙重標準、祭拜祖先和儒家思想本身等所有約束的攻擊。這造成了一種激勵。其中一位領導人在某個寡婦的婚禮上發表演講，捍衛她再婚的權利，並稱儒家思想是「吃人的禮教」，激進的年輕人高興地聽著。這場革命除了一些有用的進口貨之外，還夾帶了一些商品，像是西方回來的大學生熱情鼓吹的那些東西。年輕的中國不僅有希望的權利，而且希望還很大。為了尋求新的福音書，革命者提供了艾米・洛威爾⑦的自由詩（但自由詩最後自由到毫無章法，無韻詩也無韻到節奏全失）、山額夫人的節育⑧、「民主」和「無產階級」文學、易卜生⑨、

④顧頡剛（1893—1980），江蘇蘇州人，歷史學家、民俗學家，中央研究院院士。古史辨派代表人物，也是中國歷史地理學和民俗學的開創者之一。

⑤林紓《致蔡元培書》：「若盡廢古書，行用土語為文字，則都下引車賣漿之徒所操之語，按之皆有文法……據此則凡京、津之稗販，均可用為教授矣。」

⑥見錢玄同致《新青年》主編陳獨秀信件：「打開《文選》看，這種拙劣惡濫的文章，觸目皆是。直至現在，還有一種妄人說，文章應該照這樣做，《文選》文章為千古之正宗。這是第一種弄壞白話文的文妖。」「惟選學妖孽所尊崇之六朝文，桐城謬種所尊崇之唐宋文，則實在不必選讀。」

⑦艾米・洛威爾（Amy Lowell，1874—1925），美國詩人，她的第一部詩集，《多彩玻璃頂》（1912）採用了傳統的寫作技巧。然而，一九一三年她在實驗性的意象派運動中脫穎而出，並繼埃茲拉・龐德之後而成為該運動的領袖人物。從其詩作《劍刃與罌粟籽》（1914年）開始，她運用「自由韻律散文」和自由詩的形式進行創作，她稱其為「無韻之韻」。

⑧山額夫人，又譯桑格夫人（Mrs. Sanger，1879—1966），美國控制生育運動領導人，提倡優生學，美國生育控制聯盟（American Birth Control League，美國計劃生育聯合會前身）創辦人。曾到中國宣傳生育控制。

⑨易卜生（Henrik Johan Ibsen，1828—1906），挪威劇作家，現代現實主義戲劇的創始人。他以不留情的眼光來看生活的實際，提出了新的道德問題，由此創立了現代話劇。

王爾德⑩和杜威⑪，自由戀愛、男女同校、離婚，以及對纏足、納妾和扶乩等等有些姍姍來遲的譴責。「新派的論述很糟，舊派則根本沒有論述的能力。」立夫總結道。姚家的人意見有些分歧。被推翻的偶像太多，涉及的問題也太廣。姚先生贊成改用白話文，反對推翻家族制度，但又主張寡婦再婚。守寡多年的珊瑚開玩笑說：「只要有人願意娶我，我就再婚。」

莫愁贊成單一道德標準，贊成《溫夫人的扇子》，但完全反對《玩偶之家》⑫，堅決反對自由詩，至少是反對他們創作的那種。紅玉對革命派倡導的一切全部反對，尤其反對男女同校。木蘭支持白話文，但支持的是紅樓夢中已經存在的那種優雅白話，而不是「引車賣漿之徒所操之語」，因爲她是林琴南的忠實擁護者，也忠於自己對古文學的熱愛。她支持孔子，反對易卜生，贊成男女同校，贊成納妾，贊成拜祖先，但反對纏足。

阿非則和所有「少年中國」的支持者一樣，崇拜新派領導人。他反對孔子，支持自由戀愛，支持節育，支持網球。

曾先生把所有革命者都稱爲野蠻人，「王八」，是拿自己明明不懂的東西高談闊論的無知之徒，尤其是儒家思想（這點也許是事實），和那些在話裡夾雜洋文的政治革命者是一路貨色。他被這些人激怒了，受到了極深的傷害。他甚至邀了林琴南到家裡來作客，木蘭喜出望外。

曼娘甚至連《新青年》都不准看，但光是其他人在花園裡討論的事就夠她震驚了——尤其是關於避孕的事。

共產黨員陳獨秀教授結合了宣傳小冊作者的銳利筆鋒和激進革命家的熱情靈魂。他在雜誌上提出了一個直線發展理論。時間前進是無法阻擋的，每十年，每一代人都在穩步前進。光緒二十五年，知識份子的先驅是誰？不就是康有爲和梁啓超嗎？然而，當年的先進改革者康有爲，如今已經是名譽掃地的保皇派，他的名字最近還跟民國六年的張勳復辟有所牽連。光緒三十四年，帶來西方思想和文學的偉大譯者和引進者是誰？不就是林琴南和嚴復嗎？然而嚴復現在成了個鴉片煙鬼，林也只不過是個有意思的老古董。下一代必須踩在上一代改革者和先驅者衰頹的屍身上開出自己的路來。康、梁、林、嚴的時代已經一去不復返了，儘管他們在他們那個時代是有貢獻的。「同樣的，」他寫道：「我們這批時代先驅，有一天也會落伍，十年後將被前進的一代棄之道旁。但我們很樂意爲後來的一代讓路。」

對那個年代的年輕人來說，這些勇敢的極端激進主義領導人竟然會落伍，著實令人難以置信；而最不可思議的是，人類居然還能更激進。然而，不到十年時間，當新的意識形態佔據了中國青年的頭腦時，易卜生、自由詩和自由改革主義聽起來就跟他們譴責的「知識份子」一樣空洞而過時。只有陳獨秀

---

⑩王爾德（Oscar Wilde，1854—1900），愛爾蘭作家、詩人、劇作家，英國唯美主義藝術運動的宣導者。他於一八八〇年代創作了多種形式的作品，其後成為一八九〇年代早期倫敦最受歡迎的劇作家之一。

⑪杜威（John Dewey，1859—1952），美國著名哲學家、教育家、心理學家，美國實用主義哲學的重要代表人物，被視為現代教育學的創始人及機能主義心理學派的創始人之一。

⑫《溫夫人的扇子》（Lady Windermere's Fan: A Play About a Good Woman）是王爾德的四幕喜劇，諷刺維多利亞時期的道德，尤其是婚姻方面。《玩偶之家》（A Doll's House）是易卜生的代表作品，又譯作《娜拉》。因為它尖銳批評十九世紀的婚姻模式，故在出版初期極具爭議性。

教授自己成了托洛斯基主義者⑬，在監獄中飽受煎熬。

＊＊＊

立夫天生就是個激進份子，他回來之後，發現這個激進的中國和他離開時完全不一樣了。但他並沒有投入這場論爭，部份原因是，他也天生是個個人主義者，和任何一派都不可能完全一致。他有個習慣，就是會在眾人顯然一致同意時提出異議。同時他也太挑剔、頭腦太清醒，無法接受錢教授對古文的譴責。倒不是說他本人不喜歡錢教授，因為錢教授其實跟個孩子一樣天眞害羞，這也解釋了為什麼他會對一切新事物和現代東西都抱有無限的希望。錢先生對「杜斯妥也夫斯基比《紅樓夢》作者更偉大」這個說法欣然接受，只因為有個歸國學生這樣告訴他。錢教授有點人格病態——這種人有時候會成為天才；他住在大學宿舍裡，雖然沒有和妻子分開，但說起話來老是臉紅，總是帶著孩子氣的笑容。立夫並不崇拜他，但很喜歡他。

立夫的激進思想也受到了木蘭和莫愁的壓制。這對夫妻經常一起坐著，在燈光下討論這些尖銳的問題。他們討論的唯一實際結果，就是他們必須學更多的英語——這是通往新世界的那聲「芝麻開門！」立夫在日本學到的英語簡直令人不寒而慄。他能讀英文，但沒辦法用英語交談，聽力甚至不到他妹妹的一半，而他妹妹根本沒有出過國。

莫愁的「常識」不斷地影響著他。「你為什麼反對男女同校？」立夫問。「因為女孩受的教育不應該跟男孩子一樣。男女的人生目標是不一樣的，」莫愁回答。莫愁喜歡引用例子，而不是推演出一個觀點。當立夫和她談「自由戀愛」這個傷腦筋的問題時，莫愁只會說：「看看素丹吧！」對莫愁來說，這問題就算解決了。

但就和莫愁對新事物的常識性批判影響了立夫一樣，在情感方面，木蘭對老東西富有想像力的忠誠也對立夫有影響。木蘭對林琴南仍然有眷戀，她從少女時代就崇拜這位老作家。由於對他忠心不二，她對革命人士的態度往往很嚴厲，這種感情上的忠誠也獲得了懂得文學之美的立夫認同。林是個鬍子稀疏的老人，說著一口帶福州口音的拙劣北京官話，聲音軟軟的、低低的。他來曾家的時候完全沒有爭辯這些話題，他在曾家只感覺到愉快和舒適，曾家就像一座失敗者的避難所，在那裡，事情沒有爭論，只有理解。那裡對於這件事有種心照不宣的莊嚴態度，足以影響一個人的判斷，木蘭和立夫覺得，就算他們心裡只是有點不同意見，也是一種褻瀆。

只有姚老先生依然抱持著不同的意見，從他的話中，立夫深深地感受到改革的必要。「您眞的相信他們鼓吹的那些幼稚東西嗎？」立夫說。「他們甚至連祭拜祖先都要攻擊。只要是舊東西他們就想掃除。嘿，他們甚至譴責『賢妻良母』是一種有損人格的完美典型，阻礙了女性身爲獨立個體的發展！」「讓他們去吧，」姚先生說：「如果他們是對的，多少會做出點好事；如果他們是錯的，也沒辦法對眞理（道）造成任何傷害。事實上，就像這種個人主義一樣，他們往往是錯的。別擔心，就讓他們打到底

---

⑬ 托洛斯基主義（Trotskyism）是馬克思主義、列寧主義的一個流派，其名稱來自其最早的理論建立者托洛斯基（Lev Davidovich Trotsky，1879—1940）。他自視為「布爾什維克列寧主義者」、正統馬克思主義的擁護者和革命馬克思主義的宣導者。托洛斯基主義的支持者被稱作托派或托洛斯基主義者。

吧。要是一件事是錯的，他們自己一段時間之後也會厭倦的。你忘了莊子嗎？沒有誰對，也沒有誰錯。只有一樣東西是正確的，就是道，但也沒有人知道那是什麼。道是無時無刻不在改變的，但之後依然復歸於道。」老人眉毛下那對眼睛閃閃發光，他像個窺知了永恆奧秘的精靈。立夫就算在大學課堂上也沒有聽過這樣的哲學理論。這裡面蘊含著眞理。

「就拿這次文學革命來說吧，」姚老先生繼續說：「很多人認爲這是正確的。爲什麼呢？因爲這裡頭有些東西是正確的。不管是什麼運動，都只有在時機成熟時才能發展，它要傳達的東西才能讓許多人感受到。很多人覺得，這個舊中國必須徹底拋掉，不然我們就永遠不能進步，人們希望改變。你幫不了，也擋不住他們。有些事情過了頭，但人們說不出什麼東西不對，也沒辦法長期維持下去。謊話出了法庭就沒有人爭辯了；它只會像塗壞了的油漆一樣，被它自己抹掉。如今你們自己也希望這個舊中國能有所改變。看看現在中國的情況吧！看看這個政府，這些軍閥和政客！」這話勾起了立夫深藏在心裡的激進主義火焰。他不再考慮自己的至親，也不再去考慮使他能過上這種舒適日子的生活制度。他在腦子裡勾勒出一幅所有古怪的軍閥和政客都有的形象——這些怪異的人類，是新舊時代所有最壞東西的醜陋混合物。地球上再也沒有比那些在京津之間無所事事地遊蕩、自稱是中國統治階層官員們更怪異的生物了。如果說熱血青年這年輕一代中有許多怪人，那麼老一代比起來還要更怪。一整個世代的共和國投機人士，文職也好，軍人也罷，都在利用帝國解體的機會爲自己謀取私利。看看他們的臉吧！獸性的肥肉上印著慾望和貪婪，睡眼惺忪，愁眉苦臉，留著翹翹的日本仁丹鬍想讓自己看起來時髦高貴，卻也只是徒勞。

只能說，像曾老先生這樣的前朝好官，見到這些人，其實跟立夫看見他們一樣痛苦。看看他們的腳，那些外國鞋子肯定會夾腳，讓他們走起路來一瘸一拐，是不舒服，但夠摩登！他們連西洋手杖都不知道怎麼拿，只好小心翼翼地把它掛在手指上，像是帶了一串魚回家，又努力不讓魚碰到自己的絲綢袍子似的。在公共場合，官員會聚在一起拍照，那場面可眞壯觀哪！他們會戴上大禮帽，圍上硬領。軍閥會穿著他從來沒穿過的華麗軍服出現，然後嘴裡不乾不淨地咒罵，因爲他上臂發癢撓不著；照片一拍完，他就趕緊解開硬領，摘下禮帽，露出一個來自蒙古平原、剃得光光的大腦袋。那裡也會有幾個聰明的年輕人、留日歸國學生和親日的安福派政客，中分的頭髮梳得油光水亮，看上去充滿了希望，決心要拯救國家。留日學生有九成學的是政治學。老軍閥們什麼也沒學過，當中有些人甚至連自己的軍令都不會寫！他們都尊敬孔子，都對母親有無比的孺慕之情，都對魚翅嗜之成癮。他們絕大多數都抽大煙，或者應該是抽的。他們是一個殘缺、受挫的世代，手上拿根外國來的棍子朝地獄走去，老派的沒有古老文化，現代派的沒有現代社會意識，只會在初生的共和國裡快樂地混水摸魚。

有個「狗肉將軍」張宗昌⑭，接待外國領事時總是叼著一根黑雪茄，膝上坐著俄羅斯姨太太；他身高六呎六吋，褲袋裡塞著成捲的鈔票。他曾經分別在不同的兩天任命了兩個人去山東當同一個地方的縣官，當這兩個人當面向他稟報這件事時，他卻跟他們說：「這等小事，你們自個兒解決得了。」然而，

⑭張宗昌（1881－1932），山東省掖縣人，奉系要人。愛打牌九（當時稱為「吃狗肉」），而被民眾呼為「狗肉將軍」。因為自己學問少，故張宗昌對舊學十分傾慕，入北京之際，張宗昌強制命令華北各學校恢復孔子教育。有二十多位姨太太。

他還算是有點公平的意識，要是他搶了誰的老婆，必然也會賞那位丈夫一個官做做。

還有一位姓楊的將軍，晚上經過駐守城市城門時不說口令，而是直接對哨兵咒罵一句「操你媽！」底下的軍官也開始仿效，結果在那座城裡，「操你媽！」竟成了眞的能用的口令。

沒錯，新文化運動的領導人是對的，這個舊中國必須拋棄。在這些軍閥和尊孔的官員以及反孔教的新派領袖之間，立夫對後者更有同感。只是孔子有這樣的盟友實在也有點不好過。

＊＊＊

立夫回到了一個動蕩不安、飽受內戰蹂躪的中國。袁世凱的全面潰敗和死亡，只是爲次級軍閥間更多爭鬥掃除了障礙。這個巨大的共和國被自己的重量拖垮，隨後由獨立的地方軍閥接收，而他們一直打著人民無法理解、永無休止的仗。大軍閥打大仗，間隔時間也長；遠在川西的小軍閥打小仗，間隔時間也短。有些四川軍閥的私人宅邸就跟皇宮一樣。稅收越來越重、精巧的名目和種類也越來越多，用以維持不斷壯大的軍隊，饑荒和洪水侵襲著這片土地，彷彿老天爺也在憤怒。湖北、湖南、江西、福建、廣東都在打仗，對戰的組合一直在變，連老百姓都跟不上他們換人的速度。當北洋政府的行爲不符合他們的意願時，各省軍閥就會鬧獨立。而在北方，北洋軍閥內部也出現分裂，形成了以現任總理段祺瑞爲首的「皖系」，和現任代理總統爲首的「直系」⑮。

最近辮帥張勳發動的政變第一次把戰爭帶回了北京。隨著他的失敗，新軍隊開進了首都，南城的天橋擠滿了各派系的大兵。這場騷亂的餘波也影響到立夫的家。

立夫到家那天，他們都已經把陳媽忘了。

隔天早上，立夫問道：「為什麼那個能幹的陳媽不來服侍我們了呢？」「你沒看見她在娘房裡嗎？」莫愁回答。「有，我看見了。她為什麼會在那兒？」立夫問。「她現在在服侍娘。這幾天她很興奮，我們正在想辦法留住她。她說她兒子回來了。我問她是怎麼知道的，她說她很確定。自從新來的士兵進了城，她就一直在請假，下午或晚上只要有空就出去。你知道我娘是時時刻刻要人照顧的，我們不能老是讓她離開。但她總是九點鐘讓娘上床睡覺之後就出去，直到過了午夜才回來。她換好衣服出門時，總是微笑著自言自語，好像今晚她一定會找到他似的。她胳膊底下總是夾著一個藍布包，裡頭是一套新衣服、一雙白布襪子和一雙新鞋。她還讓我寫了十幾張關於她兒子的招貼，這樣她就能拿到街角去貼了。我是替她寫了沒錯，但你也知道這希望有多渺茫。她根本不知道中國有多大！」

「你不能讓她這麼做，」立夫說：「要是她沒找到他，她會瘋掉的。」「你去阻止她看看，」莫愁說：「我真的不知道該怎麼做才好。前天她來找我，說她想離開這兒，我說：『你不能走，少爺今兒個要回來了。』『然後，你知道嗎？——她突然臉色一亮，對你娘說：『孔太太，要是我兒子回來，也跟你兒子一般高了。』」「難怪我覺得昨天她對我的態度怪怪的。她握著我的手，笑著看我看了很久。我不知道她在想什麼，但是她看我的樣子很奇怪。」「她在街上一定像那樣攔過很多年輕人。但你知道，

⑮ 皖系是北洋軍閥派系之一，主要人物是段祺瑞、徐樹錚、盧永祥、吳光新、曾宗鑒、倪嗣沖、靳雲鵬、段芝貴、傅良佐等。直系也是北洋軍閥派系，因勢力主要在直隸而得名。其主要領袖大多出身直隸及山東兩省。主要代表人物有馮國璋、曹錕、吳佩孚、齊燮元等。

大多數時候，她對別人都是非常體貼的。」「我們得幫幫她——說不定可以在報上登個啓事。」「我們連她兒子是死是活都不知道。」「他叫什麼名字？」「陳三。想想叫陳三的人有多少啊！」「你是怎麼給她寫那些招貼的？」「我就寫了他的名字、年紀、出身的村子和他失蹤的時間，還說他母親在找他，在上頭留了她的地址。我眞希望那些兵從來沒接近過北京，這樣她就能一直抱著希望——並且靠著這個希望活下去。」立夫看上去很擔心，幾乎要生氣了。這時陳媽來了，她一身衣服乾乾淨淨，頭髮梳得整整齊齊，拿著一個大包裹，表情中有種不得不如此的決心和巨大的力量。「好了，少爺，少奶奶，我要走了，」她說：「這是我找到我兒子的機會。我已經等他七年了，現在他可能在等我，我得去看看他在不在。要是我找到他了，你們又能讓他在這園子裡幹點活的話，我們母子倆會回來的。要是我沒找到他，我就要跟你們道別了。我給他做的這些衣服我沒辦法全帶走，我會把衣服留在你們這兒。」她說得很慢，很清楚，好像在心裡規劃了一番大事業似的。「你可不能就這樣走了！」立夫說：「你留在這兒，我們會幫你找到他的。」她搖搖頭。「我得去找他，」她很堅持。「我知道他就在這兒的某個地方。所有的兵都回來了。」「你身上有多少錢？」那女人拍拍自己外套的內袋，說她有兩張五元鈔票和兩塊銀元。

立夫和莫愁對看了一眼，莫愁走過去拿了五元給她。但陳媽不肯收，說無功不受祿。「我們不會逼你留下來，」立夫說：「但是你要知道，這裡永遠歡迎你。你願意什麼時候回來睡這兒就什麼時候回來。要是你找到他了，就把他帶來替我們幹活。」陳媽向他們告辭之後，便邁開那對小腳走了。莫愁送她到門口，叮嚀她好好照顧自己，盡快回來。

那天晚上陳媽沒有回來，隔天、再隔天也沒有，立夫說他得去找她。下午他去了南城，那是他從小跑熟的地方。在這裡，他感受到這座城市的巨大，也感受到大多數平民百姓的生活，他其實是屬於他們這一群的，但最近已經和他們失去了聯繫。他一直走到雙腿酸痛。他穿過小巷和街道，停下腳步看孩子們在空地上玩，想起了自己的童年。他去了遊藝園和天橋、露天的戲園子和茶館，看到了一大群一大群出來玩的人——帶著孫子的爺爺，邊走邊餵奶的母親，有一些年輕男女穿著考究，但大多數男女還是下層階級，穿的是深淺不一的藍色衣服，穿著灰色制服的士兵到處都是。這次找人似乎沒什麼希望，他在一家有名的茶館裡坐了下來，和一位茶房聊天，懶洋洋地問他有沒有見過一個找兒子的中年女人。「你是說那個瘋女人？」茶房說：「她常常經過這裡，老是在街上攔年輕人。」「她沒瘋。她在找她兒子。」「沒瘋？她那丟了的兒子可是在滿清時代當的兵哪，現在還找，這不就叫大海撈針嗎？就算還活著，沒準兒是在天津上海，還是廣州四川來著，這麼找，有意義嗎？」茶房把毛巾往肩上一甩，手勢一比，像個爺們兒似的，心滿意足地表示話題到此為止。

立夫付了茶錢，跳上人力車回家去了。「我當然找不到她。」他只對莫愁簡短地說了這麼一句話。陳媽失蹤讓立夫深感不安，儘管他只讓陳媽服侍過一個夏天。她的樣子一直留在他腦海裡，讓他想起戰爭，以及戰爭如何影響了所有的母親、妻子和兒子。

幾星期後，莫愁坐在北窗邊的陰涼處，身邊放著針線籃，立夫躺在床上休息，孩子睡在他旁邊，這時莫愁說：「我真想知道她現在在哪裡。」「誰？」光聽這話，是不可能知道莫愁指的是「他」還是「她」的。「陳媽呀。她真能憑空消失嗎？」「我正考慮在報上登啓事。」「你為什麼不把這事兒寫成小說呢？」「就是這個！就是這個！」立夫大喊一聲，猛一下跳下床，孩子哭了起來。「就是這個！你把他弄醒了，」莫愁一邊責怪他，一邊過去抱起孩子，輕輕拍他，又讓他睡著了。

「你知道我從來沒寫過小說……」莫愁伸出一根手指放在嘴上，立夫放低了音量繼續說：「我從來沒寫過小說，但我要寫這個。我會把他們母子倆的眞名、還有他們村子的名字都寫上。誰知道會怎麼樣呢？——說不定她兒子還活著，如果他認得字的話，是有機會讀到的。」「這確實是篇小說——而且還是你的筆寫出來的。」莫愁說。但當她說到「筆」這個字的時候，她的女性本能讓她隱隱覺得不該說出來。筆和人的舌頭一樣，都是危險的武器，常常會反噬它們的主人。「我會盡我最大的努力，讓它成爲獻給一位母親的禮物。名字就叫『母親』。」他想了一會兒，又說：「我可以用白話文寫嗎？你知道我從來沒寫過白話文。」「當然可以，」莫愁回答：「小說一直都是用白話寫的，而不是作家們以爲普通人會說的那種怪異現代俗語。」立夫只用古文寫過隨筆，用這種新文體寫作對他來說是一種奇怪的體驗。那個炎熱的夏天，他爲這篇小說不停筆地寫了兩天。莫愁覺得他寫作的樣子很奇怪，他會在放毛筆和放顯微鏡的兩張桌子之間來回往返，顯微鏡是他從回家以來就一直在看的東西。她有種感覺，似乎比起處理文字，對付顯微鏡底下的蟲子更能讓心情平靜。當他寫東西的時候，她看到他的表情在變化，他會越來越激動，越來越緊繃。而靜靜地盯著顯微鏡一小時之後，他看上去便平靜了，只剩下一點點悲傷和疲憊。

莫愁走到他桌前讀了他寫的東西，建議他修改一下。「陳媽不是那樣說話的，」她會提出意見，而他也會從善如流，然後再繼續寫。

小說寫完，他立刻寄去給北京的一家報社。這篇小說刊登在報紙副刊上，引起了轟動。它被革命派評論家譽爲「民主文學」第一部成功之作，被老一輩人讚爲對母愛的感人頌歌、孝道的一課。還有位教授寫了篇評論，將它和一些唐代敘事詩相提並論，歸入「反戰文學」的範疇，還仿白居易和杜甫風格自行將它改寫成「前唐體」的詩歌。

但立夫卻感嘆：「爲什麼他們看不出這不是我杜撰的故事，非得把它當『文學』來看呢？每個人談這篇東西的時候，就好像它並不是眞實事件，陳媽可能已經不在人世似的。就沒有人能做點什麼嗎？」

事實上，立夫憑自己的想像創造了一個他從未見過的農家男孩形象，並爲他打造了屬於他自己的母子關係。他還生動地描述了記者團帶走兒子的場景，令人難忘。他用幾句簡潔的話，描寫了失去孩子的母親一年四季坐在小屋裡等著兒子回來時的所思所想。正是這四個季節的場景，被教授寫成了充滿情感的詩句。

日暖春花復臨村，老婦縫衣倚柴門。
春花夏實子纍纍，老婦望山子未歸。
秋葉入屋空飄零，冬日苦短影已頽。
殺雞備酒除舊歲，曙光又至照空杯。

「眞是廢話連篇！」立夫說。在小說最後，立夫描述了他在天橋的人群中徘徊時的想法。他看到的不是一個士兵，而是成千上萬個，他們都是與家人失散的兒子，聚集在那裡享受短暫的快樂。他們不都是一樣的嗎？在這樣的一個人類群體中，所有的個人身分都消失了。要是陳三的母親看得出，她的兒子不過是千百萬個因戰爭與母親分離的其中一個就好了！「但陳三的母親看不見他們，她還是一意孤行，最後不知所蹤。」

木蘭告訴他，這個極具爭議性的收尾應該寫得再緩和一點。但立夫的作家名氣已然打響。雜誌編輯們都來邀稿，認爲他可以再變出另一個同樣精彩的故事。

＊＊＊

立夫的科學研究就這樣走上了歧途。他在北京師範大學教生物，卻不可避免地被拉進了作家圈，他也開始偶爾寫些文章，這些文章讓莫愁有好多個夜晚輾轉難眠。

但是對姚家來說，這是段快樂的日子。他們的花園裡聚集了一群快樂的親朋好友，其中許多是對文學有濃厚興趣、被視爲新派的年輕人。他們談論時事，也談論不同的作家群體，這些人在現代文學界都是名噪一時的人物。

姚家的姊妹們現在在北京相當有名，被稱爲「四美人」或「四嬋娟」，這是清代劇作家洪昇一套雜劇劇本的名字，描寫歷史上四位美人的故事⑯。「四嬋娟」通常指的是珊瑚、木蘭、莫愁和紅玉，儘管有些人認爲應該納入曼娘，而珊瑚不在內。這個名號源於何人並不清楚——很可能是剛從英國回來的青年詩人巴固，他像顆閃亮的彗星一樣突然劃過了北京文壇，以他十足的親和力和異乎尋常的天賦橫掃了每一個他出現的圈子。無論他到哪裡，彷彿都散發著青春開朗的氣息，讓每個他遇見的姑娘都以爲自己是他的愛人。他玩笑似地把立夫、蓀亞、阿非和他自己四個人稱爲「四聲猿」，這是另一套雜劇集的名字，描述四個獨立的故事，其中一個故事叫做「雌木蘭」⑰。

這個以木蘭爲靈魂人物的小團體裡有很多人。民國七年的春天，他們經常在花園裡聚會，偶爾也會組團到西山和郊外其他地方出遊，像是長城和十三陵。雖然並沒有固定的時間表和組織，但通常是一個人交一塊錢，每兩到三週聚一次。珊瑚一般擔任管帳經理，環兒是秘書。成員除了包括紅玉在內的姚家四姊妹之外，還有曼娘、環兒、愛蓮、麗蓮、素丹，後來還有懷瑜同父異母的妹妹黛雲。有時桂姐會帶著女兒到她喜愛的花園參加聚會，年長的女士們如曾夫人、孫太太、桂姐、傅太太和華太太偶爾也有自己的聚會。

團體中的男性成員則有蓀亞、襟亞、立夫、巴固、阿非，年長的有姚先生、傅先生、畫家齊白石、作家林琴南（最後兩位是木蘭帶進來的）；因爲這些長輩們人老心不老，很喜歡和年輕人在一起，所以也常來和他們一起賞春花。

⑯ 洪昇（1645－1704），清初著名戲曲作家，以劇本《長生殿》聞名。雜劇集《四嬋娟》包括《謝道韞詠絮擅詩才》、《衛茂漪簪花傳筆陣》、《李易安鬥茗話幽情》、《管仲姬畫竹留清韻》四種各一折，分寫晉代謝道韞、衛夫人、宋代李清照、元代管夫人四位才女的軼事。

⑰ 徐渭（1521－1593），明代文學家，雜劇集《四聲猿》包括《狂鼓史漁陽三弄》、《玉禪師翠鄉一夢》、《女狀元辭凰得凰》及《雌木蘭替父從軍》四個劇本。

⑱ 顯克維奇（Henryk Adam Aleksander Pius Sienkiewicz，1846－1916），波蘭作家。主要作品有歷史小說衛國三部曲：《火與劍》、《洪流》及《星火燎原》，主要反映的是十七世紀時波蘭人民反抗外國入侵的故事。他的其他著作包括《十字軍騎士》、《暴君焚城錄》、《在沙漠與荒野中》等。

林琴南和巴固之所以出現在這個圈子裡需要一點說明。因爲林反對整個現代化運動，而巴固卻是文學革命者的密友。木蘭和立夫都對林琴南這位老學者和他詩意的生活方式十分傾慕，而林也因爲有木蘭這樣年輕美麗的仰慕者而得意。但巴固是別具一格的。立夫是個個人主義者，他避開了所有革命領袖，因爲他沒辦法加入那些在他耳邊高喊著易卜生、杜斯妥也夫斯基和顯克維奇⑱的人群。儘管那些人他都認識，但他還是敬而遠之。現在團體實在太多了，留法的、留日的、留英美的，每個團體都有自己發行的週刊，你來我往，互相攻擊，而且都很活躍。一旦有問題出現，這些團體每星期都會有非常熱烈的討論。他們都是自由派和進步派，隨時準備批評政府和舊中國。但巴固所屬的那個團體主要由受過英美訓練的畢業生組成，他們寫的論文展現出深厚的學識，並且繼承了英國傳統，對段祺瑞政府採取「妥協」態度。由於他們的學院派風格、保守、三心二意的進步主義，以及他們和疏遠政府的立夫打交道的傾向，這群人被他們的敵對方諷刺爲英國「紳士」。「他們全都會進政府當官。」立夫這樣預言，而這個預言日後果然成眞。這些學院派的學術展現不過是獲得一個部長或議員職位的手段。這從他們傾向於爲統治者行爲辯護、合理化和解釋上看得出來，他們基本上是從統治階級的角度看事情，比方說西原借款問題⑲，他們便認爲這是政府唯一生存下去的方式。相較之下，立夫更喜歡和作家圈往來，這些作家大多數從未出過國，他們最大的樂趣就是諷刺這些「紳士」。

但巴固不一樣。身爲一個才華橫溢的作家，卻有著孩童般的天眞，他不明白這些不同的小團體和敵意意味著什麼。他甚至很欽佩林琴南這位他所在團體認爲已經過時的人。他和作家、政治家和年輕女性都交上了朋友——尤其是漂亮迷人的女性。

他和素丹的婚姻就很典型。素丹現在離了婚，靠前夫留下的贍養費過活，她患有肺結核。巴固聽說有這樣一位幻想破滅的可憐失婚女子，便決定自己必須為她的生活帶來安慰。他沒找人引見就親自去拜訪她，而且深深地愛上了她。他詩意地想像她是古代悲劇美人轉世，前輩子被某位善妒的皇后關在冷宮裡過了一生。雖然他完全有辦法和許多漂亮的女孩談戀愛，這些女孩都為他白皙高貴的面貌著迷，但他還是決定留在素丹身邊。這時素丹已經因為愚蠢的投資失去了大部份存款，卻又決定要開一家舖子賣煤，因為人家跟她說這是樁好買賣。

巴固以為她在開玩笑，但是當他旅行回來，發現她真的開了一家賣煤球和煤磚的小店時，他簡直沮喪到了極點，甚至到了立刻向她求婚的地步，因為他想把這位異乎尋常的美人從煙煤堆裡拯救出來。事實上，他感動到寫了一首叫做《美人與煤球》的讚歌。巴固就是因為追求素丹，才結識了木蘭和姚家人的。

襟亞經常不帶妻子出門，和這群人一起玩得很開心。他一年前從山西回來，因為石油探勘計畫失敗，石油管理局解散了。他的經歷讓他變得更有自信，也更沉穩，現在他公然無視素雲的存在。夫妻雙方心知肚明，各走各路。暗香也經常參加花園聚會，在木蘭的撮合之下，襟亞和暗香說起話來也日漸親密。暗香對這樣的情況半玩笑半認真，意識到他們兩人都不喜歡素雲，所以也從來沒有拒絕過他。

⑲ 西原借款是一九一七至一九一八年間中華民國第一次段祺瑞內閣改組內閣和日本政府簽訂的一系列公開和秘密借款的總稱。因日方經辦人是日本內閣總理大臣寺內正毅摯友西原龜三而得名。貸款的抵押物包括中國山東和東北地區的鐵路、礦產、森林等。

在未婚的姑娘裡，紅玉是最美的，老詩人林琴南和新詩人巴固對她的評價都很高，在林琴南的引導下，她開始認眞學作古詩。又因爲住在花園裡，在眾人的激勵之下，開始創作一種類似明傳奇風格的詩歌，這也影響了巴固。她母親並不贊成她在這方面這麼用心使力，因爲覺得她有肺病，盡興歡聚一天之後就得在床上躺七八天。但花園、志同道合的伙伴，特別是阿非，似乎都是爲了給她帶來一種太完美而無法持久的幸福才存在的。

於是在餐桌上，便有年輕的男男女女們聚在一起，對愛情和政治高談闊論，彼此打趣。姚先生以寬容的眼光看著他花園裡這幅青春浪漫場景。他這輩子最後的任務，就是看著阿非完婚。他很擔心紅玉的健康，不知道自己閉眼的時候，紅玉會不會還是他兒子的妻子。他沒有在他們訂親這件事上採取任何明確的步驟，但他也沒有干預。他只是等著，想看看根據天道運行，這事態會如何自行發展。

第三十三章　心碎

晚春某日，華太太介紹了一位美得驚人的旗人姑娘到姚家來當丫鬟。她名叫寶芬。當問到她的父母住在哪裡時，她猶豫了一下，才說是在城西某處。不知道是因為害羞、尷尬還是其他原因，她身上總有種神秘的氛圍。華太太跟她一起來，說是一位滿族朋友在她店裡介紹她認識的。她說，寶芬家庭出身極好，只是現在不得不出外幫傭。

寶芬站在姚先生、阿非和眾姊妹面前，長長的睫毛蓋著眼睛。從她身上的衣服看來，她家顯然是個優雅考究的滿族家庭；她和所有旗人姑娘一樣，微彎的背上掛著條又粗又黑的辮子，身上的旗袍也很時尚，不是舊式的直筒形剪裁，而是做出了腰身的式樣。她腳上穿著軟跟黑絲鞋，很自在地站著，因為按照滿族習俗她是不綁腳的。她長得實在太美，竟然想來當個普通僕人，在場的人都覺得奇怪。她和這兒格格不入，因為美貌本身就賦予了她享有尊榮的權力。因為這一點，再加上她對自己的家庭諱莫如深，就讓她顯得更加神秘。她看起來也很安靜，很謙虛，舉止也很討人喜歡。開口時一口自然優雅的北京官話，這只有有教養的旗人才說得出口。莫愁低聲對珊瑚說：「我才不敢和這樣的丫鬟出去，她一定會被當成太太的，不管當太太的長得多好，都會被她比下去。」珊瑚忍不住吐了吐舌頭。阿非眼睛都瞪大了，一句話也說不出來。

姚先生第一眼看見她就湧起一陣怯意，心裡有種奇怪的不安，彷彿她是道教傳說中那個在他年老時奉派來引誘他的羅剎女。當珊瑚、莫愁和華太太以及這位旗人姑娘說話時，他腦子裡閃過了上百個念頭。他首先想到的是，雇用寶芬顯然放在哪裡都不恰當，除非讓她在客廳當高級女僕。但是，該怎麼做呢？放在誰的院落裡呢？她可以服侍他嗎？還是服侍和他住在一起的阿非？或者他生病的妻子？莫愁？寶芬應該很容易就能找到極好的對象，爲什麼她的父母不把她嫁出去呢？華太太在說什麼？這是她的詭計嗎？即便寶芬眞的是因爲家境所逼不得不出外幫傭，似乎也是那種注定會讓男人和她自己惹出麻煩的人。她就是作家們常在書中描述的那種「天生尤物」，指的是一個美麗非凡、能毀掉家庭、改變男人命運的女人。他想起了迪人。要是迪人還活著，一定會愛上她的。他活了六十幾歲，還沒見過像這位旗人姑娘這麼引人注目的女子。他回想起自己在狂放青年時代愛過的姑娘們。是了，是有一個姑娘可以和她媲美——那個姑娘是他想娶卻不能娶的人。令他驚訝的是，在他這樣的年紀，居然再次對一個美麗的女人產生了興趣。

寶芬站在那裡輕聲地和珊瑚說話，但說得不多，偶爾還會皺起眉頭，似乎對新位置有點不自在。她唯一的缺點，也許是身形看起來有點往下垂，但在她身上，即使有這樣的缺點，也顯得協調而美麗。「這樣的一個園子，多用一個人也不算多，」華太太說：「像她這樣的姑娘，不管放在哪個家庭裡都是增光的。」姚老先生腦子裡塞滿了混亂的思緒和回憶，沒有聽見她的話。「姚伯伯，我說啊，不管哪一家，只要雇了她，都是增光的。」華太太說。「他父母爲什麼不讓她出嫁？」他問。「哎，現在八旗子弟中很難找到合適的人，再說現在她家也不寬裕，不然也不會送這樣一個女兒出來掙錢。」「她太——

當丫鬟太高雅了。我們不敢——我們不能用她。」他說，奇怪地結巴起來。

「您不是認眞的吧？」華太太笑著說。「要是她平凡無奇，我還要這麼費事兒地把她帶到您這兒來嗎？您也知道我不是開職業介紹所的。是我給您找了這麼一座滿族貝勒花園，沒錯吧。現在我又給您找來這麼一個迷人的旗人丫鬟，您眞該謝謝我才是。還有誰有這麼好的福氣呀姚伯伯？至於說您家配不上她，那就更是胡說八道了。確實，對一個普通家庭來說，她可能太出色，說不定連她父母都不會同意她在那種地方工作；但是，他們聽說我要介紹她到花園裡來，他們可是高興得很呢。說實話，要是在滿清時代，她肯定要被選中送進宮裡的。」她轉身對那位姑娘說：「寶芬，你會發現，住在這兒就跟住宮裡一樣，而且老爺和小姐們都是那麼可愛的人。」姚先生對於要不要收下這個旗人姑娘，比起當初下決定買下這座貝勒花園還難。花園不過是座花園，而一個美麗的姑娘卻是個可能帶來種種後果的女人。一張絕色容顏，足以傾國傾城。

但家裡所有的女眷都被寶芬迷住了，熱切地想留下她，姚先生只好讓步。

紅玉這時躺在床上，當她母親和莫愁告訴她，新來的旗人丫鬟貌美得驚人時，她要求見見她。寶芬走進她的房間，彎下一邊膝蓋略點了兩下，這是滿人常用的屈膝禮。紅玉問起她父母，問她會不會讀寫，甚至還跟她開了幾句玩笑。「像你這樣的一個女孩子，爲什麼不結婚呢？爲什麼要出來工作？」

「謝謝您的謬讚，」寶芬用流利的京片子回答。「但是沒法子。誰能像小姐您這麼有福氣呢？」寶芬退出去後，紅玉努力消除了她對一個比自己美的人升起的一絲嫉妒。「再怎麼說，我畢竟是小姐，而她是丫鬟。」她想著。自己也不是很清楚爲什麼要對自己再三保證阿非的愛。

就算姚先生對華太太的意圖有點懷疑，也很快就打消了。大家認爲最好讓寶芬服侍姚夫人。雖然看起來有點不可思議，寶芬還是立刻換上了工作用的衣服，卑微地幹起活兒來，她急著討好主人，害怕有所冒犯，交代什麼事她都做，穿著她的軟底鞋在廚房和夫人房之間輕盈地穿梭。看起來她是眞的打算當個傭人了。

定下這位新丫鬟的消息實在太令人興奮了，珊瑚打了電話給木蘭，下午她就和暗香過來了，她們去了母親房間。珊瑚把丫鬟介紹給她，同時告訴寶芬：「這位是我們家二小姐。」「你叫什麼名字？」木蘭問。「寶芬。」「你們旗人很喜歡『寶』這個字啊，」木蘭說。「也不盡然，」寶芬回答。「像寶玉、寶釵就都是漢人。如今我們都在民國統治下，五族共和，滿漢之間已然沒有區別了，不是嗎，小姐？」木蘭驚呆了。寶芬不僅說著一口文雅的漢語、懂得「五族共和」這樣的詞彙，居然還提到了《紅樓夢》中的人物。「你讀過《紅樓夢》？」「誰沒讀過呢？」寶芬回答，臉上帶著溫柔的笑。「你們住在這花園裡，不也像在演《紅樓夢》一樣？」她猛然收住嘴。「小姐，請原諒我無禮。」寶芬也不知道爲什麼自己一見到木蘭，就敢跟她平起平坐地說話。

「那麼，你是能讀書寫字的了？」「不過略識之無而已。」木蘭知道她只是謙虛。如果她說得出「略識之無」，她知道的東西就已經不少了。寶芬繼續說：「您也知道我們旗人家庭沒什麼事兒可做。年輕人以前常常騎馬、射箭、熬鷹，姑娘家就是嗑瓜子、打牌、閒聊。就算是不能讀寫的旗人女子，也會從戲園子和說不完的八卦裡頭學到很多東西。她們閒話說著說著都能說出一肚子學識來呢。」木蘭被迷住了，她覺得除了曼娘之外，再找不到比寶芬更迷人的姑娘了，而且她比曼娘更多才多藝。但她也覺得很困惑。這太不可思議了，她想。

之後，她和寶芬多聊了些，發現她也懂得古文和古詩。她想到了自己的弟弟阿非。突然，她想起紅玉在月老祠抽的那支籤，那籤詩是：芬芳過後盡成空。而她的名字叫寶芬！木蘭幾次來找寶芬說話。寶芬顯然很瞭解旗人社會，木蘭也很愛聽她說滿族家庭生活的事。然而，寶芬常常話說到一半便收口，不再往下說，這就更令人費解了。

木蘭非常希望寶芬能來陪陪她，便去找她父親，說暗香病了，她需要一個臨時幫手，問能不能把寶芬借她幾天。雖然寶芬很喜歡木蘭，卻似乎很不情願去。但既然木蘭已經說了要她去，她也沒有拒絕的餘地。

接著，怪事發生了。阿非前陣子已經開始更常去看望母親，在寶芬和木蘭同住的這幾天，他居然也跑來看望木蘭。她意識到危險，很明白地叫他不要對新來的丫鬟太好。「你知道，你和四妹就跟訂了親一樣，」她對弟弟說。「我跟你一樣，只是對寶芬感興趣而已。」阿非為自己辯解。「但你是男的，」木蘭頂回去。暗香好點了，木蘭還想留著寶芬，但她說：「謝謝您的好意。但我不能留下。我也希望能服侍您一輩子。」「為什麼不呢？我們可以變成好朋友的。」「我不行。」寶芬這樣的態度對木蘭來說很難理解。她愛上阿非了嗎？「你知道，我弟弟已經和他表妹訂婚了。」她說。

寶芬很快就猜到了她的意思，表情變得非常嚴肅。「小姐，您弄錯了。我到這兒是來當下人的，沒有攀高枝的野心。」「那你為什麼不留在這兒陪我呢？」「我不行，」她簡單地回答，木蘭還是不懂。於是過了幾天，寶芬就回到姚夫人院落去了，木蘭也跟著她一起回去，把她交給母親之後，她就往莫愁的院落去了，莫愁住的院落就在右手邊。木蘭把寶芬堅持要回花園的事告訴了妹妹，還把她注意到的，阿非對新丫鬟的濃厚興趣也告訴了她。「你在這兒發現過什麼奇怪的事嗎？」她問。「沒什麼特別的，」莫愁回答。「也許就只有他經常去看娘這件事。這很自然。年輕人就愛看漂亮女孩子。但寶芬看起來是個正派姑娘，總是跟他保持距離。她不是那種低三下四的人。」「紅玉怎麼樣了？」「她大部份時間都躺在床上。阿非也會去看她。你也知道，他倆這年紀很尷尬，除非有人在旁邊，不然他是不能進去的。」「你不覺得他們兩個該訂親了嗎？」木蘭說：「這樣問題就解決了，紅玉說不定也會覺得好一點。我們必須和爹說說。」兩姊妹來到紅玉的院落。紅玉這些日子瘦了很多；她的小臉蛋原本是圓的，現在看上去都尖了，手腕和指節瘦得見骨。木蘭很擔心，但沒有說出來，怕紅玉聽了自憐得更厲害。

她的丫鬟甜姐兒扶她坐起，弄好她身後的枕頭，紅玉說：「二姐，你能來眞好。你最好常來，能見到你小妹的時候不多了。」她眼裡溢滿了淚水，隨後拿起一塊手絹擦了擦。「你又說胡話，」木蘭說。「我才跟三妹聊天，說我們不久就要吃你的喜酒了呢。」「要是我這身子不能好，這些事兒又有什麼用呢？新郎看見洞房裡塞滿了藥瓶，也不會高興的吧？」「但你就有人幫你，伺候你，替你掃房間地板啦。」木蘭說。「二姐，一個人病成這樣，你還拿她湊趣兒。」紅玉微笑著說。平時她至少會加上一句：「等我病好了再跟你算帳，」但現在她已經不再說了。她心裡很感激木蘭，也認爲自己是最瞭解木蘭的人，因爲她懂得愛情，正如她在杭州之旅時懂得的那樣。

花瓶旁邊的桌上放著幾張紙，上頭是小巧精緻的小楷。木蘭的眼光一落在那幾張紙上，紅玉便急著想把紙拿走。「別看！」她喊。但她夠不到那幾張紙，木蘭已經把紙拿在手裡了。她把那張皺巴巴的紙放在背後，問：「上頭寫的是什麼啊？」「就是兩首詩而已，」紅玉回答。「你要是讀了，我可要生氣的。」「我想看看你的詩進步了多少。」甜姐兒說：「昨兒晚上小姐就在燈下寫這個，我勸她別太傷神了，可她就是不聽。」木蘭拗不過好奇，說：「拜託讓我看看。就我們看，沒問題的。」接著便讀起來。紅玉羞紅了臉，別過頭去。莫愁也起身過來看。

紙上寫著兩首詩，第一首寫的是她掉頭髮的心情，第二首是常見的「閨怨」主題，寫的是杭州之行。「欸，寫得很好啊，」木蘭說。「妹妹，」莫愁說：「我跟你說過最好別寫詩，於我們健康有損。可你就是不聽我的。」「那不是詩，」紅玉說：「我只是覺得有話要說，我得說出來。一個人孤單的時候也沒人可說，只好對紙說了。」「如果你不寫詩，就不會用詩來思考，」莫愁說：「詩是一種情感的表達，但你越表達，情感就越豐富。」「莫愁說得對，」木蘭說：「要是我們還生活在古代，我應該以長姊的身分打你屁股才是。現在是不同了，我說不定自己也會寫。但對『閨怨』詩，最好的療法就是出嫁，到那時候，你寫的就是另一種詩了。」紅玉的臉紅得跟桃子一樣，她趕緊爲自己找藉口，說：「不管閨不閨怨，我眞的不是刻意要寫詩的。我只是看見枕頭上掉了頭髮，就寫了幾行字，不知不覺就這麼寫了下去，寫得忘我了。請兩位姊姊務必原諒。」

她說起話來的語調是之前沒有的。讓她變得更溫柔、少了幾分好鬥的，是因爲病，因爲愛情，還是因爲她內心對木蘭的依賴呢？

木蘭走出她房間之後，對莫愁說：「你注意到她不一樣了嗎？要是平時，爭論起來她是一定要佔上風的。但現在她完全不同。」「我也發現了。」莫愁說。這時她們聽見甜姐兒在後面輕輕地喊她們：

「小姐，我有話想跟你們說。」

木蘭和莫愁停住腳步。「甜姐兒，什麼事？」她們急切地問。「嗯，是這樣的，」甜姐兒說：「我日夜服侍我們家小姐，比任何人都瞭解她。她睡不好，沒胃口。二少爺又不常來看她，因爲他們都長大了。那天他來，她說了他幾句。你們也知道，我們家小姐就是壞在那張嘴不饒人。她說了些什麼『在山泉水清，出山泉水濁①』的，我也不知道是什麼——但說的是那個新來的旗人丫鬟的事，少爺的臉漲得通紅，生氣地走了。她娘也在場，但情況沒什麼不一樣……唉，她在床上哭了好久，我遞給她五六條帕子呢。那天晚上，她不聽我勸，什麼也沒吃就睡了。你們也知道她的脾氣……嗯，我想說的是，你們兩位應該跟少爺說一聲，她生病的時候，要多體諒她……不然，她情況會更糟……她一餐只吃小半碗飯——總是碰了碰飯菜，然後就說她飽了……我求求你們，救救我家小姐的命。」

甜姐兒眼眶濕了，莫愁要她回去，說：「你悄悄告訴你家小姐，說我們要去和爹談談訂親的事。」姊妹倆在自省齋找到了父親，木蘭跟他說了關於阿非訂親的事。「您也知道，四妹妹看著不太好。是時候給他們訂親了。」她說。姚老先生沒說話，只是沉思著，眼光落在很遠很遠的地方。兩個女兒望著她，也不敢再說什麼。然後他說：「你們還有沖喜這種觀念。曼娘那回就沒生效，不是嗎……？等她好點再說吧。」「如果訂親的話，您知道，紅玉妹妹會好起來的。」木蘭說。「最好再等等，」他心不在焉地說。「等她好點，我們再訂親。」姊妹倆不明白父親的用意。回來之後，她們暗自打算給紅玉一個明確的希望。所以木蘭走了之後，莫愁回到自己院落裡，便派人把甜姐兒叫來，對她說：「這事兒讓人爲難。不過你作丫鬟的，可以偶爾露些口風，讓她知道，你聽說老爺已經同意了，只等她一好，就要辦正式的訂親儀式。請想辦法說服她，就說我弟弟已經長大了，不能老到她床邊去看她，就算他不去，也叫她放心。」

莫愁也常常對紅玉說阿非在問她的情況，紅玉的胃口漸漸好了。當時是夏天，有傳言說紅玉可能會在秋天訂婚，紅玉也認爲應該就是這樣。

＊＊＊

寶芬這個丫鬟極爲稱職。除了休假回去看望父母，幾乎在姚夫人身邊寸步不離。她已經知道如何讀懂姚夫人的想法，揣摩她想要什麼。姚夫人對她的服侍很滿意，也很喜歡她。阿非經常到母親房裡來；而因爲母親說不出話來，所以經常是少爺和丫鬟交談，母親則滿意地看著他們，因爲她似乎很喜歡聽他們說話。要是阿非起身要走，母親就會示意他再留一會兒。阿非畢竟還是有點迪人的影子，對這個年輕漂亮的姑娘特別體貼。他常常自告奮勇幫她幹點小活兒，像是擦杯碟、找火柴之類。有一次甜姐兒還發現他們正笑著搶一只托盤，但她並沒有告訴任何人。

到了秋天，紅玉身體已經好得差不多，可以到花園裡散散步了。一天晚飯後，她走過池塘去了自省齋，想看看阿非在做什麼，結果卻只見到了姑丈一個人，她向他問了安，便又出去了，失望地繼續往前

①出自杜甫〈佳人〉：「……世情惡衰歇，萬事隨轉燭。夫婿輕薄兒，新人美如玉。合昏尚知時，鴛鴦不獨宿。但見新人笑，那聞舊人哭。在山泉水清，出山泉水濁。侍婢賣珠回，牽蘿補茅屋。」

走。

她在高大的樹下漫無目的地走著，突然看見阿非就在不遠處，他獨自站在忠愍堂的西北角，像在望著什麼。她看著他在拐角處消失了。

她忍不住好奇起來，便沿著樹蔭下的小路走過去，轉過了北牆的拐角。這裡是一片石板鋪成的院子，裡頭擺著盆花，約百步遠處有個溫室，前面堆著一排排的空花盆。寶芬站在那裡，很開心地和阿非說著話。紅玉沒看見別人。她躲在灌木叢後面，看見寶芬想走，但阿非想阻止她。然後寶芬停下了腳步，阿非一個人走了。紅玉退了回去，她覺得要是被人看見她在偷看他們，就太丟臉了，但要是面對面碰上其中一個，那簡直是羞辱。她跌跌撞撞地走上一條向西的岔路，這條路在拐彎後一路通到伴農亭後方。淚水弄得她幾乎看不見路，跌倒了好幾次。她在亭子裡坐了好一會兒，才意識到自己身在何處。她想，如果她回頭，經過自省齋，就會被看見眼睛紅腫的樣子，也可能會遇見阿非，她等了一會兒才走回林中小徑，回到她的院落裡。

原來當時，阿非看見寶芬一個人在溫室前面走來走去。他仔細地看著她，對她的舉動感到不解。她獨自在那兒，也不看花，只是從中央的一個點邁著有節奏的步子來回走。她會走個四五步，然後停住，一根手指放在唇上仔細觀察地面，顯然在邊思考邊自言自語，然後又走回原來的那個點。她走動時似乎在數自己的步子，阿非對此非常感興趣，他沿著院子的側邊走，一直走到離她很近的地方才喊她。寶芬驚愕地抬起頭，見他還在離她三十步遠的地方，便裝出一副笑臉。「我嚇著你了嗎？你在這裡做什麼？」他一邊走近一邊說。「我在賞花，」寶芬回答。「可是這裡又沒有花，花都在裡頭——你根本沒在看花。」「你怎麼知道？」「我遠遠地就看見你了。」寶芬這才知道被看得一清二楚，便說：「我一直在找髮夾。」然後很快又加了一句：「你爲什麼跑到這兒來？我只是照顧了你娘一天，出來散個步而已。」「我也是來散步的，」阿非回答：「爲什麼要爲了一支髮夾費這麼大勁兒？我可以幫你嗎？」「不用了。」寶芬說，接著她準備要走，但他企圖阻止她。

「寶芬，」他說：「我一直沒有機會單獨和你在一起。妹妹，我……」寶芬看了他一眼，說：「請自重。要是被人看見了，人家會怎麼說呢？」他還不放棄，她說：「請你走開，讓我一個人待著，感激不盡。」然後，阿非聽話走了，兩人都沒有意識到他們已經被見著了。阿非回到自己房間，他父親告訴他，紅玉來看過他。「也許你也該去看看她。」他父親說。阿非來到紅玉的院落，她不肯見他。甜姐兒出來告訴他，她家小姐太累了，不想被打擾。「你告訴她，我一聽說她來看過我，就馬上趕來了。」他說。他傷心地離開，連續被兩個姑娘拒絕，一個是他愛的，一個是他欣賞的，他弄不清這是怎麼一回事。「這世上爲什麼要有女孩子呢？她們眞是最莫名其妙的生物了。」他想著。他父親看見了他臉上的失望，但什麼也沒說。阿非沒告訴任何人他在溫室附近見過寶芬，一方面是因爲他對她的行爲並沒有懷疑，另一方面是因爲他不能告訴別人他們是單獨見面的。他只希望她能再出來一次，在同一個地方見他。

＊＊＊

甜姐兒隔天來找莫愁，說：「三小姐，您應該來跟她好好談談。昨晚她飯後出去散步，回來時眼睛腫得跟桃兒一樣。沒過多久，少爺來了，但她不肯見他。我問她發生了什麼事她也不肯講。他們一定又吵架了，因爲她在床上躺了半小時之後，要我打開一個抽屜，把她的詩本子拿出來，然後又要我拿銅盆子來。她把那詩本子扔進去，點了根火柴，把本子燒了。然後就哭了起來，把頭轉開。三小姐，我該怎麼跟她說話呢？看她這樣，我很難過。今兒早上她很早就醒了，開始咳嗽，我看了她的痰，裡頭有塊新鮮的血塊。我喊了她娘，她爹娘一起來了，他們派人送了一些藥來。但是藥到底有什麼用呢？我不又能把昨晚的事告訴她爹娘。這都是因爲二少爺。年輕男人眞是太不可靠了……我討厭他！」她激動地說完，莫愁說：「你忘形了。你又不知道阿非和昨晚發生的事情相不相干。」「對不起了，小姐。不過您知道我是對的。都是因爲那個旗人丫鬟！」「我知道你對你家小姐的一片心。可我們該怎麼辦呢？」莫愁問。「這種事兒我只能對你們兩位小姐說。你們能不能跟老爺談談，讓他們快點訂親？」紅玉咳血的消息在大宅裡引起了一陣輕微的騷動，全家人都來看她，甚至連姚夫人也讓寶芬攙著來了。所有人的目光都集中在阿非和紅玉身上。可是甜姐兒卻站在紅玉床邊，用憎惡的眼光盯著寶芬和阿非。在長輩面前，阿非不能隨自己的意願對紅玉表露感情，連話也沒說幾句。

紅玉感謝所有人的好意，說自己很不好意思，給姑姑帶來這麼多麻煩。她父母也謝過了姚夫人，並催她趕緊回去。正當眾人準備離開時，甜姐兒出人意料地開了口，說：「老爺，太太，謝謝你們來……」

她還沒能說下去，喉頭就哽住了，眼裡閃著淚光，泣不成聲；她一面哭，一面說，這會兒已經是秋天了，接著又停了停，引用了一句俗話：縱有家財萬貫，不如稱心如意。

姚老爺被這個丫鬟不尋常的悲痛觸動了，這似乎比他兩個女兒說理式的懇求更有力量。臨走時，他說：「我會讓你們所有人都稱心如意的。」

甜姐兒帶著眼淚笑了，一直送他們送到門口。

＊＊＊

三天後，花園裡有場聚會。巴固安排了一位年輕美國女子多納修小姐來參觀花園，並和他的朋友辜鴻銘先生會面。多納修小姐學的是景觀建築，也算是個畫家。她是在環遊世界的行程中來到北京的，之後便決定留下來，至今已經在這個城市待了一年多。她住在一棟中式大宅子裡，裡頭的院落多得她用不完，她有一個中國廚子和一位中國老師，還結交了許多中國的知識份子。她甚至在家裡偶爾也會穿中式服裝。北京生活和北京的藝術家們完全迷住了她。她像大部份在北京的外國人一樣，非常聰明，也非常有教養，和在上海的外國人不一樣。因爲北京自然而然便吸引藝術家，正如上海自然而然便吸引想賺錢的人。有一天，她在木蘭和蓀亞的古玩店遇到了兩人，木蘭答應邀請她到家裡來。當然，她也被說著一口流利英語的巴固迷住了。在北京，每個人都認識巴固，因爲他每個地方都跑過。木蘭只會幾句英語，多納修小姐只會幾句中文。當別人介紹她時，木蘭聽見她的名字便笑了，多納修小姐也被她的不拘小節所吸引。

多納修小姐在北京住了一年，唯一沒能見到的人就是老哲學家辜鴻銘，北京的外國人圈子裡經常談到他，於是多納修小姐便拜託巴固安排他們見面。辜鴻銘一般來說對年輕人沒有好感，認爲他們已經失去了舊中國的優雅風度。但另一方面，他卻會容許一些相當普通的年輕人進入他家，教導他們，和他們交談，只要他們是極端保守主義，表現出他們身爲中國人的驕傲就行。當巴固懇求他來參加聚會時，他答應了，原因有二。首先，因爲有「四嬋娟」在，當中還包括一個守貞的寡婦曼娘，說不定她會像是從古代小說中走出來似的。辜喜歡漂亮姑娘，偏愛她們簡直到了厚顏無恥的地步。巴固曾經以他慣有的詩意口吻瘋狂地讚美過曼娘，所以辜老其實以爲能見到她是一種難得的特權。巴固打電話給木蘭，要她確保曼娘一定會出現，她也答應了。其次是，巴固告訴辜老，這幾位姊妹都是極好的保守派，紅玉還能用明傳奇的風格寫戲劇小品。

談到木蘭和莫愁時，巴固又以他寫詩般的口吻對辜老說：「木蘭的眼睛長些，莫愁的眼睛圓。木蘭就像小溪一樣活潑，莫愁則像池塘一樣安靜。木蘭像烈酒，莫愁像紅酒。木蘭就像秋天的森林，不斷撼動、刺激我們，而莫愁就像夏日清晨，讓我們感到舒緩、堅定。木蘭的精神是直衝雲霄的，莫愁的精神是寧靜強大的，就像春天的大地。」

紅玉決定無論如何都要參加這場不同尋常的聚會，因爲她想見見那位美國女士，也想見辜老。聚會前一天和當天整個上午她都在休息，中午只吃了點簡單的午飯，然後又盹了一會兒。當她起身爲聚會打扮時，她有種熱烈的歡欣感。她梳好頭，抹上胭脂，一面說著玩笑話，一面自己大笑起來，她平時很少這樣的，所以甜姐兒也放心了不少。「我感覺好極了，」她說。「有位非常有名的哲學家要來，我早就想見見他了。還有那位美國女士也會來。啊，我從來沒感覺這麼好過！」木蘭、曼娘和蓀亞來看了紅玉一會兒，對她的高昂情緒感到驚訝。她打扮得那麼漂亮，除了頰邊有點蠟黃，誰也看不出她生病了。

眾人聽說巴固、素丹和老哲學家辜先生已經到了，便都出去到洄水榭喝茶。多納修小姐已經養成東方悠然自適的美德，到現在還沒有到。姚老先生、珊瑚、阿非、襟亞、暗香等人都在，只有桂姐沒有來。照顧曾先生讓她臉上多了幾條皺紋，也少了幾分青春活力。她女兒麗蓮也不來。

曼娘梳著鬆鬆的髮髻，寬袍大袖，顯得有點老派，但看上去卻年輕得驚人，她的老派服裝反而讓她顯得更搶眼。她從來沒聽說過辜鴻銘這個人，經過一番巧言哄騙，她才答應來，但完全是看在木蘭的面子上。介紹到她的時候，她雙手交握放在胸前，深深鞠了一躬，接著臉便紅了，和她在滿清時代可能會有的反應一模一樣。「這位是曾先生的長媳，木蘭的大嫂。」巴固說。儘管辜先生信仰舊中國的一切，也認為婦女應當隱居深閨，甚至支持纏足，但他又和年輕婦女自由交談，並且認為這是他首先身為男人，其次身為老人的權利。他笑容滿面地回應曼娘的問候。「你多大年紀了？」他問。曼娘臉又紅了，她拉著兒子的手，像是拿他當擋箭牌似的。她露出珍珠般的牙齒，微笑著說：「我是屬狗的。」她退回年輕女眷的行列裡，像隻膽小的獾一樣露出亮亮的眼睛朝外偷看，她對這個留辮子的老人很感興趣。他和她一樣，都算是件古物。「你二十？不可能吧！」他說。曼娘微笑。「我還要再大一輪，三十二了，托您的福。」「這是她的兒子。已經十五歲了。」木蘭說。阿宣上前向這位耆老深深地鞠了一躬。「難以置信！」辜老說：「但是我相信你。現今的女士們都沒有這種迷人的味道了。你們知道她是怎麼保持這麼年輕的嗎？待在家裡，把腳纏起來。年輕的女士們哪，要是你們都跟現在的新派女學生一樣出去打網球，三十歲就老了。」每個人都笑了。「再給我們多講點。」這群年輕人說。阿非和紅玉坐在一起，相視而笑，老先生繼續開玩笑，把大家逗得很開心。但他說的並不全然只是幽默，當中也有具有啓發性的東西。

辜老有了願意聽他說話的聽眾，非常愉快，談興也越發高漲。木蘭想起他就是那個在電影院裡站起來拿外國女人的服裝開玩笑的人，這時她很想爲婦女解放說幾句話，但基於對他年事已高的尊重，還是忍住了。雖然辜老是廈門人，但因爲他是個很厲害的語言學家，說起京腔來幾乎沒有口音。他也是爲納妾時代辯護的名人，他說：你見過一只茶壺配四個茶杯，可曾見過一個茶杯配四只茶壺的？但這會兒他並不是在談納妾；他談的是纏足對身體和道德上的影響——纏足如何增加女性魅力、改善女性身材，以及它如何成爲端莊和節制的象徵。

「賦予女人高貴和優雅的第一樣東西，就是她肌膚和身體的質感——要白，要嫩——只有透過優雅的動作才能獲得這種自然的高貴。而獲得自然的精神高貴，憑藉的就是少在公眾場合露面。當一個女人解開了腳，用兩扇芭蕉葉似的大腳板到處跑來跑去的時候，她就失去了女性在身體和道德上的性別特徵。外國女人用緊身束腰讓身體變形，對消化的自然過程有害。但如果變形的是腳，又有什麼害處呢？完全沒有，它們和維持生命有關的功能毫無關係。我問你們，如果要被槍子兒打中，你是希望腿上中槍還是肚子中槍？再說到纏足是怎麼讓姿態挺直起來的！你們見過裹腳的女子走起路來不端莊、不挺直的嗎？外國女人穿緊身束腰，用人爲的方式強調臀部；但纏足是透過它對姿勢的影響，發展並促進臀部的自然生長，因爲運動的中心從腳向後推到臀部，血液會爲它提供營養。」

在座的年輕女眷都羞得要死，尤其是曼娘。然而紅玉卻聽得津津有味，簡直入了迷。「我讓你們震驚了嗎？」辜老繼續說道：「那你們看到天津和上海的洋行裡陳列著緊身束腰和胸衣的櫥窗應該要更震驚才是。不，女人已經沒多少私密留下了；她的整個身體，從上到下，完全被這個所謂的西方文明剝削盡淨。我告訴你們，要扭曲，就扭曲你們的腳，放開腹部。腹部是孕育孩子的部位，絕對不能亂搞。」這時多納修小姐來了。讓眾人大爲吃驚的是，她是穿著一身中式服裝來的。暗香格格地笑了起來，直到木蘭告訴她這樣不禮貌，她才收住笑。多納修小姐還沒走近，巴固就告訴大家她有多聰明、多迷人。要是她身形再小一點，以中國人角度來看就完美了；但以西方標準來說她並不算高。穿中式服裝出席，是對她想見的那位中國老哲學家深思熟慮後的致敬。

姚先生站起來和她握手，她也向他伸出手，然後她走到辜先生面前。「久仰了。」多納修小姐帶著外國腔調用中文說道。她的語調幾乎是對的。「你也說中文？」辜先生用英文說。「很高興見到你。」「只會幾句而已。」多納修小姐說。她轉過身，認出了木蘭、巴固和素丹，便和他們一一握了手。無論她做什麼，和一眾中國人相比動作都有點太快。再加上她是唯一的外國人，所有人的注意力都集中在她身上。巴固要木蘭把她介紹給其他人，木蘭用中文和她說話。介紹到紅玉時，木蘭說這位是她的大表妹，還用英文說了「最聰明」，接著又嘲笑起自己的破英文。

木蘭喊來巴固，說：「你把紅玉的事說給多納修小姐聽。」

巴固過來，說：「她就是那個寫詩和戲劇的人。」「哦，你就是我聽巴固提起過的那個人嗎？」多納修小姐說。接著她在紅玉身旁坐下，紅玉聽得懂英語，但只肯說單字。這位美國女子一直看著曼娘，覺得她就跟她在畫裡看到的中國古代美人一樣。「別讓我打斷你們。說中文。我聽你們說話，也可以多學點。」多納修小姐用英語對辜先生說。「我們正在談裹腳的身體和道德方面的美德。」「眞是吸引人的話題！」多納修小姐說。「不過你可能不喜歡。」「我不同意你的看法，辜先生。不過不管你說什麼，我都很感興趣。」就在這時，素丹對木蘭悄悄說了些什麼，木蘭又悄悄把話告訴了蓀亞，接著蓀亞便大聲對眾人宣布：「我有個好消息要告訴你們。我們的朋友巴固和素丹要結婚啦！」

這個消息引起了一片歡聲，大家熱烈祝賀這對剛訂婚的夫妻。素丹很少像那天那樣高興，她經歷過的一切讓她留下了一種淒涼疲憊的神情，但這神情反倒讓她增添了幾分魅力。之前她說話總是懶懶的，口齒不清，聲音也有氣無力，可現在她又像學生時代那樣歡快活潑了。她前額留著瀏海，笑起來像個小女孩，眼裡有種好奇的光，水靈靈的。她也和孩子一樣任性，總是突發奇想，雖然她已經結過婚了，但她還是穿著長褲來而沒有穿裙。她肩上圍著一條紫色紗巾，這是北京婦女上街時常用的，在沙塵暴天氣坐黃包車時，就用這條紗巾遮臉。

現在白天越來越短，他們得早點吃晚飯，吃過飯還可以在花園裡逛逛。多納修小姐迷上了這座花園，巴固建議晚飯前就可以去看看。她邀紅玉去，阿非和素丹也一起去了。

沒過多久，紅玉說她得休息，阿非跟著她停下腳步，其他人繼續往前走。他們現在在暗香齋南邊的梅園裡，離紅玉的院落不遠。那兒有座怪石嶙峋的假山，南邊有座橫跨池塘的小橋。紅玉在橋上徘徊，望著黑紅相間的金魚在橋下游來游去。

現在只有他們倆了，阿非說：「妹妹，那天晚上我去看你，你爲什麼不讓我進去呢？」

紅玉瞅了他一眼，只說：「冤家啊！」半晌之後，她又說：「你自己清楚。」「說實話，我那時不知道爲什麼，現在還是不知道。」阿非心想，不知道她是不是看見了他和寶芬在一起。他想把他看見寶芬做的事告訴她，但又覺得可能有點尷尬。然後他想，他應該解釋一下她來看他的時候爲什麼他不在。「妹妹，讓我解釋一下……」他開口說。「不用解釋了，」紅玉打斷了他。「妹妹，你知道，我們馬上就要訂親了，我們不能吵架。」阿非溫柔地懇求。她不知道爲什麼，在他面前，她總是忍不住要說些比她原來想說的更挑釁的話，之後回到自己房裡回想，又覺得後悔不迭。也許是因爲男人的頭腦相對簡單，也許是因爲女人對自己愛的男人有征服的本能。又或者，這只是一個女人試探自己能否控制男人的方式。所以這時她只說：「你回他們那兒去吧，我想進去休息一會兒。」「你會來吃晚飯嗎？」「會的，我會去。」「要我來接你嗎？」「不必了，我自己可以去。」他站在那兒，看著她消失在側門處，一個人悶悶地走了回來。

紅玉一回到自己房間，又立刻後悔自己剛才對他那麼不友善。

＊＊＊

當紅玉再次走回露台，眾人已經動身前往忠愍堂了。她正準備回頭，卻聽見了阿非的聲音，看到自省齋裡環兒的頭，然後又聽見了那個美國女子的聲音。

她正準備過去加入他們，才走到台階上，就聽見阿非在說什麼訂婚的事。她躲在小假山後面聽。阿非一直在跟大家說，巴固決定娶素丹，是因爲他不想看到她賣煤，但他們說話的聲音很低，所以紅玉只能聽見片段。「男人就是這樣，」她聽見阿非說，「他們什麼都會爲心愛的女孩子做，是我我也會。」

「我聽說她有久年癆病，」環兒說。「『癆病』是什麼？」美國女士問。「就是肺結核。」阿非嚴肅地說。「那你還會娶她？」「我會的。男人就是這樣……因爲憐憫……伺候她一輩子……她眞是迷人，但也眞任性。」紅玉太專注在自己的事情上，沒有意識到這些對話說的是素丹。在羞愧、悔恨、愛、遺憾、仇恨、驕傲、犧牲等種種情緒中，她可以聽見自己的心臟怦怦狂跳的聲音，所有的一切都在一個巨大的、令人眩暈的混亂中。這群人起身準備離開，紅玉看見他們走出來，便躲了起來；她雙腿發抖，不自覺地抓著一塊突出來的石頭撐住自己。等他們都走遠了，她才搖搖晃晃地回到露台，癱倒在一張椅子上，她的臉一會兒氣得發白，一會兒又羞得發紅。她的自尊受到了傷害，她的愛情也受到了傷害。他愛她，所以呢，這是眞的……他是這麼說的……然而，他會娶她、伺候她一輩子，都是因爲憐憫……他愛寶芬嗎……？她該怎麼做呢？

她覺得她必須去參加晚宴，必須見阿非。

其他人都已經坐好等著她了。她帶笑看著阿非，說：「阿非，我一直想見你。我還以爲我失去你了。」

她兩頰豔若桃花，雙眼炯炯有神，阿非很高興，她顯然已經原諒他了。

席間端上了酒，菜一道又一道地上來，紅玉只是目不轉睛地看著阿非。辜先生正在談愛情和端莊。他說的其中一條是，女子主動追求自己要的男子是一種放蕩，會使道德敗壞。新派女子再也不端莊了，因爲端莊就等於沒有機會。男人會選擇敢施展魅力的女子。而一個好女孩寧願羞愧而死，也不會願意出外拋頭露面弄個男人回來的。

紅玉幾乎沒怎麼聽；她的思緒太不連貫，沒辦法清楚理解談話內容，只覺得辜先生似乎是在說她，在公開譴責她。「阿非，你在想什麼啊？」她突然笑著對他喊道。「來，我為你的幸福乾杯！」阿非舉起自己的杯子，一口乾了，眾姊妹面面相覷。「你病著呢！」莫愁說。「我沒事。」紅玉說。接著她開始咳嗽，喘不過氣來，咳出來的酒裡混著血。木蘭站起來，堅持要她立刻回去。「我正高興呢，你為什麼要我走？」紅玉說。但她們硬把她攙了起來。莫愁和木蘭起身扶著她。紅玉轉身對阿非說：「你不來嗎？」他立刻跳了起來。每個人都對她突然的舉動感到不解，她其實並沒有喝多少酒。到了紅玉的院落，紅玉說：「三姐姐，你可以回去了。二姐姐也是。我想跟他說說話。」木蘭對阿非說：「你們又吵架了？」「不，我們快樂極了，」紅玉很快地回答。「我只是想跟他說話。」木蘭低聲告訴阿非要特別留意，說他們會在路上等他。

阿非被這一連串不明白的事情弄糊塗了。一等到只剩他們兩人在，紅玉便說：「我要你把你心裡想的一切都告訴我。」

這實在太出乎意料，阿非楞了好一會兒。他在黑暗中仔細地看著她的臉，然後把她摟在懷裡，說：「當然了，妹妹。你知道我的心。我早就把它給你了。」「我想知道的就是這個，」她說。「我們很快就要訂親了。」阿非說。「是啊。」他們手牽手走進她的房間。「你得躺下，我去喊甜姐兒來。你今晚怪怪的。」「不，我不怪。我只是愛你。我從來沒有這麼愛過你。」他又靠近她，熱烈地吻了她，她沒有拒絕。

他感到前所未有的幸福。一會兒之後，他帶了甜姐兒去陪她，然後便走了。紅玉的眼光一直跟著他，直到他走出她的視線，然後她的表情突然變了。她像塊石頭一樣靜靜地坐了很久很久，然後漸漸放鬆下來，甜姐兒看到她臉上露出了平靜的表情。突然，她近乎歇斯底里地狂笑起來，一次又一次，笑到眼淚都流出來了。「別這樣嚇人哪，」甜姐兒說。「你到底在笑什麼？」「現在我全明白了，」紅玉說，還在笑。「明白什麼？」「我早該明白的。」「你又跟他吵架了？」「不，沒有！」紅玉說：「你過來，我告訴你，」她繼續低聲說：「你知道阿非愛我嗎？剛才他這麼說的。」甜姐兒覺得她現在明白她家小姐爲什麼笑了，也和她一起高興。「他是個好男孩，對吧？對吧？」紅玉說。她走到梳妝台前去照鏡子。「你相信命運，是嗎？」她問。「是啊。爲什麼問這個？」紅玉沒有回答，只是坐在梳妝台前再度化起妝來。她現在平靜下來了。她對甜姐兒說：「我這會兒不需要你服侍，你可以回去了，我只想靜一靜。」甜姐兒問她是不是要回去和客人們一起吃飯。「也許吧。你想待多久就待多久。我娘需要你。」她坐在梳妝台前重新描起眉，甜姐兒便留下她走了。約莫一小時後，甜姐兒回來，發現她家小姐不在房裡。她顯然換了雙新鞋，梳妝台上還放著一枝眉筆。她相信紅玉一定是回到客人那兒去了。於是她坐下來做了些針線活，一邊還想著，小姐今晚的舉止眞怪。

她不知道坐在那裡工作了多久，肯定快一小時了。晚宴該結束了。她到院落裡的小廚房泡了些普洱茶，這茶能讓小姐消食化積。她拿著茶壺回來，把它放在暖籃裡讓它保溫，接著點亮了院落裡的燈。她回到自己房裡，嘴裡還暗自叨念著，要是小姐因爲熬夜把自個兒累壞了，又得再病五六天。就在這時，她聽見了說話的聲音。

甜姐兒跑到外頭，發現珊瑚、木蘭、莫愁、曼娘和阿非都在門口。「你家小姐怎麼樣了？」莫愁問。「她不是跟你們在一起嗎？」甜姐兒喊出來。「沒有。我不是把她交給你了嗎？」阿非問。他們都跑進來了，每個人都在說話，亂成一團。「她好高興，」甜姐兒哭著說：「她叫我回去。因爲大家正在吃飯，席上缺人服侍。我走的時候她還笑個不停，坐在梳妝台前面畫眉毛呢。而且她還換了鞋，所以我想當然地以爲，她一定是打算再去找你們的。」木蘭突然感到一陣恐怖，阿非也是，他衝出前門，大喊：「紅玉，紅玉，你在哪兒？」不一會兒他又回來了，眼神狂亂。「她不在外頭，」他喊道。「她在哪兒？」然後他像個瘋子一樣在黑暗中跑到他舅舅的院落，問她是不是到這裡來過。紅玉的父母和兩個弟弟立刻跟著他回來了。她去哪裡了？木蘭覺得肯定是出了什麼事。她把被褥掀開，什麼也沒發現。她看見桌上有一支毛筆和一只白銅墨盒。她把筆蓋拿下來，發現筆鋒還有一部份是濕的。她在紙堆裡翻找，希望能找到一些蛛絲馬跡。她打開抽屜，發現了一只包裹，上頭還寫著：「送交甜姐兒」。「這兒有東西。」她說。其他人都過來看。那是個珠寶盒，裡面有幾副玉耳環和一枚漂亮的胸針。「這兒還有。」阿非從抽屜裡拿出一張紙，喊道。紙上有血跡。字跡是顫抖的手寫下來的，末尾是紅玉的署名，約有兩寸大，是割破了手指潦草地塗寫上去的。整張紙都是血跡和淚痕，有些字都模糊了。

馮先生抓起那張紙看著，他的手在發抖。這封信是寫給父母的，用的是對仗的駢體古文：

父母親大人膝下：不孝女幼承撫育，未能有報；姑母姑父備極珍愛，視如己出。觸目盡皆奢華，著身無不舒適。不幸身而體弱，不時臥病；平素所進藥湯，多於羹飯。雖欲奉養雙親至百歲，然恐拖累他人之未來。嗟乎！生死早定，命運難移。

女幼學詩書，難逃情網。然近日月老垂示，遂啓我于愚蒙。神諭已明，如夢方醒。既感宇宙之廣袤，何惜紅玉之渺小？已矣哉！生死固不可免，萬勿過悲；兒身純潔如玉，璧還父母。姑母姑父待我情厚，乞代申謝；旦健二弟務期上進，膝下承歡。不孝女罪孽深重，尚祈來生再報。

薄命女紅玉絕筆

馮先生一見女兒以血署名，便知是絕筆信。他匆匆看了一眼，急得跺腳，對妻子說：「不好了！」淚水從他臉上滾下來，他的妻子開始大聲嚎哭。阿非茫然地坐著，沒多久也雙手掩面，放聲大哭起來。曼娘緊緊地抱住兒子，另一隻手死抓著木蘭不放。「快！我們得找到她！」馮先生說道。他從短暫的震驚中恢復過來。「你離開她多久了？」「就從我到你們那兒伺候晚宴的時候開始，」甜姐兒回答：「大概快兩個小時了。」這時其他人也聽見了喊叫聲，立夫和母親、妹妹都趕到房裡來，寶芬也來了，知道事情經過後，又回去告訴姚家夫妻。

有人說，紅玉可能是跳池塘自盡了。

她是可以上吊，但除了在她自己房裡之外，在哪兒上吊都不合理，所以很快就能斷定她一定是跳進了池塘。於是當男人和僕人們四處找她的時候，姚先生、馮先生、蓀亞和立夫便直接去了池塘。

在房裡擠成一團的女眷中，只有莫愁一直很鎮定。當眾人爲紅玉的血書激動不已的時候，都忘了她留給甜姐兒的那只包裹。包著珠寶盒那張紙扔在地上，莫愁看見上頭似乎寫著什麼，就過去把紙撿起來。那張紙的背面簡短地寫著一行字：告訴阿非按月老籤文行事。我祝他婚姻幸福。

紅玉這一定是先寫的，因爲上面沒有血跡。而在外頭，僕人們舉著劈啪作響的火把，在池塘周圍四處走動，驚醒了池邊的鳥兒，火光映在水裡，池塘靜靜躺在蒼白的月光下，波瀾不驚，驚恐的眾人看不見它暗綠的表面下藏著一個神秘的東西。四個男人竊竊私語，如果事情確實如此，每個人都有自己的想法。只有池塘對面僕人的聲音、受驚的烏鴉和貓頭鷹的叫聲打破了沉重的寂靜。

立夫默默地指著那對木匾給蓀亞看，上面是紅玉對的對子：

曲水抱山山抱水，

閒人觀伶伶觀人。

這兩塊木匾之後被姚先生下令撤下，因爲太令人悲傷了。

池塘在舞台這邊有五六尺深，而在自省齋那邊有十二到十五尺深。雖然紅玉更可能是從這邊跳下去的，但在夜裡要打撈也不可能。只有幾個僕人在池塘那一頭盡可能涉水走遠些，但這麼晚了，做事也很困難。大家一致認爲，如果她是兩小時前跳下去的，斷無活命可能，要打撈也必須等到第二天早上。他們坐在那兒，等著去搜查後花園的僕人們帶信回來。當這些人回來報告什麼也沒找到的時候，馮先生建議大家先回去休息一晚，並且向他們表示感謝。這時已是午夜，曼娘、木蘭和蓀亞帶著未解的謎團回到曾家。原本蓀亞是建議留下的，但曼娘實在太怕了，他們只好離開。甜姐兒哭得很慘，眾人硬把她帶到馮先生夫婦的院落去，整個院落裡一整夜沒人合眼。

天還沒亮，馮先生便又出去找女兒。剛走過靨樓，他在晨光中看見一個亮亮的黑色物體漂浮在暗香齋的地基附近，他越看越覺得那是隻女鞋。他走過去一看，原來是一隻漆皮鞋。他跑回去告訴妻子，甜姐兒也說紅玉當時是換了鞋的，確實是雙漆皮鞋。那麼，她很可能就是從那裡跳下去的。這時大家才明白，紅玉可能是從西側的門進入昨晚空無一人的暗香齋，從開著的窗戶攀上兩尺高的牆往下跳。馮太太白，嚎啕大哭起來，邊哭邊說，她那不幸的女兒，自從小時候在什剎海看見那個淹死的女孩之後，一直都是極度怕水的。

如今最重要的，就是在她毀容之前找到遺體。現在既然確定她已經死了，便雇了外頭的人來打撈池塘，除了紅玉的母親和幾個老媽子之外，其他女眷都遠離現場。阿非站在自省齋大廳裡等著，就在昨天下午紅玉聽見他和環兒以及那個美國女士說話的角落裡。

當紅玉的屍身被拉出水面時，他迅速把眼光移開。現在他沒有辦法再看著她了。儘管她在臨終前費盡心思把自己打扮得齊齊整整、漂漂亮亮，如今卻只剩下沾滿泥漿的臉和身體，泥水還不住地順著辮子往池塘裡滴。

第三十四章　任務

第二天上午，木蘭和先生、曼娘、桂姐和麗蓮一起來探望紅玉的母親，她哭得像個淚人兒。他們安慰她說，紅玉這一生也算過得幸福，父母心裡也該滿足了，無論如何，她重病在身，一切都是老天爺決定的。至於她對阿非的愛和那封絕筆信，她隻字未提。眾女眷們不可避免地談起她的好，談起她的久病，越說越哭得厲害。因此當木蘭來到莫愁的院落時，她的眼睛都已經哭得通紅了。「昨兒個一定發生了什麼，」木蘭說：「她來赴宴的時候已經打定主意了。她進來的時候是什麼樣子，你還記得吧。」

「據阿非說，」莫愁說：「他離開她那時，她很開心。」「因爲她知道這是他們最後一次見面了，」立夫說：「我要去問問阿非到底發生了什麼事。」「我想到一件事兒，」環兒說：「就在晚宴前，你走了之後，那位美國女士和我在阿非院落裡說話。我們出來的時候，我彷彿看見有人藏在假山裡，那人可能聽到了我們說的話。很可能就是紅玉。」「你們在聊什麼？」立夫問。

「在說素丹訂婚的事，我們說她有肺結核，阿非說巴固是出於憐憫才娶她的。四姐可能是聽見了我們說的，以爲阿非在說她呢。」眾人都默然無語，靜靜想著這些話，最後莫愁說：「你們也看見了，她來赴宴的時候整個人都失心瘋了。她望著阿非對他笑的樣子，就像我們都不在場一樣。這眞是個不幸的巧合！在我看來，四妹的死有好幾個因素，部份因爲神，部份因爲人。首先是這個不幸的巧合，素丹剛訂婚，而她也有肺結核；第二，因爲她在長大的過程中看了太多感傷的浪漫故事；還有，第三，因爲她相信杭州那個月老！」就在這時，華太太進來了，看起來非常激動，她也聽到了這個消息。

「她說『按月老籤文行事』，是什麼意思？」立夫問。「這是個問題，」木蘭沉吟了一會兒之後說道。「我也不敢說她指的是什麼。」華太太不懂他們說的杭州籤文是什麼，其他人便把她和麗蓮在西湖抽籤一事告訴了她。「月下老人是個有趣的傳說，」木蘭說：「但是她太當眞了。你不能說有命運這回事，也不能說沒有。因爲她相信，所以這件事對她來說就成眞了……也引著她走上了死路。但這麼做並不容易。我可以當著你們的面說，她眞的很愛阿非，她死，是爲了讓他幸福。她最後的心願就是他的婚姻美滿。」「在我看來，」麗蓮說：「她是被和尚害死的。那天下午唸完籤詩之後她非常難過。要是你相信和尚，和尚就能擺佈你。」麗蓮的語氣裡仍然對死去的情敵有一絲怨恨。她已經接受了阿非要和紅玉訂親的事實，但她對她還是沒有好感。曾先生已經在談爲她說親的事；但就和許多新派女孩一樣，她拒絕了，而且讓她父親大爲懊惱的是，她是對她母親桂姐施壓，要求她出面阻止婚事的。

木蘭看過那句「芬芳過後盡成空」的籤文，覺得指的若不是暗香，就是寶芬，寶芬的可能性大一些，因爲暗香還比阿非年長好幾歲。到目前爲止，這句預言已經證實是眞的。但籤詩並沒有提到在「空」之後會給紅玉帶來什麼，也沒有具體說到誰會嫁給阿非。因此，紅玉「按月老籤文行事」的遺願，只能理解成一個人的願望。寶芬這個神秘的人物一直在木蘭的腦子裡繞，但在麗蓮面前，她還是不願意多說。她請人給阿非帶了話，說她們想見見他。阿非來了，看起來像個鬼，或者像撞了鬼。他甚至沒向桂姐及客人們打招呼。女客們都很同情他，桂姐也說：「別太傷心了，人死不能復生。」「爹在做什麼？」木蘭問。「他在暗香齋，和舅舅媽在一起。他們在爲她更衣。」突然，阿非站了起來，走到前院，發現甜姐兒在那兒，邊哭邊收拾紅玉更衣要用的東西。「我想問問你，她是怎麼死的？」阿非問。甜姐兒又怒又悲，她抬起頭來。「我怎麼知道？」她回答。「你應該知道，我的四妹爲什麼會死？」「她的訣別信你不會看嗎？」甜姐兒回答完，又繼續手上的工作。

他站在那兒看著這個冒失的丫鬟，她在好多地方都和她死去的小姐很像。當她抱起一堆小姐的衣服準備回暗香齋時，他攔住了她。「甜姐兒，」他說：「我的心已經碎了，可憐可憐我吧。我只想知道她爲什麼要尋短？」甜姐兒轉過身來，用憐憫的口氣說：「你們爺們真是奇怪的動物。一個女孩愛上一個男人，他先把她逼死了，然後再爲她淌眼抹淚的，有什麼用？能把死人哭活嗎？」「甜姐兒，你太冤枉人了，」他喊道：「我已經肝腸寸斷，沒有辦法思考了。到底是什麼回事？這並不是我的錯，不是嗎？」甜姐兒揚了揚眉毛，說：「你們兩個好的時候，對彼此都是好得不得了。好不了多久，你就又惹得她日夜流淚。前幾天她回來把詩本子燒了的時候，我就知道她活不長了。在我看來，她就是前輩子欠了你一筆眼淚債。如今還完了，淚也流乾了。你還想要什麼？」「我不知道她把自己的詩本子燒了！爲什麼？」甜姐兒看見他這麼痛苦，怨恨稍微緩和了一點，然後她說：「她祝你婚姻幸福。她是爲你而死的，這還不夠清楚嗎？」阿非撲倒在紅玉的床上痛哭起來，甜姐兒留下他，自己去了。

這時木蘭正好帶著桂姐過來，她們把阿非從紅玉床上扶起來，帶他到莫愁的院落裡去休息。「我殺了她。是我殺了她，」他說。立夫把環兒推測的紅玉自殺原因告訴他，聽起來很合理。但阿非茫然地坐在那裡，整個人都懵了，根本無法思考。華太太提議他們過去看看姚夫人，這是正式的禮數，桂姐和木蘭便去了。寶芬靜靜地坐在姚夫人床邊，姚夫人躺在床上，看上去病得很重，布滿皺紋的蒼老臉龐上露出驚恐的表情。「昨晚她根本沒睡，」寶芬說：「到了半夜，她想起來拜佛，然後就在那兒坐了好幾個小時，不肯去睡。」姚夫人變得和以前不一樣了，但因爲說不出話來，所以也沒人知道她在想什麼。但她的聽力還是很好，和她說話的人只好繼續猜她要什麼，直到她點頭爲止。如果她舉起三根指頭，寶芬就會問她是三塊錢、三十塊錢，還是三百三十塊錢。寶芬很快就能懂得她的心思，這也讓事情變得容易多了。有時她覺得好些，就會要寶芬讀東西給她聽，但內容僅限於因果報應、天意和顯靈治病之類的佛教故事。這類的宗教小冊子很多，內容都是勸人們要信佛，警告人們不可以殺牛，或者是細說佛法如何靈驗的明證，這些善書小冊都是虔誠的佛教徒自行印刷發放的。她特別喜歡目連救母的故事，很久以前她在杭州曾經看過這個故事在戲台上演出。

紅玉的死給她帶來了變化。她似乎受到極大的恐懼和失眠的折磨，病情迅速惡化。因爲紅玉是未出閣的姑娘，哀悼和念經儀式只做了二十一天。但姚夫人一聽見和尚們作法事的鑼鼓聲，就像是被某種神秘的恐怖攫住了。她甚至還希望請尼姑到她的院落來爲她念經。

銀屏和迪人的孩子博雅，到目前爲止都離姚夫人的房間遠遠的；但照顧他的珊瑚現在一直待在那裡。博雅如今已經九歲，長得很高了。有一天，他跑進來找珊瑚，碰巧被他奶奶看見了。她突然尖叫起來，摀著臉，冒出一身冷汗。

讓他們驚訝的是，接著她呻吟著說話了。「你是來取我性命的。」話說得清清楚楚。

珊瑚很快地把男孩趕出房間，他傷心又困惑地走了。「可是太太說話了！」寶芬大喊。這太突然了，珊瑚和莫愁都沒想到她們的母親居然恢復了說話能力。她們走到床邊，聽見她正在喃喃自語，說：「噢，可憐可憐我吧，我受不了啦。」「娘，您好了！」莫愁說著，喜極而泣。「您說話了！」「什麼？」她母親說。「您在說話呀。」博雅雖然離開了房間，但還是站在門外聽，然後他往裡偷看，問了珊瑚一句：「奶奶好了嗎？」

姚夫人對博雅的存在有種不可思議的感應力，珊瑚還沒來得及回答，她就說：「喔，快打發他走！他是來索我命的！」

珊瑚朝男孩喊了一聲，他便偷偷溜走了。

姚夫人突然能說話了，眾人都興奮異常，連紅玉的葬禮都顯得不重要了，然而它就像夕陽西下前最後光輝。木蘭一聽到電話裡傳來的消息，也立刻趕回來，在母親房裡找到了父親和珊瑚。「沒用的，」母親說。「我的日子快到頭了。你們最好準備一下我的後事，到廟裡給我燒點香，讓我平安上路。」「您在想什麼啊？這全是您在作夢，」木蘭說。「不，是眞的。我知道的。銀屛的鬼魂告訴過我，這個家裡要先死一個人，下一個就是我。如今紅玉死了，就該我了。」「爹，」木蘭說：「四妹已經死在和尙手裡了，還不夠嗎？我們還得讓娘也承受同樣的痛苦嗎？」「除非她相信我們。」父親簡短地說。接下來的幾天內，她的病情迅速惡化，阿非由於精疲力盡加上悲傷，也病倒了。因爲重病母親希望他搬到她院落外間睡，由寶芬服侍，他便遵命行事。他身體好些之後依然住在那間屋子裡，經常進來探望，所以在他母親臨終前這段時間，他和寶芬一直都陪在她身邊。

因爲太太重病，寶芬根本回不了家。他爹去過店裡，知道發生了什麼事。有一天，她家裡派了個人到花園來，要求見寶芬。「叫他進來，」阿非說：「我還沒見過你家的人呢。」「就是個僕人而已，」寶芬說。「所以你也是有僕人的！」阿非說：「我就知道你是好人家出身。」寶芬很尷尬，沒說什麼，就去外頭見那帶信的。不一會兒她又進來，說家中有要事，她母親想見她。「我們用馬車送你回去。」阿非說。「不，那樣不妥。其他下人會怎麼說呢？我兩小時內就能回來。」

寶芬回到家裡，見到了父母和叔叔。「你在那花園裡也待了三四個月了，」她父親，一位中年的旗人紳士說：「有什麼進展？」「沒有，爹，」寶芬回答：「我什麼也沒辦法做。」「爲什麼？」「我得一直伺候太太。現在她姪女兒死了，她自己也病入膏肓。誰還有心思去弄那種事？」「你完全找不到那個地方嗎？」「有一次我晚飯後出去，結果被少爺看見了，只好找了個藉口。我再也不敢出去了。」「這事兒你可不能搞砸了，」她父親接著說：「不能做出會引人懷疑的事。那個少爺起疑了嗎？」「我想沒有。阿非是個很隨和的男孩子。他問我在做什麼，我說我在找丟了的東西。他說要幫我找，我叫他走開。」「阿非是誰？」「就是少爺。」「你爲什麼這麼叫他？」「他要我叫的。他說主僕之別根本是荒謬的事。他說……」寶芬收住口，臉紅了。她不知道自己爲什麼會臉紅，爲什麼談阿非多於家裡的其他人。但她意識到自己說太多了。

「慢慢來，小心行事，」她爹說：「你知道，這對我們家來說可是一大筆錢。」寶芬皺起了眉頭。「阿瑪，您給我的任務太難了，我恐怕……如果不是因爲你們是我爹娘，我是絕不會這麼做的。」突然，她雙手摀住臉，喊道：「我做不到！我做不到！人家對我們這麼好，我們卻跟賊一樣。」

寶芬的父母一直很疼愛他們的獨生女，但寶芬的父親說：「事情不完全是你說的那樣。寶藏不是他們的。他們買下了花園，並沒有買地下的寶藏。否則我們就不會派你去了。嘿，那寶藏說不定跟花園一樣值錢呢。」這裡要說明一下的是，寶芬家的先祖是滿軍的一員，追隨滿清開國皇帝的父親四處征戰，由於立了軍功被授予世襲爵位。乾隆中葉時雖襲爵到期，但這個家族依然很富裕，世代擔任重要官職。隨著滿清帝國崩潰，家族財產也迅速耗盡，因爲他們希望、也必須維持他們習慣的生活水準。革命爆發時，寶芬只有十一歲，但她很早熟，從小就意識到家庭財富正在迅速減少。他們還雇得起僕人，但這個家正努力維持著虛華的表象，家裡這種外強中乾的情況，寶芬是知道的。

寶芬的父親在華太太店裡買了幾捆故紙，這幾捆東西外加一些古玩，是華太太從花園前主人貝勒爺那兒買來的。寶芬的父親改了漢姓，姓童，是個學者，對旗人的家族史很感興趣。因爲太窮，買不起古玩，就花了兩塊錢買下了這些舊手稿。那捆東西包含著各式各樣的奇書，還有些從未出版過的詩集手稿和旅行札記。一天晚上，他翻看這些舊書時，發現了貝勒爺祖父的一本舊日記。有一頁記錄了北京被洗劫的事，尤其是咸豐九年英法聯軍燒毀圓明園和它巨大的藏書樓文源閣。在京城被洗劫這段期間，珍貴的寶藏被埋到地下，老貝勒爺曾經在花園裡指出過家族寶藏埋藏的位置。貝勒爺顯然在那之後不久就過世，或者和家人一起逃走了，再也沒有回來，因爲記載就此中斷。許多這樣秘密埋起來的寶藏，家族中的親人不是從未聽說過，就是早已被遺忘。由於這件事發生時花園才建成幾年，當時老貝勒爺正處於鼎盛時期，也是最受皇帝榮寵的時候，埋藏的寶藏必然價值不斐，這點不難想像。滿清王公貴族的園林翻修重建時，這樣的寶藏已經被挖出來好幾個了。

當寶芬聽見父親說，姚家買下的是花園，而不是地下的寶藏時，她說：「可是，阿瑪，如今這就是他們的花園；無論如何，那寶藏也不是我們的。」

然後她叔叔說：「寶芬，我們要你做的就是幫忙確定一下位置，剩下的交給我們吧。」「這會兒你還不用擔心，」寶芬的母親說：「我只希望你工作不要太辛苦。你以前可從來沒有幹過活兒。」「沒事兒，」女兒回答：「工作很輕鬆，而且那家人都很好。你們應該見見他們家的女兒。」「我聽華太太說，那個叫紅玉的已經跟他們少爺訂親了。」「是的，」寶芬遲疑了一下才說。「我聽說的也是這樣。」「那她為什麼要投水自盡呢？」「我不知道。」寶芬說罷便離開了家，很快就回到花園去了。

＊＊＊

紅玉葬禮過後不久，姚夫人的病勢就變得非常危急，大家都覺得她活不了幾天了。奇怪的是，她恢復說話能力之後，卻變得只願意說杭州土話了，這讓寶芬很困惑，也很苦惱，要弄懂她的意思變得更難了。姚夫人也開始陷入懷舊的情緒，動不動就說起她少女時代的老家和杭州歷史。阿非很喜歡聽這些故事，他也聽得懂杭州話，經常把含糊不清的地方解釋給寶芬聽。就這樣，這成了一段悲傷中夾雜著青春歡樂的時光。甜姐兒現在服侍紅玉的母親，經過很長一段時間，加上莫愁和環兒的勸說和解釋，說紅玉應該是無意中聽到、並且誤解了阿非和那位美國女子的對話，甜姐兒這才和阿非和解。

有一天，姚夫人躺在床上，看著阿非和寶芬在一起，她突然問那個丫鬟：「你父母給你說親事了沒有？」

寶芬低下了頭，說：「沒有。」「我活不久了，」姚夫人說：「在我最後這段日子，你一直在服侍我。你知道，有人說我恨銀屏，說我阻撓我兒子娶丫鬟。這不是眞的，我打算讓這些人看看。」寶芬紅透了臉，但一句話也沒說。「別害羞，」姚夫人說：「姻緣天注定。我看到命運把你們倆拉在一起，還處得這麼好。跟我說說你家的情況吧。」「我們就是個窮人家。」寶芬回答，但不肯多說。這些話讓兩個年輕人意識到他們一直試圖否認的關係。寶芬開始變得不苟言笑，面對阿非也十分害羞，少爺和丫鬟之間不再有隨意的自由，她也不再讓阿非幫她做瑣事。但另一方面，她對阿非說話時，卻流露出難掩的柔情。其他丫鬟也注意到寶芬比以前注意打扮了。阿非不再把她當丫鬟對待，也不肯讓她服侍。在這樣的環境之下，寶芬變得更令人難以抗拒，有時阿非會忍不住把她和紅玉相比，而紅玉不管哪一點都比不上她——比如說，寶芬從來沒和他吵過架，而且身體又好又健康——然後他突然感到一陣罪惡感，因爲他居然用這種殘忍無情的方式想起他已逝的愛人。

寶芬的心裡也在掙扎。首先，她覺得自己沒有認眞對待父母派她到這裡來的任務，把這件事完全拋在腦後了。更重要的是，一個戀愛中的姑娘在心上人面前那種自然而然的自豪。到了這個時間點，她終於願意偷偷告訴他一些家裡的事情。「爲什麼你有僕人，自己卻要出來工作呢？」阿非問。「你知道，以前我從來沒工作過。」那姑娘回答。「那爲什麼？」「以後我會告訴你的，」那旗人丫鬟說：「不過我跟你說的話，你可不要告訴別人。」於是，兩人共同保有的秘密，又給他們的親密關係增添了幾分情趣。

但考慮了這個明顯問題的不只是姚夫人和他們自己。木蘭、立夫和莫愁研究了紅玉的遺願，結論是：紅玉心裡想的是寶芬。甜姐兒抗議阿非心口不一，更加確定了不可能是別人。木蘭認爲寶芬比紅玉更適合她弟弟，而且她老派的行為教養，比有點輕浮新派的麗蓮更登對。桂姐雖然也覺得有戲，但紅玉才過世沒多久，覺得還是不提為妥。

姚夫人的病況迅速急轉直下，雖然神志還清醒，但又不能說話了。她連續三天粒米未進。寶芬給她端了碗蔘湯；她有時能喝，有時喝了又全都嘔出來。後事已經準備好了。

最後那天下午，珊瑚、莫愁、阿非和寶芬都在，姚夫人醒了。重病的老母親睜開眼睛，用手勢表示她有話要說，卻又說不出來。寶芬和其他人走到她身邊，姚夫人拉起阿非的手，無力地碰了碰寶芬的手。寶芬不敢動，莫愁明白了，便把寶芬的手拉過來。姚夫人把兩隻手握在一起，嘴唇似乎動了動，但一句話也說不出來。然後她倒了下去，再也沒醒過來，兩小時後便過世了。

在現場目睹了這一幕的珊瑚和莫愁，把這事告訴了父親和親戚們。

姚先生再一次以讓女兒們震驚的速度行動。他似乎在他的自省齋裡構思過，事先就考慮了會發生什麼事。他想了一個完整的計畫。他一定早就接受了寶芬，否則他就不會讓阿非到母親房裡去了。他告訴眾人，這樁婚事符合紅玉和他妻子的遺願，寶芬會是很好的兒媳婦，因為她在未來的婆婆臨終前一直服侍她，她配當姚家的媳婦——總之，這樁婚事是「天作之合」。

姚先生派人去找華太太來。他向她解釋了情況，請她當媒人。「什麼時候要辦？」華太太問。「立刻辦。」姚先生說。姚先生對華太太說，這是他在人世間對家庭要盡的最後一份責任，他要讓小兒子在他的祝福下結婚，如果他們現在不結婚，就得等三年後除服才行。阿非今年夏天畢業了，他打算把兒子媳婦都送去英國，也許婚後就去，在那裡待上三年。

在最後的喪禮結束之前趕著舉行婚禮是合於舊禮俗的。這樣一來，姚夫人出殯的時候不但有兒子扶棺，還有媳婦隨侍在側。婚禮務須從簡，喪服只能暫除一天，婚禮當天過後，新郎新娘就必須立刻重孝服喪。

開始辦各種訂婚事項之後，姚先生才發現，寶芬的父親曾經在滿清時代當過高官，這一點他並不吃驚。他知道他們現在已經家道中落，也沒懷疑過他們有什麼不可告人的動機。他只以爲這是華太太的巧妙策劃，是她人際關係上的一大勝利。訂婚那天，他對華太太說：「你賣了一座貝勒爺的花園給我，但也給我帶來一個好媳婦。我對寶芬很滿意，謝謝你。」

寶芬的父母又驚又喜。有了個身爲花園主人的女婿，和難以預期的地下寶藏比起來，可是穩當安全得多了。因爲寶藏還可能有各種複雜的情況，要是失敗了，說不定還會引來官司，甚至聲名掃地。當寶芬回家準備婚禮的時候，她叫父母和叔叔放棄尋寶計畫。「如果眞有寶藏，現在我也不需要偷了。」她說。她母親也說：「找寶藏，遠不如找到一個好女婿。」

但阿非是個非常隨和的人，又那樣愛寶芬，於是在婚禮後不久，寶芬便決定告訴他花園裡可能埋藏巨大寶藏的事。雖然她曾經答應過父母，不會透露她被送去花園是爲了這個，但她還是偷偷告訴阿非。阿非很驚訝，但也明白了一切。「如果你當時眞找著了，你會怎麼做？」他問。「我也不知道，他們只告訴我要找到地方。但看到你家的人都這麼好，我實在做不出這種事來，所以這事兒也就這樣結束了。」

她一直很擔心他不知道會作何反應，但令她訝異的是，他居然高興地說：「這不是太好了嗎？要是沒這件事，我就不會遇見你。他們已經先把自己的寶藏弄丟了。」寶芬不解，「什麼意思？」「我說的是你。他們沒找到地下的寶藏，反倒把你這個最珍貴的寶藏賠給我了。」寶芬很高興，吻了他一下。「我該讓爹知道嗎？」阿非問。「不，千萬不行，」她說：「這對我家的人來說太尷尬了。」但他們還是抵擋不住尋寶的誘惑。「我們該怎麼做才好呢？」阿非說。「那兒有塊大大的圓石板，」寶芬說：「你就說你想拿那塊石板做桌子，放在院子裡，叫人把它給挖出來。然後我們就能看看底下是不是眞有寶藏了。」一天，阿非隨意叫了兩個園丁和他一起出去，把那塊約莫三尺寬的圓石板挖了起來。石板被掀起來的時候，他們看見底下有兩個罐子。「那是什麼？」阿非問，裝得和園丁一樣驚訝。「一定是用來藏寶物的。」其中一個人說。「拿起來看看，」阿非下令。兩隻罐子都是空的，其中一個裡頭有一小片非常古老的錦緞和幾個土塊。顯然寶藏早就被人發現了，很可能是之前的花園主人或僕人。

阿非和寶芬非常失望，但她還是站在那兒，看著原來放罐子的洞底。「看！」她說：「那裡有東西！」眾人都往洞裡看，只見黃土裡混著三顆大豆子大小的珍珠，圓圓的，閃亮亮的。園丁們伸手去拿，一邊翻著土，希望能找到更多。「這裡也有一個！」其中一個人說。最後他們找到了五顆大小相同的大珍珠，顯然當初是串在一起被埋在地裡的。寶芬拿了珍珠，當成自己的財產。之後他們也把這件事告訴了姚先生。如今他算是懂了爲什麼華太太會送寶芬到他的花園來當女傭；但他佯裝不知，只說：「你們運氣不好，有人搶在你們前頭了，不然你說不定已經找到全部的寶藏了呢。」「但是，阿非，」他又說：「已經有一件寶物了，還不夠嗎？你得了個新娘子，這對任何一個男人來說都夠幸運了。」姚先生對寶芬笑了笑，她也微笑表示感謝，尋寶這件事就算是結束了。

＊＊＊

阿非和寶芬這場倉促的婚禮，只是姚先生醞釀已久的離家計畫中的一步。在他們成親的那天晚上，他在全家人面前說了一大段奇怪的話。

他口氣悲傷，然而很平靜。他對這對新婚夫妻、他的妻舅夫婦和他的三個女兒說：「則安、平兒、阿非、寶芬，還有我的女兒們，近來我們家發生的事情是一樁接一樁。如今你們的娘已經走了，而你們，阿非和寶芬，也結婚了，在這世上，我對家庭的責任已了。你們也許會納悶，爲什麼你們的娘過世了我沒流一滴眼淚。讀讀莊子，你們就明白了。生與死，成長與衰敗都是天道，福與禍也是每個人個性的自然結果，無可避免。所以，儘管按照正常的人類情感，生離死別都是悲傷的事，但我希望你們能接受這些，把它當成『道』的一部份看待。如今你們都長大了，應該以成年人的態度對待生活。要是你們能清楚地看出人生的自然遞嬗，對於接下來我要告訴你們的事，就不會太過悲傷。

「阿非，我很高興看到你和寶芬在一起。記住，你娘臨終前是她服侍的，她在嫁進我們家之前就已經履行了她做爲兒媳婦的職責。我要把你們倆送到英國去。寶芬，照顧我兒子是你的責任，我把他交給你了。掌管我兒子的命運，從而掌握我們家的未來，在我能交付給一個姑娘的使命中，再沒有比這更大的了。我信任你，我很安心。」「現在我要告訴你們，我就要離開這個家了，不要難過。你們母親的葬禮一結束，阿非和寶芬就去英國，我就要離開你們了。不要傷感。這世上，父母早晚都要和孩子道別。十年後，我會回來看你們，只要那時我還活著。不要找我，我會來找你們的。」「你們也聽說過有人出家去隱居。人生只有兩種態度：入世和出世。不要被這些用詞嚇著了。我一直和你們、你娘住在一起，看著你們長大，個個都有了滿意的婚姻。我自己也有過幸福的生活，也履行了我作為一個人的義務。現在我準備要休息了。不要以為我想長生不老。這些事，就算我解釋給你們聽，你們可能也不會懂。我要出去尋找我自己；尋找自己，就是尋道，而尋道，也就是找到自己；你們知道，尋找自己，就是臻於至樂。我還沒有找到『道』；但我已經對造物者的道有了一定的領悟，我要努力，達到更深刻的理解。」

「紅玉用她自己的方式得到了領悟。心裡要念著她的好。記住，阿非，她是為了讓你幸福才死的。除了天道，誰還能讓事情發展成這樣呢？」說到這裡，紅玉的母親和阿非都被深深地觸動了，女眷中有人哭了起來。姚先生接著說：「阿非不在家這段時間，由莫愁和木蘭在舅爺協助下共同管理財產，稍後我會把詳細情況告訴你們。」「你打算去哪裡？」他講完之後，他的妻舅問道。「我不能告訴你們。我知道你們會幸福的，我也是。」馮太太現在是所有女眷中最年長的，還是想勸他不要離家，懇求他留下。「就算你想尋道，在家裡也可以過完全沒人打擾、不問世事的生活啊。」她說。「不，這不可能，」他說：「住在家裡，就會想起家。這些事我沒辦法跟你們解釋。」木蘭和莫愁知道，當父親用這種思維清晰的方式說話時，就再也勸不住了。這件事他似乎已經計畫多年了。

於是，木蘭生命中的一章隨著母親去世、父親雲隱山林而結束。他離開了家人，在他有生之年，而不是在他死後。這讓母親的葬禮加倍悲傷，也讓阿非和寶芬離家的腳步更為艱難。他們一次又一次力爭要延後行程，讓父親多陪陪他們。但姚先生很堅持，又說了一次自己的哲學，希望他們視野更開闊些。

他立下了遺囑。阿非是繼承人，迪人與銀屏生的長孫博雅和他平分財產。在博雅成年之前，由珊瑚代表，但阿非是一家之主。阿非不在家這段時間，木蘭和莫愁共同代表他，和他們的舅舅合作管理家產。姚先生離開後，三個女兒都會立刻得到一筆一萬元的餽贈，她們可以根據自己的意願保留或提取這筆錢。

木蘭提出了在杭州開一家店的老想法；這件事他也安排好了。她要拿出部份珠寶，在她的店裡賣掉，約可賣得兩萬元，用這筆錢買下杭州的茶行。於是，木蘭在杭州便有了一家舖子，而莫愁在蘇州也早就有了一家店，那是她的嫁妝。

＊＊＊

在阿非離家的前一天，他和寶芬準備了幾籃子酒、水果和鮮花，到玉泉附近他們鄉間別莊後面的紅玉墓前祭奠。

他們帶著甜姐兒同去。經過環兒的解釋，也證實這樁婚姻符合她死去小姐的心願之後，甜姐兒已經默認了新情況。有一天她告訴阿非，如果紅玉在最後一天晚上沒告訴她阿非對她很好，她永遠也不會原諒他。

這日已是深秋。他們三人出了西直門，向玉泉走去。阿非和寶芬一身樸素，一看見墳墓，阿非便難以自持，痛哭起來，甜姐兒和寶芬見他如此，也跟著掉淚。他在墓前跪下，寶芬跪在他旁邊，甜姐兒在墓碑前的石桌上擺好鮮花素果，把裝酒的錫壺交給阿非，然後跪在他們身邊。

阿非以酒酹地，接著宣讀了寶芬幫著他寫的四言祭文。

「嗚呼！紅玉四妹！表兄阿非，今來呼汝。記汝幼時，初至吾家，羞怯寡言，嫻靜知禮，當時情景，尚可憶否？竹馬青梅，同遊同歡。情深愛重，時嗔時喜。同窗共讀，筆硯相親，妹賢兄愚，獲益實多！昔時二人，不過垂髫，凡此種種，永銘於心。什剎見溺，令汝心驚，蓮女之死，竟成凶兆。及其漸長，遷住靜園，春秋佳日，鬥蟲飛鳶，冬夜談詩，笑聲朗朗。乘舟詠歌，西湖之上。兩願廝守，共此白頭。天地不仁，降災於汝，竟至重病，臥床不起。同在園中，咫尺難見，誤會頓生，竟至於此！嗚呼！汝今已去，情意尚存，恕我罪愆，祝我安樂。汝之遺言，杜鵑泣血，字字句句，如何能忘？嗚呼！紅玉四妹，表兄阿非，今來呼汝。如若有靈，伏維尚饗！」唸完之後，阿非筋疲力盡，癱倒在地。寶芬和甜姐兒勸他不要太過悲傷，扶他站起來。他整個人脫了力，寶芬催他趕在日落前回家，因爲擔心他在秋風裡著涼。

第二天，他們便出發前往英國。寶芬的父母也來送行。阿非的喉嚨哽住了，因爲覺得這大約就是和年邁老父的永別。

阿非走後，姚先生便剃去了頭髮，換了一件簡單的長袍，正式告別了哭泣的家人。他不准他們跟著他，說十年後再回來看他們。接著他拿起一根舊手杖走出了家門，不知去向。

（未完，請繼續閱讀《京華煙雲（下）煙雲》）

這世上爲什麼要有女孩子呢？
她們眞是最莫名其妙的生物了。
而一個美麗的女孩卻是個可能帶來種種後果的女人。

國家圖書館出版品預行編目資料

京華煙雲（中）：京華／林語堂著；王聖棻、魏婉琪譯
——初版——臺中市：好讀出版有限公司，2023.01
面；　　公分——（典藏經典；140）

譯自：Moment in Peking

ISBN 978-986-178-639-1（第二冊：平裝）

857.7　　111017225

好讀出版

典藏經典 140

京華煙雲（中）：京華

原　　著／林語堂
翻　　譯／王聖棻、魏婉琪
總 編 輯／鄧茵茵
文字編輯／鄧茵茵、簡綺淇
美術編輯／鄭年亨、王廷芬
行銷企劃／劉恩綺

填寫線上讀者回函
請 掃 描 QRCODE

發行所／好讀出版有限公司
407 台中市西屯區工業區 30 路 1 號
407 台中市西屯區大有街 13 號（編輯部）
TEL:04-23157795　FAX:04-23144188　http://howdo.morningstar.com.tw
（如對本書編輯或內容有意見，請來電或上網告訴我們）
法律顧問／陳思成律師

總經銷／知己圖書股份有限公司
106 台北市大安區辛亥路一段 30 號 9 樓
TEL：02-23672044　02-23672047　FAX：02-23635741
407 台中市西屯區工業 30 路 1 號
TEL：04-23595819 FAX：04-23595493

電子信箱／ service@morningstar.com.tw
網路書店／ http://www.morningstar.com.tw
讀者專線／ 04-23595819 # 212
郵政劃撥／ 15060393（戶名：知己圖書股份有限公司）

印刷／上好印刷股份有限公司
初版／西元 2023 年 1 月 15 日
定價／ 320 元
如有破損或裝訂錯誤，請寄回 407 台中市西屯區工業區 30 路 1 號更換（好讀倉儲部收）

Published by How Do Publishing Co., Ltd.
2023 Printed in Taiwan
ISBN 978-986-178-639-1